SONHEI QUE
A NEVE FERVIA

Fal Azevedo

SONHEI QUE
A NEVE FERVIA

Copyright © 2012 *by* Fal Azevedo

Direitos desta edição reservados à
EDITORA ROCCO LTDA.
Av. Presidente Wilson, 231 – 8º andar
20030-021 – Rio de Janeiro – RJ
Tel.: (21) 3525-2000 – Fax: (21) 3525-2001
rocco@rocco.com.br
www.rocco.com.br

Printed in Brazil/Impresso no Brasil

preparação de originais
ANNA BUARQUE

CIP-Brasil. Catalogação na fonte.
Sindicato Nacional dos Editores de Livros, RJ.

A986s	Azevedo, Fal
	Sonhei que a neve fervia / Fal Azevedo.
	– Rio de Janeiro: Rocco, 2012.
	14x21 cm
	ISBN 978-85-325-2659-5
	1. Memórias. I. Título.
11-2570	CDD-869.93
	CDU-821.134.3(81)-3

"Soñé que el fuego helaba
Soñé que la nieve ardía
Y por soñar lo imposible
Soñé que tú me querías."

– Anônimo

Hoje

O meu amor por você permanece. A cada sim. A cada não. Principalmente a cada não. Quando eu me lembro do formato do seu nariz. Das suas mãos. Do cheiro do seu suor. Da sua imensa gargalhada. Da sua voz feita para cantar as tolices da tevê. O meu amor permanece, intacto, cuidado como uma coisinha de cristal. Ele está onde sempre esteve, "como Minas, como Minas", diria você, rindo, rindo. Meu amor por você permanece. Ele está no mesmo lugar – ouça, por favor –, no mesmo lugar em que esteve, a vida toda, a vida toda. Ele nunca saiu dali. Não houve tufão, nem revolução, nem vereda equivocada (e meu Deus, querido, foram tantas, sou o resultado de todas as minhas escolhas ruins, das minhas muitas escolhas ruins) que movesse um milímetro o meu amor por você. O mesmo prumo, o mesmo eixo. Meu amor por você grita quando tomo Coca-Cola. Quando, sentada no capô do meu carro, fumo aquele cigarro da madrugada, antes de ir para a cama. Meu amor por você fala mil idiomas, mas não tem com quem praticar. Meu amor por você come danoninho com o dedo, e dói quando meu tornozelo dói. Meu amor por você permanece, intacto, limpo, puro, como naquela primeira manhã. Ele não foi tocado, nem pela luz. Ele não foi remexido e revirado como as gavetas do meu coração, ele não pegou chuva na corridinha entre o ponto do ônibus e a entrada do metrô. O meu amor por você segue, quase o mesmo, quase bem, quase sempre. Meu amor por você está estampado na camiseta de cada um que passou pela minha vida, nos pudins da Marli, nas galochas vermelhas que eu usava para pescar com meu pai, na gravação na qual a Mercedes Sosa diz que, se tudo muda, que eu mude não é estranho. Meu amor por você está congelado no tempo, como as fotos das nossas tias-avós, como meu nariz quando ando o cachorro de madrugada, como se não houvesse amanhã. Meu amor por você sabe que não haverá.

*

Encaixo minha mão na sua e uno meu coração ao seu, para que juntos possamos fazer o que sozinha eu não consigo.

O que aconteceu

Agosto

Dia 28
Madrugada
De: mim
Para: grupo de amigas
Queridas. São duas e tanto da manhã e estou aqui acordada, esperando o carro do IML. Ele teve uma convulsão epilética seguida de uma parada cardíaca e morreu às nove horas da noite. A mamãe, a Carina e a irmã mais nova dele estão lá na sala, mas eu precisei vir falar com vocês. De muitas maneiras que não sei explicar, sinto que só posso mesmo falar com vocês. Ele morreu. Preciso dizer isso para acreditar. Ele morreu.

*

Manhã
A Lígia me ligou nas primeiras horas da manhã. Eu não consigo chorar, mas ela chorou por mim. Ela não disse quase nada, disse que amava você e me amava, e que viria. Ela vem para cá. Não consegui explicar que ela não vai encontrar você aqui.

*

Noite
Faz 24 horas. Meu irmão está aqui, minha mãe também. Mas você não está e, de muitas formas, eu também não. Faz 24 horas e eu não consigo respirar. Faz 24 horas e eu não consigo respirar.

Dia 29
De: Ana Paula
Para: grupo de amigas
(...) Eu li, reli, achei que alguma coisa estava errada e que eu não estava entendendo direito aquele e-mail da madrugada. Meus neurônios me abandonaram, definitivamente. Deve ser outra pessoa, um amigo homônimo, não é o que estou pensando que é. O horror tomando conta de você aos poucos e ao mesmo tempo de modo instantâneo e fulminante. Eu tremia, não conseguia chorar nem articular palavra, o coração disparado, a boca seca. Depois, a ânsia de fazer alguma coisa, a sensação de estupidez e impotência, e a consciência da minha absoluta inutilidade. (...) Eu queria que o mundo parasse um pouco, porra, eu preciso tomar ar, preciso chorar, preciso falar com quem sabe o que estou sentindo.
Ana Paula

*

De: Ticcia
Para: mim
Minha querida, escrevo para me fazer mais perto, pra te dar um abraço, pra te dizer que estou aqui. Escrevo para dizer que és das pessoas mais amadas pra mim e que neste exato momento já passei da carolice fervorosa ao espiritismo xiita e daí ao ateísmo irresgatável e vice-versa, não necessariamente nessa ordem, umas seis mil vezes para tentar achar algum microssentido nesta naba toda e ainda não consegui. Também já pensei em tacar fogo em tudo, raspar a cabeça e pegar uma nave pra outra galáxia, que é o que parece mais adequado até agora. Possivelmente, a esta altura tu também já pensaste nisso tudo. O e-mail é para dizer que tu não ouses fazer nada disso sem mim, que eu te amo e vou para onde tu fores. Também é pra oferecer uma casinha com caminha quentinha, Hildolina, a gata, de filha, tiramisu, feijoada e birinights

num frio que nunca mais vai embora, que eu sei que tu gostas. Também é pra dizer que não precisa responder, não. Deves estar partida ao meio e a hora é de sentir cada coisa a seu tempo. Não evite isso, não tente ser forte. Seja fraca e bem pequenininha e conte com a gente, eu principalmente, que sou forte e cascuda, bastante graças a ti e às luzes que me deste sempre. Me chame, me use. Seria uma grande honra te dar um colinho. Lavo, passo, enxugo, cuido de gato e faço comida. Beijos muitos no teu coraçãozinho. Mesmo.
Ticcia

*

De: Cristhianne
Para: mim
Olá, querida. Escrevo em nome de todas nós, a turma que fazia italiano com ele. Estamos todas chocadas e sem ação. O que podemos fazer, de prático, para amenizar sua dor? Porque orando já estamos, todas. Sabe, numa das primeiras aulas do curso, recebemos uma tarefa muito difícil, uma tabela de preenchimento de verbos em seus diferentes tempos, com uma coluna ao lado, dos verbos em latim. E a professora disse que quem trouxesse as declinações em latim ganharia um presente. E ele riu e disse que você sabia latim, que você era professora e que iria fazer a lição pra ele. A professora ficou impressionada e ele falou tão lindo de você. Do tanto de coisas que você sabia, dos livros que lia, das coisas que estudava, das viagens que já tinha feito. Foi ficando aquele silêncio na sala de aula, aquela mulherada toda quieta, toda prestando atenção e pensando "Quem é essa mulher que merece tudo isso?". E depois nós fomos conhecendo você nas nossas festas e adorando você e entendendo que ele tinha mesmo que amar você e que vocês tinham tanta sorte. Sabe, todas nós éramos um pouco apaixonadas por ele. Você sabe disso. Eu me realizava no amor de vocês, no amor que ele tinha por você. Todas nós. Você era a décima segunda aluna da turma, aluna honorária, nossa querida. Todas nós sentimos imensamente e estamos com vocês em nossas preces. Você foi delicadíssima por ter nos agradecido as flores, não precisava. Todas

nós mandamos nosso amor, assim como nossa professora, Dona Rania e nossas famílias. Por favor, não perca o contato conosco. Um grande beijo, muito amor, Cris, Bia, Lucinha, Lucia P., Ilana, Suzi, Cristina, Paula, Paula E., Pamela e Dona Rania.

Dia 30
Não consigo entender o que aconteceu. O que aconteceu?

*

Sua mãe ao telefone. Ah, a dor, a dor.

*

São três da manhã e a Maliu dorme na cama que foi nossa.

*

Houve uma cerimônia ontem, no final da tarde, antes da sua cremação. Várias pessoas. Suas amigas do italiano estavam todas lá. Os meninos do tênis de mesa. Meus amigos. Grande parte dos seus amigos da faculdade. Sua irmã mais nova com o Gui e duas amigas. O Gui parece um modelo, ou alguém que viaja pelo mundo jogando polo. As meninas do grupo de e-mails, as que são de São Paulo, também estavam lá, quase todas. A Lígia. O Pedrão, com a Maliu e meus tios. Os velhinhos da padaria com quem você tomava café aos domingos. O João. O Eric e a Antônia. O Eric só chorou e me abraçou sem dizer nada. Ele levou todos os livros que você tinha emprestado para ele, coitado, uma sacola cheia, estendeu aquilo para mim. A Antônia explicou o que era, ele não conseguia falar. Nessas horas a gente fica meio maluca, imagina, aquele monte de livros, eu disse que não, que ele devia ficar com tudo, e ele se sentou num daqueles sofás, chorando, a sacola no colo. Os meninos do seu trabalho estavam todos lá, tão tristes.

*

Você foi tão amado.

*

Não houve nenhum discurso religioso e eu não tinha o que dizer. Ouvimos uma música bonita que a Carina e o Pedrão tiveram a delicadeza de escolher, a Drica sentada ao meu lado, nós duas tremendo tanto, e foi isso.

*

Eu só queria sair dali, o mais rápido que me fosse possível. Depois, uma das amigas de alguém ali comentou com muita maldade, e num tom de voz alto o suficiente para que eu ouvisse, que "a cerimônia não poderia ter sido só isso". Se estivéssemos num filme, eu teria forças de dizer a ela que quando o amor da vida dela morrer, nas mãos dela, olhando para ela, no meio da mais perfeita das vidas, aguardarei com muito respeito que ela providencie uma produção hollywoodiana em menos de 24 horas.

*

Mas não é um filme, meu benzinho, nada disto é um filme e eu não pude dizer nada, só consegui me virar e receber o abraço do Leandro, amigo de infância, que falou baixinho e tornou aquilo tudo um pouco menos sórdido.

*

É noite agora, e a Naty e a Drica vieram aqui. Elas vêm todos os dias. A Maloca também. Minha mãe está aqui. O Pedrão está aqui. Eles vêm todos os dias, eles cuidam de mim porque você morreu. Você morreu.

*

Você não vai voltar nunca mais?

*

Não, você não vai.

*

E eu escrevo neste caderno lindo, de capa pintada à mão, que o Cláudio Luiz me deu, porque, talvez escrita, esta história faça algum tipo de sentido.

*
Mais pessoas vieram, mas eu não consigo me lembrar. A Cé, que você adorava, deixou na portaria um caderno com um gato pintado na capa.

*
Eu estou tão assustada.

*
Notei uma coisa fofa. Você transformou o nome de minha mãe, de Marli em Maliu, e agora todos a chamam assim.

*
A casa está cheia de flores. Tulipas roxas da Naty, flores das meninas da editora, flores dos seus amigos do tênis de mesa e dos velhinhos da padaria. Como na música, tantas, tantas flores.

*
Girassóis da Fátima.

*
Esta noite vieram Carina, Silvia, Leandro e Paulo José. A Maliu estava aqui. Faz pouco que eles foram embora e eu, sinceramente, não consigo me lembrar de nada do que falamos. O Leandro trouxe comida e vodca, e me deu um filme e livros. Mas eu não sei se agradeci. Nós conversamos e bebemos.

*
E você ainda não está aqui.

*
De: Ana Maria
Para: mim
O que dizer? Sei que nos falamos pouco, mas te leio sempre. Lia feliz sobre você e ele. Por isso, não consigo alcançar a sua dor. Peço que Deus te dê saúde, força e serenidade. Um abraço forte, carinhoso e solidário.
Ana Maria

*

De: S.
Para: mim
Querida. Obrigada por sua ligação tão carinhosa. Só você, no meio de tanta dor, pra ter o cuidado de nos avisar antes de publicar a notícia no blog, antes de ligar pra os demais amigos, pra que R. não passasse mal. Minha menininha. Sinto tanto que mal consigo saber o que escrever. Jamais pensei que passaríamos por isto, jamais pensei que você, meu amorzinho, passaria por coisa semelhante. Ele, tão querido, tão leal, tão amoroso. Vou poupar você de minhas divagações e da raiva que eu sinto de Deus em meu coração. Odiei Deus estes dias apenas como O odiei quando meu filhinho morreu. Ele morreu como o seu amor, querida, ele morreu em meus braços e eu ainda odeio Deus cada vez que me lembro. Dopei o R., contei pra ele enquanto ele dormia, vou esperar ele acordar. Dependendo de como ele estiver, peço a ele pra ligar pra você. Eu amo você mais do que me é possível suportar. E não paro de rezar nenhum minuto.
S.

*

De: Carol
Para: mim
Querida, só agora tomei coragem pra escrever. Nem sei dizer o quanto sinto pela morte dele. Na verdade, sei sim: sei que a dor é enorme, que parece que nunca vai passar, que a gente quer mais que todo mundo que diz que ele vai sempre estar no seu coração e tals vá pra puta que pariu porque isso não consola merda nenhuma. E não consola mesmo. A única coisa que me importa dizer a você é que você não está sozinha. Nunca. E quando digo que estou aqui é porque estou aqui na minha casa, o endereço está ali no canto do e-mail, com todos os telefones da minha vida para quando você quiser falar, na hora que quiser falar. Que Piná e Grizabela (minhas gatas) estão aqui esperando, já que eu falo tanto de você e de seus pimpolhos pra elas. Que minha mãe, Maria José, perdeu um filho, que era meu irmão mais velho, com 22 anos, num

acidente de carro e que está aqui pra dar todo o colo e ouvidos que você precisar. Que a Tia Conceição, uma das irmãs da minha mãe, também está aqui pra dizer que adora você por procuração depois de ter ouvido seus textos todos, já que passei os últimos dias lendo todo o seu blog e os arquivos pra ela. Que a Tia Luzema também está aqui, e que espera você pra um café com leite bem mineiro e histórias do neto dela, o Vítor.

Beijos da amiga, da Carol (amiga do Inagaki, mãe das gatas e fazedora de pudim).

Dia 31
Fui ao escritório do pai da Carina hoje. Ele fez uma porção de perguntas e beijou minha testa. Há algo que eu preciso fazer, mas eu não sei o que é.

*

Eu perdi você.

*

A Telinha me ligou de novo. Ela disse algo sobre sermos irmãs e cuidarmos uma da outra.

*

Eu não consegui cuidar de você.

*

De: Cris C.
Para: mim
Fui ao seu álbum virtual de fotos, olhar para o rosto dele. Não quis deixar recado na foto, então, escrevo um e-mail. Não queria uma mensagem triste nela porque ele não era assim. A melhor lembrança que tenho dele foi do dia em que contou a história de vocês dois e, depois, publiquei no livro de visitas do seu blog. Ele chorava de emoção e amor por você. Por esse sentimento, querida, continua. É foda, mas continua por ele. Lembrei daquele blog da

Stella aonde a gente ia pra chorar um pouco. Lembra? Aquele que ela escreve para falar do pai. Por favor, lembre-se de cada dia e, se quiser, escreva sobre toda felicidade que vocês viveram. Se quiser, divida isso com outros. Se quiser, escreva só para você chorar um pouquinho. Sei que você não vai esquecer nunca esses dias que começaram naquela livraria, mas acho que escrever sobre isso, por mais doloroso que seja, pode fazer você se sentir um pouco mais perto dele. E NUNCA se esqueça de que ele queria você feliz e escrevendo. Sei lá quanto tempo é preciso e não vou mentir. A dor não passa nunca. Chora, grita, briga com Deus porque ele não existe mesmo. Se quiser bater em alguém, estou aqui. Se quiser vir passar uns tempos comigo, estou esperando. Eu adoro você. Eu e um batalhão. Nunca vi tanta gente preocupada e chorando com a dor de alguém. Nós já ficamos juntas chorando em certas madrugadas difíceis, não esquece que entendo você. Liga até pra dizer nada. Não vou fazer isso porque sei que precisas desse silêncio, que deve ser enlouquecedor. Ele está lindo lá no alto do blog, sua homenagem é tocante, mas não deixa que a dor cale suas palavras. Foram elas que agregaram tanto amor em torno de você. Elas trazem você para a vida. Foi sua voz e inteligência que o atraíram até você. Fala e escreve POR ELE e PRA ELE. Nós pegamos uma carona nesse amor. Nossa amiga Luiza também manda todo carinho do mundo. Beijo.
Cris

*

De: Nelson e Cynthia
Para: mim
Querida, não há o que dizer. Só queremos que você saiba que nosso coração está com você. Um abraço apertado, e todo o nosso amor.
Nelson e Cynthia

*
De: Cynthia S.
Para: mim
Querida, eu não comento no livro de visitas do seu blog, mas leio você sempre e não podia deixar de mandar todos os melhores pensamentos que tenho. Sinto muito pelo que aconteceu, espero que ele tenha um ótimo caminho, e que você tenha toda a força do mundo para superar essa perda. Não posso viajar, senão já estaria aí para um abraço e para dar apoio nesses dias. Precisando da gente, seja para dar colo, seja para xingar, estamos aqui. Beijos, e um abraço bem apertado.
Cynthia S.

Setembro

Dia 1

A Patrícia veio de Santos, a Vera veio de Brasília. A Natália e a Maloca também vieram e nós ficamos juntas. Em alguns momentos dava para fingir que nada tinha mudado.

*

A Vera ficou, de ontem para hoje, para passar a noite. Vimos tevê juntas, ela, minha mãe e eu, em silêncio, o Baco sentado no colo dela. A Vera tem essa qualidade de trazer calma e serenidade, o sotaque mineiro, voz baixinha. Ela ficou aqui, doce, quieta, sem dizer nada, dizendo tudo. Trouxe bloquinhos coloridos, capinhas para garrafas de Coca-Cola, oferendas tolas, singelas, de quem fez a mala correndo e pulou dentro de um avião, para tentar consolar o inconsolável, para tentar dizer o que não pode sequer ser mencionado, para tentar tirar com a mão uma dor inatingível. Ela foi embora hoje cedo e eu não soube o que dizer. A Vera esteve aqui porque amava você. E você, que a amava também, não estava aqui.

*

A Lígia ligou de novo. Ela liga todos os dias, mais de uma vez por dia. Ela fala comigo e eu não entendo realmente tudo o que ela diz, mas ela fala comigo e isso é bom. Ela fala de você, eu acho. E depois ela fala que tudo vai ficar bem. Eu concordo com tudo o que ela diz e choro baixinho. E, então, ela chora também. Depois do seu velório, durante o qual ela segurou minhas mãos, a Maloca a trouxe aqui para nossa casa. Ela lavou a louça, arrumou a nossa cama, trocou a areia dos gatos e deixou um bilhete debaixo do meu travesseiro. Depois, ela se sentou ao meu lado e chorou. Sem dizer nada, nada.

*

De: Neide
Para: mim
Que o Senhor, que chama de volta nossos entes queridos para o seu lar e lhes proporciona a mais perfeita paz, dê a vocês força e fé para dizer que o Senhor sabe o que faz. E além dos portões desta vida há um portão aberto no fim desta estrada, por onde cada um de nós há de passar sozinho. E, além dele, dentro da luz que não vemos, o Senhor os acolhe. É lá que seu ente amado desfruta da felicidade e paz e nos dá consolo. Nossos corações estão com você, conte sempre conosco. Sinceramente.
Neide, Romualdo e família

*

De: Ângela
Para: mim
O que é que eu posso dizer? Que eu sinto muito? Eu detesto a natureza. Amor.
Ângela

Dia 2
Ah, meu bem, não me reconheço, nem à minha história, no meio desta casa, entre tantos objetos, sentindo as correntes de ar e o sopro dos anos. Não me reconheço ao adivinhar as estrelas, ao esperar o sol, ao capturar todas as letras no cofre, ao esconder o rosto no travesseiro. Sábado é setembro e eu não estou mais aqui.

*

Meu primeiro mês sem você, sem eu mesma, eu, eu que nunca deixei de estar.

*

Não encontro meu coração. Nele começo, mas não termino, nenhum dia nunca mais vai terminar, nenhuma espera é possível, nenhum gemido significa, e meu choro, enquanto a água fria bate em mim, não é nada, nada para ninguém.

*

Procuro os motivos, os meios e o fim no meio dos bolinhos de meias, nas suas roupas penduradas em cabides, todos voltados para o mesmo lado, meu orgulho de dona de casa ao manter seu guarda-roupa impecável, suas roupas bonitas, seus sapatos engraxados.

*

O silêncio da casa me quebra ao meio.

*

E eu não posso nada, nunca, sem você eu não posso.

Dia 3

Existe um tipo de ajuda que se pede. E aí, se recebe ou não – lembrando sempre da velha máxima da minha professora de latim, Dona Nair: "Ninguém dá o que não tem."

Mas existe outro tipo de ajuda que não se pede. E que, na maioria das vezes, você só nota que precisava depois de recebê-la.

*

De: Eric
Para: mim

Querida, você está como? Quer vir aqui pra casa? Venha, fique um pouco aqui, íamos ficar felizes. Esta semana eu disse algumas palavras na sinagoga por conta dele e da falta que ele me faz. Espero que você não se importe. Sou muito grato por tê-lo tido em minha vida, por ter podido aprender com ele, ler os livros dele, entender aquele humor tão peculiar, tentar acompanhar aquela inteligência toda. Seu marido foi a pessoa mais inteligente que conheci e a de melhor coração, sem sombra de dúvida. Estou com você para o que você precisar. Receba meu amor.

E.

Dia 4

A vida continua é uma das coisas mais cruéis que se pode dizer a alguém que está sofrendo. É um alívio saber que eu nunca disse isso para ninguém. E nem escrevi nalgum lugar que pudessem ler. Porque o fato é que a vida não continua. Bom, continua. Continua sim, para quem foi ao seu velório na terça, viajou para as Bahamas na quinta e teve um bebê no domingo. A minha vida não, não continuou. A minha vida acabou naquele dia. E o que começou foi uma vida nova. Que de quando em vez dói. Que me espanta. Que me tira o fôlego.

*

Minha vida acabou ali, naquele momento, você deitado em nossa cama, as convulsões de sempre, mas daquela vez você não respirava depois das convulsões. Eu fui limpar sua boca com a toalha e você não estava ali. Você não estava em minhas mãos, você não estava em lugar nenhum.

*

De: Adelson
Para: mim

Querida, vem pra cá? Não vou dizer que te abro meu coração porque você já mora lá há muito tempo, ali do lado direito de quem entra. Mas vou abrir minha casa, se você quiser, fica perto da montanha, da lagoa e da praia, aqui no Rio. No momento não tem cachorro, mas tem gata (duas, Sabrina, pretinha, e Ana Bia, a dona da Sabrina, branquinha), tartarugas grandes e filhotas, passarinhos do Bruno, hamsters do Bruno, e eu e Anna Christina, Ana Bia e Bruno. A casa é espaçosa e tem um monte de coisas que você gosta, livros, revistas, mangueiras enormes no quintal, um monte de coisas, e se você quiser alguma coisa que não tenha, eu mando buscar na hora. Se você quiser, eu busco minha mãe e ela conta tantas histórias, numa voz tão baixinha que você vai ficar tonta tentando acompanhar. Vem cá se e quando você quiser, vem? Um abraço bem quentinho.

Adelson

*

De: Lígia
Para: mim
Querida, eu só posso dizer que amo você. E parece que não, porque agora a vida parece um enorme não, mas as coisas vão ficar bem, nós vamos resolver tudo. Por favor, fique tranquila e coma alguma coisa. Estou aqui para sempre.

Lígia

Dia 5
Ontem, Ana Laura e Esther fizeram uma longa viagem de carro, de Caxambu para São Paulo. Elas foram me buscar, meu amor, porque eu não consigo parar de chorar. Elas querem cuidar de mim e me fazer sorrir, e querem que eu fique com elas. Então, eu vim.

*

É lindo aqui. E elas deixaram que Baco viesse.

*

Mesmo sabendo que você era maravilhoso, o amor delas por você é tocante. Elas estão com o coração partido.

*

Na vinda para Caxambu, chorei o tempo todo. As meninas ouviam um CD divino da Bethânia durante a viagem e há algo na voz da Bethânia que puxa o choro para fora da gente.

*

No meio do caminho, elas pararam, dei uma andada com Baco, Ana Laura jantou, a Cecília – a dalmatazinha bebê das meninas, que nos acompanhou na aventura – fez toda sorte de fofulências que só um cãozinho bem pequeno sabe fazer e a Esther ganhou uma girafinha de olhos azuis para mim na máquina de pegar bichinhos.

*

A casa das meninas é incrível. Uma sala retangular, gigante, a biblioteca dos meus sonhos, um escritório sensacional, quartos enormes e arejados. O pé-direito é coisa de, sei lá eu, uns quatro metros, o teto da sala é todo de vigas. Todas as janelas são de duas folhas e vão até o chão, as portas têm ferrolhos, o chão é de lajota avermelhada, a cozinha tem fogão a lenha, a lareira é fantástica, os móveis são sua cara, sólidos, madeira escura. Elas criam cavalos lindos e cães bobos e alegres. Baco, como era de se esperar, odeia todo mundo. Tem mato para todo lado por aqui e, às vezes, acho que o Daniel Boone vai entrar e me levar para caçar texugos, pobre colonizada que sou.

*

Elas são incrivelmente felizes aqui, uma com a outra.

*

"Eles não pertenciam todos ao mesmo futuro. Alguns daqueles homens que nadaram até Argo e encontraram um lugar em seus bancos eram pais e avós uns dos outros. Mas naquele lugar sem tempo, onde os mapas ainda não haviam se desdobrado, isso não importava."

Robert Holdstock – *O graal de ferro*

*

De: Alice
Para: mim
Você vai estar aí no dia 12 de setembro? Encomendei bolinhos da Telinha para o meu aniversário, que é no dia 12, e vou pedir

que ela envie alguns para você. Também é aniversário da Rádio Nacional e do Juscelino. Isto é, a Nacional é mais moça e o Juscelino mais velho. No meu tempo de rádio a festa era dupla, só que eu não pagava nada. Dez anos da minha vida de que lembro cada minuto, e com muita saudade. Ah, deixa pra lá.
Beijos e amor.
Alice

Dia 6
É tudo muito lindo aqui. Estamos no meio da estação seca e tudo que me cerca tem tons de marrom.

*

Ontem à noite, fui com Esther levar a Ana para dar aula em São Lourenço. A Ana parece estar se saindo muito bem como professora de redação, literatura e gramática. Enquanto esperávamos, Esther me levou à livraria que frequenta. O choro estava na minha garganta o tempo todo. E isso me angustiava e angustiava a Esther, o que me angustiava mais ainda, se é que você me entende. Por fim, a Esther me levou para andar e nós batemos muita calçada, muita mesmo, fui andando e chorando. Foi bom. Dormi bem.

*

A Lígia ligou hoje. Sem muito que dizer. Bobagens, coisas sobre os meninos, preparações para o feriado. Eu também queria, querido, preparar a vida para mais um feriado.

*

De: Otávio
Para: mim
Lindinha, falei com S. faz pouco, posso ir aí?
Beijos.

*
De: mim
Para: Otávio
Estou em Caxambu e não volto tão cedo. Você me espera voltar pra casa?
Beijo.

Dia 7
Hoje é seu aniversário. Quarenta e um anos. Não tive coragem de ligar para a sua mãe. Não pude.

*
Não foi assim que planejamos. Não consigo me lembrar quais eram os planos, se iríamos para a praia, se só ficaríamos vendo filmes em casa. Mas sei muito bem que os planos não eram estes.

*
De: Toni
Para: mim
Ele era um desses caras dignos de aparecer naquela seção "Meu Tipo Inesquecível" da revista *Seleções*. Humorista nato, praticamente inviabilizou os ensaios pra o Show do Bicho, uma brincadeira com show de calouros lá no ITA, pois era só ele começar a apresentar algum quadro pra que todos tivessem um ataque de riso. Era comum ver gente literalmente "rolando no chão" de tanto rir. Conviver com ele era ter um elenco de humoristas disponível a todo momento, com as "vítimas" daquele humor ferino sendo os nossos colegas de qualquer turma e os professores. Uma de suas imitações mais famosas era a D. Lourdes, professora da única matéria "fácil" do primeiro ano e que pretendia nos ensinar como fazer pesquisas bibliográficas. Ele imitava perfeitamente os trejeitos da "Perua Louca", muitas vezes na frente da própria ou até mesmo conversando com ela! No Show do Bicho, apareceu vestido a

caráter e quase derrubou o auditório quando soltou um "glu-glu-glu-glu" em meio a explicações estapafúrdias sobre a necessidade de o ponto final do TG ser em negrito. Um craque em inventar apelidos e fazer imitações, ele não perdoava ninguém. No Show do Bicho, criou um quadro engraçadíssimo só pra sacanear o Luiz, da T89. Eu morava no sarcófago do 310 e muitas vezes sabia que ele estava flanado em algum dos outros quartos só de ouvir as gargalhadas. Certa vez saímos todos deprimidos de uma prova na qual a turma inteira havia se ferrado. O clima estava tão ruim que a gente tava cogitando um suicídio coletivo na Via Dutra. Aí, durante o almoço, ele simplesmente começou a relembrar as questões de um jeito tão cômico que todos saíram dali dando risada. Grande escritor, dotado de uma sensibilidade incrível. Lembro-me de que, naquelas palestras do CPORRA, ele falou sobre depressão e demonstrou um profundo conhecimento sobre o tema. Ele saiu da T90, passou pela T91 e acabou se formando na T92. Pra muitos da T92, a T90 é conhecida como "a turma dele". Estivemos juntos no lançamento de um livro seu e, ao conhecê-la, achei que você foi feita em laboratório pra ser mulher dele. Vocês estavam tão felizes e nós dois rimos muito lembrando as artes que ele aprontava no H8, incluindo a famosa competição pra ver quem fica mais tempo sem tomar banho. Ele costumava dizer que o ITA era "uma fábrica de fazer doido", coisa que a vida muitas vezes teima em comprovar. Ainda não me acostumei com a ideia de que não irei vê-lo. Talvez seja porque isso não seja mesmo verdade. Irei vê-lo sempre que me lembrar de suas inúmeras histórias. E aí, mesmo triste pela saudade, vai ser impossível não esboçar um sorriso. Receba meu carinho.

Toni

Dia 8
A Telinha ligou. Falou dos gatinhos, do Fred. De você.

*

Levamos Baco a um veterinário hoje. Ele está com uma erupção terrível na pele, aquela, de todos os verões. Nos dias seguintes à sua morte, ele dormia vinte horas por dia, como os gatos. E quando acordava, gania baixinho, deitado em seu travesseiro. Minha mãe ficou impressionada. Ele não comia de jeito nenhum. Tive cães a vida toda, mas nunca havia acompanhado de perto o que significa para um cão perder alguém. É sofrido demais.

*

Enquanto esperávamos o IML naquela madrugada horrorosa, os gatos ficaram em volta de você. Mas depois que seu corpo se foi, só Bisteca, *o seu gato*, continuou procurando por você. Os menorzinhos se juntaram na sala, um amontoado de gatinhos e as perseguições, brigas e correrias atrás dos ratos de pelúcia pararam. Mas Bisteca escarafunchava seu armário, tentava entrar nas suas gavetas, enfiava o narizinho em seus sapatos. Onde será que você tinha se metido? Depois de cada inspeção, ele olhava para mim e miava com raiva, indignado, daquele jeito mandão que você achava tão engraçado ("Bise é o reizinho", você me dizia para justificar tudo o que ele jogava das prateleiras e quebrava, "ele tem direitos inalienáveis").

*

A única pessoa que me ligou no dia do seu aniversário foi a Helga. Da primeira vez que ela me ligou, dois ou três dias depois de você morrer, ela chorava demais e nós não conseguimos conversar. Ela teve a delicadeza de se lembrar do seu aniversário de 41 anos, de me ligar e de me dizer coisas lindas sobre você. Ela falou sobre sua risada de menino, suas sardas, seus olhos francos, de como ela amou você desde a primeira vez que o viu. Nós duas choramos.

*

Eu queria que você voltasse. Eu queria que você voltasse e me dissesse o que fazer. Eu não sei o que fazer. Nunca mais vou saber o que fazer.

*

São Paulo 8 de setembro de 2007
Querida, espero que esta carta chegue às suas mãos impregnada de carinho, o carinho que tenho por você. Não sei exatamente o que escrever, porque não escrevo cartas desde o século passado. Mas quero que você saiba que pode e deve contar comigo pra qualquer coisa, até a eternidade. Imagino que não seja fácil este momento, assim como creio que estar cercada de pessoas amigas torne este momento menos penoso, se é que isso é possível. Desejo sua felicidade, que você continue a sorrir, que mantenha a alegria do abraço que senti naquele único encontro de que pude participar.
Porque seu abraço é adorável, assim como você o é.
Meu beijo, meu abraço e meu carinho sincero a você, querida.
Tati

*

Taboão da Serra, 8 de setembro de 2007
Amada, as meninas tiveram a ideia de escrever carta de amor pra você e eu gostei da ideia. Mas estou com pena de te fazer ler esta minha letra horrível.
Atualmente, quase não escrevo à mão. Faço tudo no computador. Mesmo cheque; quando uso, tem máquina que preenche tudo e meu único trabalho é assinar.
Falei com nossa mãe Maliu ontem. E ela me pôs a par do pé da situação da reforma.
A nossa mãe Aurora está na cozinha, fazendo almoço. Amanhã, vou levá-la à feira da Liberdade.

Peguei cinco filmes na Blockbuster; três são indicações suas: *Sobre pais e filhos*, *Miss Potter* e *Mais estranho que a ficção*. Ainda não assisti a nenhum deles. Depois digo o que achei.

Hoje, ligou uma moça aqui, que me convidou para fazer uma avaliação gráfica e editorial de um jornal. Ela disparou a falar e nem teve o trabalho de perguntar se, por acaso, eu era assinante do jornal. E durante o tempo que falou comigo, parecia que ela estava lendo. Para terminar, a moça ainda me pediu que indicasse duas pessoas pra ela oferecer esse pacote. Devo ter cara e voz de idiota, né?

Lá no Centro, nós estamos organizando a Festa de Cosme e Damião. Vai ser no dia 30, domingo. Depois da festa, não consigo nem ver doce e guaraná; dá enjoo.

Amor, eu fico aqui falando um monte de bobagens, como é minha especialidade. Não sei como você me aguenta...

Dê beijos na Esther e na Ana Laura. Beijos no Baco, o belo. E muitos beijos ni você.

Marlene

Dia 9
Esta noite, um susto. Enquanto víamos o filme que o Leandro me deu, *O fabuloso destino de Amélie Poulain*, Ana Laura começou a se coçar. E se coçar. Em menos de cinco minutos, uma bolinha nas costas dela, que parecia uma picada de formiga, transformou-se em enormes placas vermelhas, bolhas gigantescas espalhadas pelo corpo todo. Ela ficou desesperada – com razão – e a Esther correu com ela para o hospital.

*

Elas passaram a noite fora. Fiquei aqui no escuro (a sua piada preferida: "Quantos filhos são necessários para trocar a lâmpada da casa de uma mãe italiana?" Nenhum. Por quê? "Deixa para lá, meu filho, eu fico aqui sozinha, sentada no escuro"), com os bichos, meus cigarros. E você.

*

Como na crônica do Verissimo, a casa fazia barulhos estranhos, estalava e se ajeitava, como um velho navio. Mas eu não tenho medo, você sabe. Cecília, a dálmata neném da Ana Laura, dormiu na cama com Baco e comigo. Tive pena de deixá-la sozinha. Brinquei com ela imaginando o quanto você adoraria este cachorrinho por perto. Li até amanhecer, fumei um bocado e chorei um pouco.

Dia 10
O médico que atendeu Ana Laura chuta (ele só chuta) que a crise dela está relacionada com alergia ao corante amarelo dos alimentos – na tarde anterior, Ana havia comido um saco daqueles salgadinhos de supermercado. O boneco deve ser artilheiro do time de futebol do hospital. Numa jogada rápida e hábil, ele se livrou do incômodo de não ter ideia alguma sobre o que a menina tem e ainda botou a culpa na paciente. Sensacional. Ele não é um plantonista ignorante, os exames não foram poucos, apressados e inconclusivos. Não, não. Vamos cortar caminho pelo mangue e tacar a culpa na Ana Laura, coisa mais fácil do mundo. Golpe de mestre. Agora está todo mundo – a Esther, a mãe da Ana e os amigos telefônicos – dando esporro na Ana Laura: afinal de contas, a culpa é toda dela. Poucas coisas na vida são mais gostosas do que ter um bode expiatório.

*

Ando todos os dias com Baco pelas ruas do condomínio, debaixo do sol do meio-dia. As meninas acham maluquice, neste puta calor, eu subir e descer ladeira com Baco, solão matador na cabeça. Mas sinto frio nos ossos e no coração, preciso desse sol todo. E acho que Baco também.

*

Pelo que eu entendi (e tenho entendido pouco nestes dias), isto aqui é um condomínio rural. Funciona como um condomínio, com todas as chatices de um condomínio – além de pagamento de taxa mensal, seu cachorro não pode andar solto na rua, não é permitido dirigir a mais de 30 km por hora, não pode música alta, teoricamente, horário restrito e por aí vai. Por outro lado, não me parece haver qualquer restrição arquitetônica, as casas são cada uma dum jeito e eu gosto de todas. Além disso, você pode criar animais de grande porte – não girafas ou elefantes – mas cavalos e vacas. Bichos barulhentos também, galos e galinhas (Esther e Ana Laura têm), gansos (elas também têm) e galinhas-d'angola (que elas não têm). Elas têm seis cachorros (oito, agora que Baco e eu estamos aqui) e seis cavalos, muitos planos, algumas certezas.

*

Elas têm tudo, tudo, tudo que importa.

*

Ana Laura e Esther passam o tempo todo preocupadas comigo. Se comi, o que quero comer, se dormi, se gosto do quarto. Elas são maravilhosas.

*

Rio de Janeiro, 10 de setembro de 2007
Querida, para começar, eu devia estar escrevendo à mão, que é muito mais chique e você merece. Mas descobri que não consigo mais, só cartãozinho pequeno mesmo. Cartas me deixam com o pulso doendo e me fazem levar três vezes mais tempo. Para compensar, resolvi adotar este jeito antiguinho, que nem a gente aprende na escola, com cabeçalho e tudo, e busquei uma fonte com carinha de máquina de escrever manual. Tudo umas bobaginhas só pra fazer firulas pra você, que merece coisas especiais.

Dito isso, não sei como continuar.

É sério. Escrevi esta carta mentalmente um monte de vezes, mas agora não sei o que dizer. Não sei se finjo que não aconteceu nada e que você está de férias na propriedade rural dos amigos, como as senhouras do nosso saudoso século XIX; ou se vou direto ao ponto e digo que adoraria fazer voltar o tempo, tirar a sua dor, secar suas lágrimas e que me faz sofrer muito saber que não é possível. Não, não, isso ficou muito meloso, exagerado. Mas o que fazer, se é verdade?

Ainda acho estranho e fascinante como podem nascer amizades e afetos tão sérios assim, via digital. Ouvi falar de você pela Monca e levei um tempão pra adicionar você aos favoritos da minha listinha. Depois, passei a ler sempre e a me sentir mais por fora que umbigo de vedete, no meio do livro de visitas do seu blog, aquele antro de intimidades. Imagina se eu ia escrever alguma coisa ali? Aí fiquei com o Vítor para a Monca ir ao lançamento do seu livro e ganhei dedicatória sua tão queridinha e gentil que me animei a dar as caras. Depois, bem... Como é que a gente se apaixona por uma pessoa assim, explica? Eu sabia que amava você, fazia tempo, desde antes de ter ficado na sua casa naquele novembro que já parece ter sido no século passado. Mas um evento desses, com esse impacto tsunâmico, chacoalha a gente, abala as estruturas, põe de cabeça para baixo tudo o que a gente achava da vida, e, nesta hora, o tamanho da minha própria dor, tão diminuta diante da sua, e ainda assim tão devastadora, deu a dimensão do quanto eu amo e quero que você fique bem. Até aí, tudo ok, você deve estar recebendo zilhões de votos de amor, e eu não estou pondo nenhum deles em dúvida. A questão é que, palavras, palavras, $%%@$#*, eu estou aqui é me coçando de vontade de fazer alguma coisa, qualquer coisa, concreta. Tem alguma coisa que eu possa fazer? Eu fiquei sabendo (estou dizendo que esse povo é fofoqueiro que só, rsrs) que você está cogitando ir morar com a Maliu por uns tempos, mas que há modificações logísticas a implementar. Eu estou querendo mesmo ir a São Paulo dar beijos e abraços em você, e se você quiser, eu teria o maior prazer de ir lá dar meus modestos palpites profissionais a respeito das alterações arquite-

tônicas. Maloca disse (pronto, contei a fofoca e o santo) que outra arquiteta, também amiga sua, já foi dar uma olhada. Ótimo, mas se você quiser mais opiniões, ou se ela, por qualquer motivo, não puder assumir o projeto, estou na área, tá? Outra coisa. Também sem pressa, para quando você achar que dá conta. É maluquice da minha cabeça, ou eu já ouvi em algum lugar você dizer que dá aula particular de latim? Bom, tenho um sobrinho, o Thiago, você conhece. Aliás, ele manda o beijo mais carinhoso e grandão que tem pra você. Eu ia dizendo... o Thiago está no primeiro ano de Direito, e há um tempão me perturba porque quer fazer aula de latim (não me pergunte por que ele perturba justo a mim). Para falar a verdade, eu também quero. Nem preciso sair lendo Ésquilo no original, é só entender um pouquinho mais da estrutura da língua. Essas aulas têm como ser pela internet, no esquema do seu curso de História da Arte? Você pensaria num preço, se for o caso? Bom, enquanto isso, aproveite esse tempo aí em Caxambu com as meninas. Só por elas estarem fazendo bem a você já gosto delas. Mande meu abraço e recomendações. E quando você vier ao Rio visitar o Pedrão & família, vou ficar zangada se não puder roubar você dele só um pouquinho e levar você para tomar chá com bolinhos. É isso. Eu vou me poupar e poupar você dos clichês sobre o tempo que cura e outras coisas do gênero. Eu estou ao seu lado pra o que der e vier e só quero que você saiba disso. Na alegria e na tristeza, sabe como? De mãos dadas, em silêncio, dizendo bobagem. *Whatever.*
Amo você. Beijo estalado.
Ana Paula

PS (isso eu sei que é *post scriptum*, viu, não sou uma aluna tããão analfabeta): O conteúdo da caixinha é só um mimo, um carinho em forma de cheiro bom. Não resisti quando vi essa buchinha em forma de girassol. Você construa as metáforas que quiser, só sei que me lembrei de você na mesma hora. Tomara que você goste.

PS2: O *peephole* é procê olhar a luz e ver a vida mais colorida?

Dia 11
Telinha ligou. Gatos, Fred, o calor do Rio de Janeiro. Ela é muito querida. As pequenas rotinas da vida dela me matam um pouco, mas é assim que vai ser agora, eu acho. A vida dos outros revelará, a cada passo, a minha não vida.

*

Ninguém entende minhas piadas. Meus silêncios. Minhas aflições. Meu medo dos bichos que voam – eles continuam vindo direto para o meu cabelo, e você não está mais aqui para me salvar.

*

Tenho crises de choro do nada. Lavando a cabeça. Dando água para o Baco. Arrumando a cama. Caminhando. O tempo todo, vontade de chorar.

*

Quando os paramédicos declararam que você estava morto, a Carina me levou para a delegacia. Depois para casa. Esperou a funerária comigo. Maliu estava lá. Renata e Márcia estavam lá. Foram Élcio e Carina a lidar com o legista. Eu não fiz nada. Eu não sabia o que fazer. Como sempre, não tive utilidade.

*

Foi o Adamov quem disse que coragem é falar na primeira pessoa? Seja lá quem tenha dito isso, está coberto de razão.

*

Bauru, 11 de setembro de 2007
Negona, bem que procurei papel de carta fofinho para escrever, mas nestes tempos de e-mail, como? Saudade das enormes cartas escritas para os amigos de clubes de correspondências, lááá nos anos 1980. Agora temos Yahoo Groups e blogs pra fazer amigos a distância.

De qualquer forma, vai uma cartinha para você, escrita com esta letra que muda toda hora. Como você está? Às vezes, tenho vontade de ligar e dizer "oi", mas fico sem graça, sei o quanto atrapalha um telefone tocando. Estar conseguindo me organizar melhor é maravilhoso, viva o remedinho de cabeça! Obrigadíssima pelas aulas 1 e 2, coisa mais delícia que é estudar História da Arte. Saudades de uma professora que tive e que se aposentou. Eu nem piscava nas aulas dela tamanha a paixão com que ela explicava cada pincelada, cada tato, os elementos das obras. Fico imaginando como seria uma aula ao vivo com você. Esta semana adiantarei os demais textos de História, sem falta.

Beijos, beijos. Beijo apertado na sua bochecha, de quebrar os dentes!

Amor!

Ligia

PS: Viu que letra feia? Viu como eu também uso T e F de maneiras diferentes? Rarará!

Dia 12

Dias depois da sua morte, alguém (você sabe quem) ligou para me dizer "Você *também* deve estar sofrendo, afinal você convivia com ele".

Ela reduziu tudo o que vivemos, fomos e sentimos, um casamento de oito anos, toda uma vida a uma "convivência".

Incrível.

Não se deve subestimar jamais os poderes duma negação bem-feita.

*

A primeira (de várias, imagino) rasteira nessa nova fase chegou hoje, por e-mail, depois de tudo acertado. Mesmo levando a pior, não posso deixar de admirar quem tem essa capacidade. Só os aptos a andar sobre cadáveres vão em frente, como essa moça acaba de provar.

*

A Gi também me ligou. Falamos bem, até ela me lembrar que, em dezembro, a filha dela vai estagiar no restaurante francês. Lembra que a gente combinou de ir? Daí eu desliguei o telefone e chorei durante muito tempo. Meu corpo todo dói de saudade. E de dor. Eu sinto dor da dor. Dá para entender?

Dia 13
Porque as pessoas têm coisas, você entende? Elas têm coisas para fazer, coisas que ocupam seus dias, filhos que passam em exames, paredes da sala para derrubar, o prato do micro-ondas que quebrou e precisa ser trocado.

*

Elas têm coisas para fazer e elas fazem essas coisas e não entendem que você morreu, que você não está mais aqui e que nada faz sentido, nada significa, que a vida delas acabou. Elas vivem e fazem coisas e alimentam seus cães e pregam botões e comem pizza, como se ainda valesse a pena, como se os conselhos delas pudessem resolver algo, como se elas existissem. Nada existe de verdade.

*

Cartão-postal do Baco para a Helga: "Quilida Tchia Héwga. Eu detesto a natuleza. Socoio, socoio, venha me salvar! Amor, do seu Baquíneo"

*

De: R.
Para: mim
Porra, gorda, impossível falar com você no telefone. Tu num qué vir morar com o tio? Mais uma pra me dar banho quando o inexorável me alcançar. A casa nova é uma merda, mas tudo bem, porque eu sou uma pessoa simples e do povo. S. chega ao Brasil dia 27, a infiel. Vem morar com o tio, eu te amo tanto, todo mundo aqui te ama tanto. Traga gatos, cachorrinho, seus livros, a sua

mamãe, a gente traz tudo, eu te amo tanto, tanto. Trago você no meu coração 24 horas por dia, sua risada, seu cabelinho de menino, suas mãos bonitas, sua sobrancelha erguida, uma só, de gelar a espinha, seu senso de humor malvado, seu mau humor que é das coisas mais deliciosas, o cheiro de limão, seu olho que quando olha no olho da gente é para matar. Note que eu não falei dos seus peitos lindos porque sou um velhinho doente.
Venha morar com o tio.
P. quer você aqui, S. quer você aqui. Vem.

Dia 14
Depois de um tempo, os dias ficam muito parecidos. Levantar. Arrumar a cama. Café. Andar com Baco no sol. Telefonar da cidade. Encher minhas garrafinhas de água e colocá-las na geladeira. Fazer listas. Escrever para você.

*

O que eu estou fazendo está errado, claro. Estou em um lugar novo, cheio de coisas diferentes, pessoas nunca dantes navegadas, e em vez de me jogar no desconhecido, fico enfiada em casa, sem conseguir respirar fundo.

*

Baco não está mais tão grudado em mim. Já aceita Esther e Ana, e, um pouco menos, os outros cães. Mas no geral, ele tem detestado nosso interlúdio mineiro. E eu morro de pena dele, mas não posso fazer nada. Tenho que ficar aqui. Vou enlouquecer naquela casa sem você. Você queria tanto morar lá, lembra? Ficou tão feliz quando nos mudamos. Você adorava aquele apartamento, aquele bairro, ir tomar café com amigos velhinhos na padoca aos domingos. Os velhos eram todos viciados na máquina de pegar bichinhos. Você ficava lá, comendo pão na chapa e conversando com eles sobre o Corinthians, a vida. Sei que você adorava aquele bairro. Eu resmungava que sentia saudades da Vila Mariana e você dizia "Não, minha linda, olha em volta, aqui é mais bacana, nós somos tão felizes aqui". Como é que eu iria imaginar que você ia morrer naquele apartamento? Vou embora de lá.

*

Foi a Carina quem cuidou de tudo. Liguei para ela imediatamente depois de ligar para a emergência. Ela chegou antes da ambulância. Eu já havia chamado o Élcio e a Renata no apartamento ao lado. O Élcio fez respiração boca a boca em você, massagem cardíaca. O filho dele, o Bruno, estava lá. A Renata falava comigo, mas eu sabia. A Carina entrou em nossa casa feito um furacão. Eu já sabia. Eu já sabia. Eu já sabia que você tinha morrido porque eu vi você morrer. Você morreu em minhas mãos. Eu sentia a vida saindo de você, eu vi sua cor mudar. Eu sabia, eu sabia. Eu sei.

Dia 15

Aqui em Caxambu, Baco começou a comer. Um pouco de ração de cachorro, um pouco de ração de cachorro bebê e um pouco de ração de gato. A Ana Laura enfia bolinha por bolinha de ração na boca dele, espera ele engolir, enfia outra, espera ele engolir. É comovente o cuidado e a preocupação dela com ele. Ela ama o Baco porque ele é um fofo. Ela ama o Baco porque ele era seu.

*

Sabonete de enxofre e muito sol parecem estar melhorando a pele do Baco. Ele ainda está assustado com a casa, com as pessoas. Foi maravilhoso que as meninas me deixassem trazê-lo. A mamãe ia endoidecer de tocar uma reforma com ele.

*

É, uma reforma. Vou viver com a Maliu.

*

Sabe o que eu tenho usado? Suas camisetas. Também uso seu desodorante e seu perfume. E ando com sua carteira na minha bolsa. Meu Deus.

*

Carrego no pescoço a sua aliança e aquele coraçãozinho de ouro branco e amarelo. O coração foi o primeiro presente que você me deu, dia 12 de junho de 1999. Mentira, foi o segundo. O primeiro foi uma caixa de chocolates belgas, dia 6 de junho de 1999. Era dia 6 que nós comemorávamos nosso aniversário de casamento. A gente casou no dia em que se conheceu.

Dia 16
O aniversário de Caxambu foi ontem ou é hoje, nem sei. Mas o fato é que além de shows de música de gosto duvidoso, houve show aéreo da esquadrilha da fumaça. A Ana nos chamou lá no quintal para vermos. Saí, olhei os aviões, você teria adorado. E me dei conta, de novo, de que você não está mais aqui. Você nunca mais vai voltar. Eu sei disso, mas ao mesmo tempo, vivo me assustando com essa constatação. Você nunca mais vai voltar.

*

Como é que os domingos com você passavam tão rápido e agora eles se arrastam, intermináveis e inúteis? Os domingos eram nossos, a gente não saía, não visitava, não recebia. Eu era sua, você era meu, e na hora de dormir você dizia que a semana seria ótima e que tudo ia ficar bem.

*

O Plínio precisa que eu assine uma papeladinha. E eu tenho que ir ao banco. E Márcia e Iara, que amorosamente cuidaram dos gatos durante a minha ausência, precisam descansar. É hora de voltar para casa. Casa. Nossa casa. Devo voltar para São Paulo. Tenho que. Eu queria ficar aqui para sempre, brincando de ser uma adolescente em férias. Mas eu devo voltar para São Paulo. Tenho que.

*
De vez em quando, chamo Baco pelo seu nome. E o pobre do cachorro, confuso, atende.

Dia 17
Sinto uma falta imensa da minha casa. Mas sei que não adianta voltar, porque ela não está mais lá.
*
Nada de chuva e o verde do mato ficou marrom faz tempo. Silêncio, muito, sempre que eu preciso, porque o povo aqui entende de silêncio. Ervas e manteiga, e queijo e biscoitos. A parte de cima do pijama não combina com a de baixo e tudo bem. A conversa é boa, é pura, se justifica por si mesma. Aqui eu posso chorar sem dar nenhum tipo de explicação. Choro na sala, a qualquer momento, enquanto o Mainardi esculhamba com o mundo, enquanto a Julia Roberts não se casa com o melhor amigo, enquanto a cachorrinha bebê se estica para chegar ao meu colo.

Dia 18
Estou tentando não me desesperar com o fato de, aos quase 40 anos, não ter pra onde ir. Eu não tenho onde morar e não sei cuidar de mim mesma. Queria muito poder ficar morando aqui com Ana e Esther. Mas não posso. Elas são uma família.
*
Eu já fui parte de uma família. Já pertenci. Já fiz parte. Já fui amada. Já fiz planos. Eu já tive tanto. Já fui tanta coisa.

Dia 19
A Ana ouve uma música que me faz chorar. Mas não posso pedir para ela desligar o som em sua própria casa. Então, eu fecho a porta do quarto.

*

Sentir sua falta é, ao mesmo tempo, lamentar a perda da sua vida maravilhosa e choramingar, egoísta. Tenho companhia, claro, as meninas estão sempre comigo, mas, ao mesmo tempo, não estão. Como era de se esperar. Elas têm códigos. Segredos. Trocam olhares que significam um mundo como nós já fizemos um dia. Eu estou sendo muitíssimo bem tratada – elas ainda não se cansaram de mim –, mas sou como um apêndice. A segunda pior coisa da sua morte – a sua perda, a sua perda – foi minha descoberta de que eu não tenho uma vida. Não sirvo para rigorosamente nada. Cuidava de você e, entre uma coisa e outra, mantinha um blog, uns alunos particulares e umas traduções. Mas meu foco era você. Sua vida, minha vida, você chegando do trabalho, contando as histórias, o que tinha comido no almoço, as fofocas da empresa. Você ligando da rua "Você se comportou hoje? Se você se comportou, eu vou levar um presente". E você trazia balas Juquinha, mexericas, latas de Coca-Cola, gibis da Mônica. Eu nunca havia sido mimada assim. Amada assim. Nunca deram tanto ouvido à minha opinião. Nunca precisaram tanto de mim. Você precisava de mim. Eu adorava isso.

*

Senti dor de cabeça, tontura e enjoo o dia todo e tive esperança de que fosse um ataque cardíaco. Mas ao que tudo indica, infelizmente, ainda não.

*

Foi a Carina quem tirou a aliança do seu dedo e a entregou para a minha mãe, antes dos caras da funerária levarem você. Minha mãe me deu a aliança depois do seu velório. Ela tem meu nome gravado. Porque um dia você me amou.

*

Ana, pelo amor de Deus, desliga essa música.

Dia 20
Caxambu tem sido boa para mim. Céu azul, sol que estala na pele da gente, piadas, cavalos, gente. Estou aqui e sei que mesmo não vendo os dias passarem eles sabem quem sou eu e não vão perdoar.

*

E tem coisa mais anos 1950, mais patética que minha sensação, quando casei com você, de ter sido salva? As poucas amigas feministas que ainda tenho não falam comigo nunca mais se souberem disso, espero que a Cynthía S. e a Juliana não leiam isso nunca. Mas quando você me escolheu, eu me senti salva. Segura. Redimida. Justificada. Perfeita. Você me amava e me queria. A vida não poderia ficar melhor que isso.

*

De: mim
Para: mamãe
Baco odeia a natureza e passa o dia todinho debaixo da cama, resmungando, fazendo cara de sofredor, avançando na empregada e nos outros cães. Além da natureza, ele odeia lugares novos, mudanças, cheiro de mato, sol e coisas que pessoas normais e bem ajustadas fazem, vivem, sentem e pensam. Ou seja, é meu filho. Cancela o teste de DNA no *Programa do Ratinho*.
Obrigada por deixar a gente morar aí. E se prepare.

Dia 21
Durante todos esses dias, Ana Laura e Esther foram encantadoras comigo. Se eu comia, se eu dormia, pareceu ser a grande preocupação da casa. Minhas crises de choro do nada, meus medos, minha insônia, minha desorganização mental e meu gênio ruim

foram mais que tolerados, foram compreendidos, abraçados, acalentados. Se a felicidade fosse possível algum dia, ela moraria aqui, com essas duas mulheres incríveis, nesta casa fresca.

Dia 22
A Anninha da editora disse que eles têm um texto para tradução. Um texto sobre uma mulher e seu cão. Já aceitei. Preciso trabalhar por tantos motivos que nem vale a pena pensar.

*

Hoje me dei conta: a vida voltou a ser a mesma miséria que era há oito anos, quando eu não conhecia você. A mesma, mesma solidão. Mas daí você apareceu e eu esqueci que a vida era horrível. Esqueci que eu não tinha nenhum motivo. Porque eu tinha você. Suas sardas. Suas mãos. Sua risada. Suas piadas e os apelidos que você botava nos caras da novela. E, de repente, minha vida ficou cheia de som. De razões. Eu passava o dia esperando você chegar. Eu passava o final de semana torcendo pra segunda-feira não chegar nunca. Você era a razão e o centro da minha vida, e você se foi. Como não poderia deixar de ser, numa segunda-feira.

*

E eu me acostumei tão fácil com aquela boa vida, com aquela felicidade. Foi como se o antes nunca tivesse existido. Como se antes de 1999 não houvesse nada, história nenhuma, ninguém. Foi bom demais e fácil demais e feliz demais e bonito demais. E eu deveria saber.

*

A vida voltou a ser horrível. E eu voltei a não fazer sentido algum.

Dia 23
São Paulo: calor. A casa está tão feia.

*

Márcia e Iara, preocupadas comigo, encheram a geladeira de guloseimas, puseram uma roupa de cama limpa, arrumaram tudo. Amorosas. Mas você não está aqui e eu me deito nestes lençóis cheirosos e sei. A casa, querido, a casa não faz sentido sem você. Nada faz.

*

Eu ia dizer que nós não temos esse CD. Preciso parar de falar "nós". "Nós temos", "nós vamos", "nós gostamos". Não existe mais "nós" nenhum. Eu sou só eu. Eu. Eu. Eu.

*

É noite agora. Todos já foram embora. Ana Laura nos trouxe de carro, Baco e eu, aqui para São Paulo, aqui para casa.

*

A viagem foi insuportavelmente quente e real.

*

Iara veio dizer oi.

*

A casa foi limpa. Nossa cama foi feita com lençóis impecáveis e edredom cheiroso. Além disso, durante a minha ausência, a Márcia teve o cuidado de embalar e encaixotar todas as fotos das paredes, para que eu não as visse ao voltar. Ela achou que isso diminuiria minha dor – e, realmente, fez toda a diferença. Ela também se preocupou em embalar os bibelôs da sala – garrafas de cristal, tacinhas, toda minha coleção de gatos, caixinhas, castiçais. Ela guardou tudo, amor, um gesto comovente. A casa agora está quieta e cheia de coisas que não significam nada.

Dia 24
Vago pela casa, pego os gatos no colo e falo com eles, com uma detestável voz de bebê. Namoro minha adega e olho o bairro pela janela. Assisto àquele episódio do seriado americano pela enésima vez, choro baixinho na cama, vejo que já são duas da manhã e minha angústia aumenta. Tento dormir com meia pílula, uma, duas pílulas azuis, faço leite quente com canela, divido meu leite com o cachorro, separo os livros especiais na estante da saleta, tiro o pó dos móveis da sala, guardo um monte de tranqueira. Como o resto do bolo de sábado, brigo com o gato que está me enervando, leio a crônica do Dr. Reis, tomo um Yakult, que eu nem sei se escreve desse jeito. Penso seriamente em ligar pro CVV, mas não ligo, tenho vergonha. E depois, vou dizer o quê? "Oi, eu tenho 36 anos e tenho medo."?

Dia 25
Ontem, na estrada, ouvi um CD do Chico Buarque que nós não tínhamos. E nele, uma canção chamada "Outros sonhos", tão, tão linda. A pobre Ana Laura me deixou voltar a música de novo e de novo e de novo, ouvi a música até decorar, até a música do Chico Buarque entrar na minha carne, cair na corrente sanguínea, virar osso e dente. O que não pode acontecer, o que não tem espaço, o que não é, a neve que ferve, o fogo que congela, os doentes que dançam, o impossível, o inimaginável, o que nunca, nunca vai acontecer, o que não tem volta, não tem rota programada, não deixa espaço para manobra, a neve que ferve, as drogas compradas na drogaria, o fogo que congela, você voltar para mim.

Dia 26
Você era minha casa. Você foi embora e agora o pobre cachorro só tem a mim. E ele me olha, não como ele olhava você, porque você foi o amor da vida dele tanto quanto da minha, mas ele me olha esperançoso, confiante, amoroso, certo de que eu cuidarei dele. E eu nem sei por onde começar. Pobre do cachorro.

*
De: M.C.
Para: mim
Minha muito querida. Voltei do retiro ontem, soube agora. São duas da manhã, vou esperar o dia para telefonar. O que mais eu posso dizer? Eu desejo a paz. Paz no seu coração, em seus pensamentos e ações. Para viver o que vem por aí. Para sempre. Eu lhe desejo a paz antes de qualquer outra coisa. E não tenho nenhum, nenhum desejo de "catequizar" você, nem por um minuto que seja, respeito sua inteligência e uma força maior que nós duas, que diz que você virá quando estiver pronta. Mas gostaria de deixá-la, de forma muito simples, com os conceitos básicos que regem minha vida, e dos que creem no que creio, não para consolá-la, sei que não há consolo nessa hora, mas como uma oferenda do que há de melhor em mim, que é minha fé: o sofrimento existe, e para ele existem causa e fim, minha querida. Creia nisso, por favor. Espero você para um chá, no momento em que você quiser.
Amor,
M.C.

Dia 27
Voltei a escrever no blog. Gosto do meu blog. Você gostava do meu blog.

*

E voltei para a terapia. A sanidade é inalcançável, mas estou com medo de mim mesma, das coisas que penso e que posso fazer. O velho é engraçado e bonachão, sim, minha inglória busca da figura paterna perdida, sei disso, mas e daí? O velho foi psicanalista desde antes de Freud nascer, sabe das coisas, é duro na queda, vai ser bom.

*

Antão e Peixoto, meus dois neurônios. Algo assim como O Pinky e o Cérebro do mundo dos neurotransmissores. Antão é grande e bobo. Peixoto é pequeno e malvado. E nenhum dos dois vale nada. Nesta manhã, em especial, parecem mais afetados pelo remedinho de dormir do que deveriam, e isso porque os Bloody Marys nem começaram a circular na minha corrente sanguínea (quando, além da falta de esperteza dos rapazes, terei que lidar também com Clotilde, minha particular ressaca, que comprou um tacape novo e promete um final de semana inesquecível). Mas voltando aos meus neuroninhos (que não valem por dois bifinhos): eles já derrubaram café com leite na minha camisa nova, pisaram no rabo de dois gatos, quebraram um prato e duas canecas, viraram um balde cheio de desinfetante na área de serviço e não são nem nove da manhã. Acho que Antão e Peixoto terão que sofrer uma interdição legal.

*

Antão e Peixoto aprenderam a usar *pen drive* com a Carina e a idiota aqui está se sentindo o mais adulto e competente de todos os seres humanos.

Dia 28

Penso em sua mãe quase tanto quanto penso em você. Todos os dias, várias vezes por dia. Passo o dia todo agindo como se ela pudesse ver o que estou fazendo. Querendo que ela se orgulhe de mim. Trago os olhos dela nos meus.

*

Passei a tarde com S. Choramos tanto, conversamos de mãos dadas, vi foto dos meninos, falei de você, ela falou do R., e nós choramos de novo. Ela vai para o sul ver as irmãs.

Dia 29

Então, que eu nunca fui das mais espertas. E depois de você morrer, como era de se esperar, tudo piorou. Piorou porque eu *pareço* menos esperta (com você ao meu lado me guiando e dando diretrizes, eu dava a impressão de ser mais espertinha). E piorou também porque eu, efetivamente, emburreci. Queimei neurônios demais com tanta dor e fiquei zoró. Não entendo piadas ou o final dos filmes. Não entendo as letras das músicas. Não sei mais o caminho para chegar aos lugares.

*

Existe uma série de palavras que não consigo pronunciar: cérebro, propósito, beligerante, cabeleireiro, geriatra, rodovia, impermeabilizar, equipamento, liquidificador.

*

Consigo traduzir com graça, vocabulário bacana e malemolência, qualquer coisa do inglês para o português e do espanhol para o português. Mas não consigo fazer o caminho inverso. Não consigo passar nada que esteja no português para o inglês. Ou para o espanhol.

*

Na hora de verter do português é como se eu não falasse esses outros idiomas. Se você me pedir para passar um texto para o alemão, é provável que eu tenha menos dificuldade – e olha que eu nem falo alemão.

*

Conversei sobre isso com minha psicanalítica mãe que disse que é absolutamente normal e que o processo pode levar meses. Então, procurei um neurologista que disse que isso é absolutamente normal e que o processo pode levar meses. Daí eu tive um treco, imagina, e com dó do meu desespero, o neurologista perguntou se eu sabia a diferença entre direita e esquerda. Eu disse que não, mas que eu já não sabia antes de você morrer, nunca soube, que eu era um caso perdido no maternal e que não aprendi vários conceitos básicos, inclusive os de lateralidade. Ele riu e perguntou se entendo quando o povo fala em inglês e espanhol. Respondi que sim, e que continuo sonhando quase sempre em espanhol. Ele perguntou se estou dirigindo bem, fazendo coisas miúdas (ele não chamou de coisas miúdas, usou outro termo) como costurar, abotoar a camisa e tal. Costurar eu nunca soube, você se lembra, a forma como o botão fica preso na camisa é um mistério para mim. Mas uma vez que ele esteja no lugar dele, vou muito bem, obrigada, de cima para baixo e de baixo para cima. Tudo bem. Ele sacudiu a cabeça e disse que eu tenho que continuar tentando, insistindo com a tradução, mas sem aflição e sem me cobrar demais, porque vai demorar.

*

Outros testes: tocar o nariz com a ponta dos indicadores, um dedo de cada vez, a cabeça deitada para trás. Andar seguindo uma linha reta imaginária, pé ante pé, bem devagar. Contar de trás para frente, de dez até zero, em português, inglês e espanhol. Só faltou o bafômetro.

Dia 30
Fui ao correio me sentindo com dois mil anos. Com aquela dorzinha fina do lado do coração, com pés de chumbo, com medo de que dê certo e medo de que não dê. Têm sido dias assim, estranhos, sofridos, as muitas culpas se acumulando, a equipe de salvamento que não vem. Talvez eu deva ser meu próprio São

Bernardo e, ao me descobrir soterrada na neve, derramar chocolate quente com conhaque em minha garganta. Acho que por isso resolvi passar na frente do meu velho colégio, o Gávea, depois do correio. Foi demolido o meu colégio. No que era nossa entrada, uma portaria gigante. No terreno, um prédio enorme, com aqueles varandões para honra e glória da nossa paulistana e endinheirada classe média. O nome é de uma crueldade inexplicável e leva Gávea no meio. Nosso muro não está mais lá, mas pude vê-lo mesmo assim, a metade de baixo um muro branco, a metade de cima uma rede grossa, dessas de quadra de tênis. No asfalto, junto à calçada, ainda se pode ler, numa tinta bem fraquinha "Estacionamento de Ônibus Escolar". Nossas pichações resistem no muro em frente, ainda que meio apagadas. Parei em frente ao terreno, sentei no capô do carro e fiquei ali, parada, impotente. Fui lá para me lembrar, para ouvir, para enxergar. Fui, para ter coragem para mais um dia, mais um dia, coragem que tem me faltado, tornando minha mira falha e meus passos vacilantes. Fui, porque é lá que meus ecos moram, lá que as lembranças me assaltam. Fui para ter sorte, para ter alguma esperança, para tornar a ser, ao menos em parte, aquela que acredita. Gostava muito mais de mim quando eu acreditava. Fui para parar de chorar.

*

Num impulso completamente insano, pedi à sua mãe se poderia levar suas cinzas para ela e passar o Natal com sua família. E ela disse que sim. Claro. Sua mãe é um poço de educação. Ela não diria outra coisa. Não consigo pensar em nenhum outro lugar para estar no Natal. Nenhuma outra pessoa, nada. Sua mãe, generosa, entendeu.

A incapacidade de negociação

Outubro

Dia 1
Hoje foi um dia... cheio. Logo pela manhã, a Maloca foi buscar a Tela na rodoviária e a trouxe para cá. Ela vai passar alguns dias aqui, olha só que coisa doce.

*

Com a Tela ao meu lado, fui ao crematório. Buscar suas cinzas.

*

A coisa toda é feita de forma muito rápida e discreta. Como não dá para ser indolor, eles tornam o processo o mais macio possível. A urna que a Carina escolheu é linda, digna, pesadona, sólida, madeira escura.

*

Eu contei que ela decidiu tudo, providenciou tudo, cuidou de tudo, não? Pois ela escolheu uma urna maravilhosa.

Dia 2
A ironia é que a gente era tão feliz que se bastava. A gente não precisava de mais nada: nem filho, nem amigo, nem grana, nem nada. Tudo o que eu queria era que você voltasse para casa toda noite. Tudo que você queria era voltar para casa toda noite. E agora, sozinha, fico aqui neste limbo, neste vão de tempo e espaço, preciso de uma coisa apenas, a única coisa que não posso ter.

Dia 3
Passei na frente do que um dia foi a produtora do R. e mostrei pra Telinha. A casa foi reformada, mas está lá.

Dia 4
São Paulo, 4 de outubro de 2008
Queridas Ana Laura e Esther:
Amolhas, este envelopinho está perdido aqui há séculos. Sou uma pavorosa bagunceira. Mas amo vocês demais. Vocês são uns coelhinhos do tamanho de Cecília.
Amor, sempre.
Eu

Dia 5
Está sendo maravilhoso ter a Tela aqui todos estes dias. Antes dela chegar, eu chorava toda noite até dormir. Com ela aqui, há conversa toda noite. E sopa. E, mesmo estando sozinha, não estou só.

*

No final de semana a Carina veio para cá. Também vieram Zel e Fernando e Juliana. E nós embalamos livros e coisas, nosso globo terrestre, muitas fotos. Nossa vidinha sendo encaixotada, desaparecendo num mar de papelão.

Dia 6
Acho errado, tão errado, que existam meninos e homens com seu nome andando pelo mundo. Eu me sinto ofendida, quase indignada, quando um ator com seu nome dá entrevista na tevê, quando uma mulher chama o filhinho com o *seu, seu* nome no corredor do supermercado e ele atende. Você adorava seu nome, querido, e enquanto você viveu, era como se não houvesse mais ninguém chamado assim no mundo. Agora que você se foi, a toda hora alguém com seu nome aparece na minha frente e isso acaba comigo.

Dia 7
Reviro velhas gavetas emocionais, revejo mensagens enviadas e recebidas, às vezes dúbias. Não bom.

*

A Tela me faz dormir tantas vezes.

Dia 8
No dia 6 aconteceu um jantar organizado pela Drica (sua amiguinha das piadas sobre *rehab*) e pela Faby. Os amigos virtuais todos lá, todas aquelas moças lindas que frequentavam nossa casa e que você adorava. Blogueiros famosos, gente que eu adoro de longe e que nunca tive coragem para fazer amizade estava lá, o Marmota, o Biajoni, o Branco. Fiquei emocionada. Eu estava arisca, mas tocada. O Leandro me levou e me trouxe para casa, usei sua camisa preferida e chorei um pouco antes e muito depois, porque chamo e você não vem.

*

A Lígia veio passar a noite comigo depois do jantar (a Tela foi dormir na casa da Juliana). Como é bom ter a Lígia aqui. Comemos e rimos e bebemos vodca direto da garrafa até quase cinco da manhã. Ela disse coisas boas e doces sobre você. Ela disse coisas boas e doces sobre mim, e mesmo sabendo que é tudo mentira, acreditei só um pouquinho.

*

Na tarde de domingo, várias das meninas vieram para cá, em algo que chamamos de "chá das cinco que começa às três".

*

Várias estantes já haviam sido esvaziadas, então, a sala estava estranha sem parte dos livros, sem você, sem as nossas coisinhas.

*

É uma vida tão estranha, esta que tenho agora.

*

O fofo do Paulo José veio aqui e foi bom falar um pouco com ele. Lembro do seu susto ao saber que a mãe dele havia morrido. Poucas semanas depois, você morreu também.

*

Hoje, Lígia e Tela empacotaram mais um monte de coisas, enquanto eu andava aparvalhada de um lado para o outro sem saber o que fazer, sem saber como não chorar.

*

Tantos livros para guardar. Você lia sempre os mesmos livros. A poesia completa de João Cabral de Melo Neto. *Sapato florido*, do Quintana. *Lord Jim*, do Conrad (às vezes você me chamava de "minha Marlow", quando eu estava contando alguma história, e eu morria um pouco por dentro). *A peste, Rei Lear*, aquele do Borowski que eu não lembro o nome, tudo do Salinger. E o campeoníssimo, *Moby Dick*, nosso favorito, que fazia você dizer "O que Melville uniu, vagabundo nenhum desune".

*

Você era um homem do século XIX, um dos muito motivos para amar você.

*

No final da tarde a Lígia foi embora. Queria tanto ir com ela.

Dia 9
Guardo cada papelzinho com sua letra como um tesouro. Sua letra linda, sua letra de padre, sua letra tão perfeita, tão regular, tão bonita de se ver. Achei um bilhete seu na minha agenda de 2005. Achei suas poesias. Achei nossos bloquinhos de recados fofos um para o outro. Achei tanta coisa.

*
Sinto a sua falta.

*
De: Elô
Para: mim
Tem quem seja sem casa, nunca teve nem terá um lugar, porque não se sente parte do mundo, vive à revelia, simplesmente porque nasceu e está vivo... Daí, inventa casa, lar, teto, marido, filhos, cachorro, inventa uma vida que valha a pena ser vivida, ou ao menos suportada... Daí que um vento bate e destelha nossa casinha de sapé, um lobo assopra e derruba nossa casinha de madeira, um furacão acaba com nossa casinha de tijolos, de pedra, do que for, porque não existe material que construa aquilo que deveríamos ser pra nós mesmos, mas é tão, tão difícil, que é ser um lar de nós próprios.

Dia 10
É quase madrugada. Levei a Tela para a rodoviária às dez horas da noite, mas o trânsito era o mesmo das seis da tarde. Eu estava brava e assustada porque ela ia embora e descontei nela, sendo rude e malvada. É inacreditável que ela ainda fale comigo. Que qualquer um ainda fale comigo.

*
A Juliana foi conosco e, na volta, depois de deixá-la em casa, dirigi sem rumo por mais de duas horas.

*
Fui até o Pacaembu, à Vila Mariana, cruzei a avenida Paulista algumas vezes. Passei na frente da casa do meu pai, dos nossos cinemas preferidos, da nossa padoca, do nosso café. Passei na frente da nossa livraria. Há tanta coisa nesta cidade, tanta gente, tanta luz.

*

Quero acreditar que você está em algum lugar e que, a qualquer momento, vou encontrar você de casaco e chapéu marrom, o café na mão, batendo no peito para procurar o maço de cigarros em um dos bolsos, as sobrancelhas grossas, o rosto tão sério.

Dia 11
Não os fatos em si, mas os fatos em nós.

*

De: Max
Para: mim
Compramos uma casa aqui nos Estados Unidos. Um dos resultados é que minha conta aí no banco saiu de sua condição normal, o vermelho, para entrar em outro nível, o infravermelho. E eu acho que, se eu não olhar para o saldo, não tem problema.
Beijos.
Max

*

De: mim
Para: João
Querido. Será que você poderia, por favor, cancelar o endereço de e-mail dele? É o e-mail que você já tem, a senha é mmab66. Eu não queria mesmo ter que entrar na caixa postal dele. Você faria isso por mim? Beijo grande.

*

De: João
Para: mim
Querida, obrigado pela confiança. Considere feito. Fique firme, as coisas só vão melhorar.
João

*
De: M.
Para: mim
Beijo e não se esqueça de ter um bom dia, é indolor – mas requer engenho e arte.

Dia 12
Feriado. Você adorava esse feriado, porque significava que faltava pouco para o Natal.

*
Não vou ser babaca e arrogante e dizer que comigo fazem uma vez só. Porque não é verdade. Comigo fazem muitas e muitas vezes e sou uma imbecil-passiva nalgumas leituras, uma sacana-cheia-de-ganhos-secundários noutras, *uaréver*. O fato é que, comigo, nego apronta muitas e muitas vezes. Até que chega o dia do basta. E daí cabô e não tem volta. Essa minha incapacidade de negociação é prova inequívoca da minha imaturidade. Eu sei.

*
Maloca está pensando em trocar de carro e tem me levado para passear com ela pelas concessionárias da vida, apenas e tão somente pela bondade de seu coração. E eu sou extremamente grata porque a vida pode até ser breve, mas o feriado é longo e tenho horas vazias demais para preencher – cada dia que chega traz com ele mais e mais horas.

*
Trancada neste apartamento, dores anacrônicas, fantasmas mais ou menos amigáveis, vida suspensa em caixas de papelão, cachorro neurastênico e gatos histéricos, agradeço por toda e qualquer distração e passeio de carro, feliz como um *cocker spaniel*.

*
E mesmo me iludindo, gosto de imaginar que estou sendo um pouco útil para ela também, já que faço muitas perguntas,

peço tudo por escrito, infernizo os vendedores futucando tudo e pedindo detalhes mecânicos (como se eu entendesse alguma coisa disso), de design (idem) e de quantos quilômetros por litro (rá!).

*

Mas mesmo perguntando tanto, assuntando e me metendo na compra da pobre Maloca, nada esconde o fato de o mundo dos adultos me apavorar muito, muito: os meandros dos complicados financiamentos, os carnês, as decisões, se é cor metálica, se vem com calota cromada, se tem revisor de cortesia, tudo me deixa branca de pavor.

Dia 13
A lista de palavras que não consigo pronunciar só aumenta: esmalte, inventariante, jardinagem, azulejar, projeto, arquiteto, publicar, rateio, certidão, visualizar, manobrista.

Dia 14
Cigarrilhas, Coca-Cola e pistache. Atravessando um mar de alegorias.

*

Estou velha demais, sofrida demais e em carne viva demais para aturar babaquice (quase de todo tipo), indecisão (de todo tipo) e mensagens dúbias (também de todo tipo). Ou é ou não é. Como diz o Verissimo, sejamos claros, já que não podemos ser todos franceses.

*

Esta noite tive amigos mais que queridos sentados na sala do que foi a nossa casa, salvando a civilização ocidental. Isso não fez com que a dor fosse embora, mas abafou meus neurônios por algum tempo.

*

Cantei para a Helga "Cantoras do rádio". Cantei no tom errado, desafinei, perdi o pé, mas ela se emocionou sinceramente, chorou e eu fiquei feliz em ter cantado, apesar da vergonha.

*

Ao se despedir de mim, a Mani passou a echarpe dela pelo meu pescoço. *Está com meu perfume.*

*

Depois, os queridos rumaram para o desconhecido, a sala escureceu, parei para pensar, o que nunca é uma boa ideia. Mas, como salientou o M. para dileta plateia, faz bem dizer certas coisas em voz alta. Ou escrever em voz alta, digo eu, rárá.

*

Recolhi e lavei taças e canecas, botei as rosas vermelhas que o M. me deu a salvo dos gatos, instalei Baco no seu travesseiro, vesti pijama de florzinhas e dormi com a echarpe da Mani encostada em meu rosto. E chorei antes de dormir, não me envergonho de dizer, não de tristeza, mas de pena de mim.

*

Nós, que não entendemos o enredo deste samba e que passamos para o segundo grupo, vos saudamos.

Dia 15
Na boa. Já estão vendendo panetone no Panizucar. E ontem, a Maloca viu uma loja enfeitada para o Natal lá na Pedroso. É outubro ainda, essa gente me dá nos nervos.

Dia 16
Ele sabe. Eu sei. E não falamos sobre isso, não há a menor necessidade.

Dia 17

São mais ou menos 280 e-mails acumulados, isso depois que eliminei aqueles que querem aumentar meu pênis, fazer com que eu fale inglês fluente em oito semanas – seja lá o que isso signifique – ou me ajudar a emagrecer dormindo. E quais eu escolho para ler? Os que magoam. Não os que emocionam, entenda, os que magoam. Enquanto eu não aprender a deletar os e-mails deste destinatário sem ler, os anos de análise com a dra. Liliana terão sido em vão. E eu, que sempre sou ligeira para responder os desaforos, li, li, li e fui dormir sem responder.

*

Entre os rabos de arraia e o começo deste abominável horário de verão, não é de admirar que eu tenha sonhado estar me afogando por toda a madrugada.

*

De: Cláudio Luiz
Para: Vera, Monca, Renata, Dedeia, Helena, mim
Rê, almoço no japa semana que vem é uma hipótese. Vamos, Helê?
Dedeia, no final de semana não deu pra ir, mas quero ir neste. Pena não ter bonecas. Eu tenho que me munir de muita paciência, pois a previsão do arquiteto é que a obra vá até o final do ano. :o(
Vera, boa viagem, divirta-se muito.
Monix, falando em pobreza... As previsões que você tem ouvido por aí sobre o câmbio, quais são? Será que as últimas subidas se manterão? Espero bem que sim. Esta semana eu tenho que trocar alguns euros... independente da perda que terei.
Queridinhas, força na peruca.
Beijos em todas, Cláudio Luiz.

PS: Adivinhem como eu tinha escrito euros ali em cima?... "trocar alguns ERROS". Caso de dislexia ou para sessão de análise? Freeeeeeeeeud, vem cá.

Dia 18
Deprimida demais para atender o telefone, responder ao livro de visitas no blog, comer, falar, pensar, pegar os gatos no colo, dirigir a esmo, arrumar a cama, escrever minhas aulas, remexer em fotos suas, roupas e papéis, matar o monstro da pia, trocar a lâmpada do banheiro que queimou, fumar, atender o interfone, escrever e-mails, receber visitas. Deprimida demais para fazer qualquer coisa que não seja olhar a tevê sem entender nada dos muitos seriados americanos e ter maus pensamentos.

Dia 19
Escrevi longamente no blog sobre Antão e Peixoto, meus dois neuroninhos burros e zorós, que não valem por um bifinho. As pessoas parecem adorar e achar graça nessas personagens. Depois almocei e passei a tarde com a Drica, olhando praqueles olhos de lago, respirando fundo. Foi um pouco de egoísmo e delírio nesta sexta-feira, este dia chuvoso, mas cheio de *cappuccinos* e, ah, de futuro. Fazia tempo que eu não tinha um dia com tanto futuro.

*

De: Tereza
Para: mim
Adorei as histórias de Antão, Peixoto, Baco e mamãe.
Faça muito carinho no Baco por mim. E também achei lindo o que o seu professor disse: que tem gente que ama a gente. E que tem gente que ama a gente como a gente quer ser amado. Nunca tinha pensado nisso, não assim, parece óbvio e é genial. Poderia ter economizado alguns anos de análise. Porque se não sou amada como quero, fico com a sensação de que não sou amada. Estou sempre lendo o LV, adoro, morro de rir. Mas prefiro não comentar lá, envio e-mail. Beijos com carinho.
T.

Dia 20

Carro, como dizia meu pai, quem tem dois, tem um. Quem tem um, não tem nenhum. Nosso senhorzinho de idade, o *pejôzim*, Torresmo, tem onze anos. Ele está cansado, fraquinho, tem gota, arteriosclerose, rins problemáticos, é hipertenso e vaza óleo. Além disso, o coitado é viciado, bebe uma gasolina sem fim. E eu nem o levei ao mecânico, porque sei que vai sair uma facada. Então, a cada ladeira murmuro: *só mais esta, filhinho, só mais esta, porque mamãe está pobrinha e seu plano de saúde venceu.* Ele tem me atendido, mas anda contrariado. Deveria haver um SUS para carrinhos velhos.

Dia 21

As pessoas que ligam aqui em casa são avisadas de que nosso telefone não existe, o que muito me surpreende, posto que as contas são mais realistas que o rei.

*

Ele, lá do Canadá, manda um e-mail, evidentemente sob os efeitos nefastos do álcool, perguntando se eu prefiro ser invisível ou voar. Meu querido, não sei nem escolher entre torta de frango ou calabresa, imagine uma questão metafísica dessas. Mas como adoro complicar o porre alheio, respondi dizendo que, na verdade, prefiro respirar embaixo d'água.

Dia 22

Aguentar estoicamente a imbecilidade alheia (sempre a alheia, eu não faço nada imbecil, sou apenas pitoresca, como ensina o LFV) é sinal inequívoco de que você se tornou um adulto.

Dia 23
Acho que estou ficando velha e sabida, apesar de Antão e Peixoto estarem debaixo do edredom, tomando Toddy morno numa canequinha do Mickey e vendo desenho animado, numa clara tentativa de boicote. Tenho caído em menos armadilhas do que era de se esperar. E em menos roubadas, também.

Dia 24
Nem na caneca de Toddy, nem no chão que me falta, nem nas cartas atrasadas, nem na ternura alheia, nem no enlatado americano, nem na respiração pesada do cão que dorme, nem neste delicioso vento fresco da madrugada, nem nas sábias opiniões de quem quer que seja, nem na calma dos dias, nem nas saudades do que não aconteceu, nem no meio sorriso do gato, nem nas lembranças do que fomos, nem no amor da Carina, nem nas minhas nove horas de sono, nem no último filme que eu vi com você, nem nas minhas poucas certezas, nem nas promessas renovadas, nem num abraço quentinho, nem numa taça de vinho, nem no Harry Connick Jr. cantando "Cry Me a River", nem nas cartas de amor, nem no sanduíche de requeijão, nem na luz do abajur, nem na música roubada da rede, nem num livro novo, nem em mim. Nem em mim. Nem em mim.

Dia 25
Ontem saí de casa bem cedo para buscar um trabalho e para ir ao correio. Na volta para casa, a manhã nem tinha começado direito ainda e parei no mesmo lugar que a Drica havia me levado na sexta-feira. O lugar chama Empório Tutti e é dos poucos lugares que faz *cappuccino* de verdade nesta terra. Disse oi para as mesmas moças simpáticas que me atenderam da outra vez: Renata e Tutu. Sentei, li estarrecida o trabalho de cunho hediondo que me aguarda

e nadei numa incrível xícara de *cappuccino*. Fiquei lá um tempinho. Paguei, conversei um *cadim* e saí.

*

Só quem tem síndrome do pânico realmente entende o que acabei de dizer. Entrei sozinha num lugar e tomei café. Como se fosse uma pessoa normal.

*

Mas tem mais. Só quem perdeu seu amor realmente entende o que acabei de dizer. Entrei sozinha num café. Sozinha. Porque é isso que eu sou agora. E que eu seja poupada do discursinho "*nós nascemos sós e morremos sós*", decorado da orelha do livro de filosofia. Nem quero que ninguém me conte nada do tipo "*eu sou ótima companhia para mim mesmo*". Pois eu sou péssima companhia, para mim e para os outros. E minha vida não é um livro de autoajuda.

*

Entrei ali sozinha. Sozinha. E enquanto bebia meu café e olhava pelo janelão, eu me dava conta disso outra vez. Vivo me lembrando, duzentas vezes por dia. De que acabou. E de que não tem ninguém me esperando em casa, ou voltando para casa, além de mim. Voltei para cá e havia silêncio. Paredes esburacadas e gavetas vazias. Um cachorro deprimido.

*

De noite fica escuro. E o silêncio continua. Este apartamento pequeno se transformou num casarão que vive vazio, mesmo quando estou aqui.

*

Porque, na verdade, não estou aqui.

*

Quase fiquei feliz porque ontem tomei um café sozinha.

*

Mas aí me dei conta de que tomei um café sozinha.

Dia 26
Pensando em raspar a cabeça e subir na torre do relógio com uma semiautomática. Pronta para tudo.

Dia 27
Não sei se você se lembra, esta rua já foi nossa. Era nosso este sol magrinho que não dá conta de me aquecer hoje, eram nossas estas calçadas e estas árvores. Nós íamos para lá e para cá, e eu andava olhando para o chão, seus pés metidos em tênis surrados me hipnotizavam. Eu amo você tanto, tanto. Nunca mais serei aquela pessoa, porque eu era o meu amor.

*

Espantada com a picaretagem que viceja, sinto tanta falta de você me dizendo: "Linda, o tapete da picaretagem é voador: decolou." Sinto falta do seu humor e da sua risada.

Dia 28
Tem uns dias assim, sobre os quais você não quer falar. Ou melhor, você quer falar sim, mas só com quem esteve lá com você, olhando as mesmas paisagens, sonhando os mesmos quintais. É quase um sacrilégio dividir esses dias com quem não viu as folhas caídas nas ruas, com quem não sentiu a chuva gelada nas costas, nem ouviu a piada do moço de cabelo bem curtinho debaixo do temporal "Ih, lá se foi a minha escova". É impensável tentar explicar, para quem não esteve lá, o que se sentiu ao ver os bichinhos nas gaiolas, ao tentar classificar os verdes diferentes, ao ouvir o carro fazendo *chiiiiii* no asfalto molhado, com quem não viu a padoca do seu Tonho, onde muito pão na chapa e café com leite

já foi tomado depois de madrugadas inteiras na beirada da ilha de edição, com quem não viu a própria casa de menino, a casa onde se cresceu, a casa que é nossa para sempre, saibam os donos atuais ou não. Não dividir esse dia com mais ninguém é uma forma de manter o dia intocado, salvo num canto da sua cabeça onde só cabem mesmo você e quem esteve lá com você.

Dia 29
Falo sozinha enquanto passo roupa. Falo sozinha lavando louça, lavando a área dos gatos, ou a área de serviço, ou os banheiros. Falo sozinha dirigindo. Eu falo sozinha.

*

Vou fazer uma nova versão do curso de História da Arte. Espero ter alguns alunos. A maioria dos textos – ou todos – do curso original, foi você quem digitou para mim. E os que não foram digitados por você, foram digitados pela Lígia. Eu sinto tanta falta de você. Vou ligar para ela.

Dia 30
My life is such a mess let's have a Brahma. Vi o Tom Jobim cantando isso ao vivo no Palace, de chapeuzinho panamá, porque nem tudo nos anos 1980 foi azul royal e ombreiras quilométricas. Gosto tanto dessa música; adoro essa frase.

*

Há que se ter cuidado com quem não sangra, com quem não tem nenhuma cicatriz, nenhum esqueleto no armário, nenhum corpo no porta-malas do carro, nenhuma marca do tempo e nem arrasta, vez por outra, correntes pela casa mal-assombrada. Há que se ter cuidado, sobretudo, com esses debiloides que repetem o que ouviram alguém mais debiloide ainda dizer "na vida só me arrependo do que não fiz". Essa gente é um perigo. Alguma coisa ali é péssima: ou a memória ou o caráter. Hum, ou ambos.

Dia 31
Esta noite um amigo dormiu no meu sofá. Sofá emocional, claro, porque Deus é testemunha que nós não temos mais um sofá de verdade nesta selva de papelão e desgosto, só caixas, sacolas, coisas desmontadas e gatos desnorteados, que não têm mais certeza donde estão. Mas mesmo assim, ainda que emocionalmente, foi bom ter um amigo dormindo aqui.

*

"Não se deve ampliar a voz dos imbecis."
Millôr Fernandes

Novembro

Dia 1
No meio dum trânsito insuportável, a cidade envolta num calor inacreditável para as 8:30 da manhã, enquanto o Guilherme Arantes canta animadíssimo sobre pegar carona nesta cauda de cometa (eu não era mais criança quando essa música apareceu, mas me diverti muito com ela) e sobre um lindo balão azul, a gorda do pejozinho azul chora, de sacudir os ombros, ali, parada no farol.

Dia 2
Ainda com as melhores intenções, as pessoas não param de falar sobre a minha "nova vida", sem se dar conta da crueldade. Eu não quero uma nova vida. Eu quero a minha velha vida. Ou vida nenhuma.

*

De: A.
Para: mim
Alguns livros eu não abria. Medo mesmo. Um dia, abri. Mario Faustino. Caiu um bilhete com uma lista de compras, Coca-Cola da minha e dela. Chorei uns 3 dias seguidos.
A.

Dia 3
Às vezes o Eduardo Almeida Reis cita você na coluna dele no jornal. Acho bonito, ele fala de você como se vocês fossem parceiros de biriba, de pescaria. Fico emocionada porque ele fala de você com carinho real, quase tangível. Mas fico feliz também, que vai-

dade tola, porque você está ali, registrado na obra de um grande, grande escritor. Entende? Um cara tão importante ama você e sente sua falta, enxergou todas as suas qualidades, todas as suas imensas qualidades. Imprimo, guardo, releio de quando em vez.

Dia 4
O seu cabelo na minha boca. E eu nunca fui tão feliz.

*

Triste mesmo é quando acaba a torta de limão e qualquer vestígio de orgulho próprio na sessão de análise.

*

Dona Elisa, ao telefone: *"Mana, eu sou um moinho."*
Depois, sobre uma amiga dela, diz: *"Ela sabe mais que nós, é forçoso reconhecer"*, hahaha, acho uma graça.

Dia 5
E como se eu já não tivesse chorado o suficiente hoje, aparece aqui um pacote da Amazon.com.
Você deve ter comprado esses livros no começo de agosto.

What Jane Austen Ate and Charles Dickens Knew
The Complete Servant
Beatrix Potter: A Journal

E chegam com um cartão seu.

"Seu livro novo merece comemoração. Orgulho e amor."

*

Quando foi que você comprou esses livros? No começo de agosto? Deve ter sido. Deve ter sido.

*

O ouvido me matando, o coração doendo, esta casa nojenta, Antão e Peixoto escondidos atrás do coqueiro com medo de mim, clientes enfurecidos bafejando na minha nuca (cobertos de razão, devo acrescentar, num breve momento de lucidez) e eu ainda tenho que me lembrar de tudo, tudo que eu já tive, de tudo que eu já fui, de tudo que não sou.

Dia 6
Queria morar numa rua que chama "Rua Pedrinhas". O nome é fofo e a rua é linda.

*

"Don't ask me about my business, Kay."

Michael Corleonne, no filme *O poderoso chefão*.

Dia 7
Abro os olhos no escuro. O relógio do vídeo me diz que são 4:23 da madrugada. Nem pensar em pedir ajuda a Antão e Peixoto, que nesta hora dormem de pijaminha.

Baco também está desmaiado.

Durante uns segundos, tateio em busca do controle remoto e o telefone toca. É uma voz de trovão.

– Eu sei que acordei você.

– Não. Você pode não acreditar, mas eu acabo de acordar, faz um minuto.

– Acordou por quê?

– Do nada, R. Acordei, só.

– Tá.

– Conta mais do hospital, que seu e-mail não explica nada.

– Ah, nada. Exames, blá-blá-blá, enfiaram um tubo na minha raba, uma humilhação, mas eu estou bom.

– Mesmo?

– É. Estou puto e triste, muito triste, mas bom.
– Puto e triste com o hospital?
– Não.
– Com S.?
– Não.
– Comigo?
– Não. Não adianta explicar.
– Tá. Que você vai fazer agora?
– Nada.
– Canta pra mim?
– Canto. Vai passar, você sabe.
– Não, não vai.

Quando acordei, com o telefone encaixado entre meu pescoço e meu ombro, eram sete da manhã, e eu me vesti ligeiro e fui para a rua. Mas dormi, com ele cantando Caymmi pra mim. Não passou, querido, você sabe, mas foi tão bom.

Dia 8
A Mani, sem cuja ajuda nada seria possível, marcou minha ida para Recife.

*

De: Lígia
Para: mim
Queridona, lá vai o texto com estrelinha rosa. Charles Bronson tá escrito certo, viu? Conferi no Google. Revi o filme *Um filme falado*, que vimos aí em julho, pouco mais de um mês antes dele morrer. Não me xingue. Sei que você detesta nossos filmes-cabeça e ria das nossas discussões, mas era tão bom ter com quem falar dessas coisas. Eu sinto tanta falta dele e dos nossos telefonemas, querida. Revendo o filme voltei muitas vezes à cena do acidente, sabe quando era mostrado o navio cortando o mar, toda vez do mesmo ângulo? Reparou que o mar ia ficando mais escuro conforme o filme andava? Eu presto atenção numas coisas...

Enfim, acho que aquilo tudo representa o fim da civilização contemporânea, não? Não era disso que eles vinham falando por todo o filme? E elas foram de navio, como todos os antigos iam, oras. Por que não foram de avião?

Enfim, fico divagando em assuntos bestas que é pra fugir dos pensamentos sobre a minha vida besta, sobre as pessoas que não merecem e nem nunca mereceram nenhum dos meus gestos, sobre a minha eterna (e patética) necessidade de fechar os olhos quando a luz está acesa.

Sinto muita saudade dele.

E de você.

Amor, Lígia.

Dia 9
Fui com C. a um lugar chamado Café Gardênia. Ficamos seis horas lá. Atendimento lamentável, e olha que C. é educadíssimo com garçons, como você. Mas o expresso era bom e a limonada suíça também, a conversa foi muito boa e a tarde virou noite. Falamos muito de São Paulo. C. adora a cidade, quase tanto como você, ele é fanático por esta cidade suja. E falamos sobre sebos e nosso apego aos livros, sobre Quintana e a lógica dele, sempre perfeita.

*

"– Quem é você? – pergunta o capitão.

– Ele nunca me deu um nome – respondeu a criatura do Dr. Frankenstein."

Mary Shelley, em *Frankenstein*.

Dia 10
Oficialmente, o verão começa quando mesmo? Porque aqui, já é verão. O ar parece mais denso, é mais difícil andar contra ele. O ar é *algo a ser vencido*. Às vezes chove, mas nada que alivie. A chuva acaba sendo só mais uma etapa do calor. Está quente

demais e todos os insetos nojentos do mundo querem andar pela minha cama, onde eu me instalo para trabalhar com o computador no colo. Eles andam sobre meus livros de referência e sobre os dicionários e se metem no meu cabelo e entre as teclas. Odeio insetos, odeio este calor cretino, odeio o verão. Eu quero mesmo é voltar para casa. Mas eu não tenho mais uma casa, em lugar nenhum.

*

De: mim
Para: Lígia
Ah, amor, dos muitos motivos para amar você, o maior deles é seu eterno otimismo. Você acha mesmo que no meio daquele filme sacal e lerdo a burrona aqui ia reparar no mar mudando de cor? Oi? Minha filha, eu só queria que o filme acabasse logo promódagente ir jantar. Pense numa pessoa que NÃO ENTENDE esses filmes-coisos de vocês? Prazer. Graças a Deus fiquei sua amiga e dei você de presente pra ele, Li, você preencheu uma lacuna cultural em nosso casamento, hahaha.

Escuta, e a reforma da cozinha, que tal? Eu sonho com a sua cozinha nova, sabia? Acho que a gente vai se divertir lá. Vamos fazer o frango com Coca-Cola da minha mãe? Divinal, Li. Engordativo, calhorda, comida de gordo vagabundo. Faremos duas travessas.

Amo você, pequenininha.

Dia 11
Ontem estive em Campinas com a Silvinha, a família dela e nossos amigos. Ela tramou, junto da Fer, uma noite de venda de livro. Oficialmente, foi para desencalhar o livro, mas foi mesmo, de novo, uma tentativa dessas meninas adoráveis de me tirar de casa, de me deixar mais felizinha.

*

Repetir para elaborar, repetir para elaborar, repetir para elaborar, repetir para elaborar. Como você vê, querido, eu estou tentando.

Dia 12
A Carina conheceu um fulano na internet e vai para a Austrália conhecê-lo. Juro, juro por Deus. Invejo profundamente quem é assim. Adoro quem mete o pé na porta. Não sou capaz de abrir as minhas portas nem com chave.

*

De: mim
Para: Otávio
Adorei o nome do café que você descobriu. E eles nos deixam fumar e nos comportar como os viciados prejudiciais às criancinhas que realmente somos, e na área interna inclusive, a salvo do vento e do frio, não apenas no quintal, junto dos bujões de gás, dos jabutis, das bicicletas sem pneus e dos cães que ninguém quer dentro de casa? Ótimo, adorei.

Dia 13
Hoje foi um dia tão estranho. Não trabalhei porque não consegui me concentrar, não joguei o *joguim* no qual sou viciada, nada. Vaguei pela casa, chorei um pouco, ouvi alguma música. Hoje foi um dia tão estranho.

Dia 14
Tenho escrito um pouco sobre a novela no blog, mas sem a mesma graça. Sem você para ver junto, sem você para dar os apelidinhos, sem você para comentar os absurdos, nada tem o mesmo sentido. Principalmente as piadas.

*

Shopping com o Leo. Tomamos café, li um trecho do livro para ele (ele insistiu, juro) e esbarramos por acaso com o S., que assim como o Leo, foi amigo de escola. Reminiscências, fofocas, constatações surpreendentes, fotos de filhos (a meninazinha tem o mesmo nome da mãe dele). Ele contou que outra amiga do colégio, a Nina, perdeu o marido. Faz mais ou menos um ano. Lembrei de todos nós na escola, colando nas provas de biologia, tocando violão, tirando fotos na quadra de vôlei e fazendo teatro com o Eric Nowinski. Mas então, desisti de lembrar e pedi mais um café.

*

Conviver mais amiúde (Gostou desse amiúde, amor? Eu ando terrível) com alguém que estudou comigo, que conheço há tantos anos, faz pensar no quanto a vida nos afeta e nos magoa e no quanto os anos pesam sim. Eu tinha essa fantasia maluca que era só comigo, mas reencontrar com o Leo e outras pessoas daquele tempo faz ver que fomos e somos todos afetados, para o bem e para o mal, todos carregamos cicatrizes, todos gritamos no travesseiro depois que as luzes apagam. Não encontro nenhum consolo nisso, nunca achei que a miséria fica melhor se acompanhada. E me incomoda que a dor do outro reflita a minha. Prefiro que a alegria do outro me distraia de tudo o mais.

Dia 15

Estou em Caxambu. A Maloca queria vir conhecer as meninas e eu queria demais ver Ana Laura e Esther, talvez seja a última vez que eu possa vê-las este ano. Não quis perder a chance. A casa continua incrível. Uma delícia. As meninas continuam doces, doces. Os cães, malucos. Amo este lugar.

Dia 16
Qual é a primeira regra do *Clube da luta*?

*

De: Claudia
Para: mim
Ah, depois da conversa, na hora de desligar o telefone, ele me disse "Tem uma coisa que quero dizer – era para você estar aqui comigo". Hoje eu não podia ouvir isso... já tinha chorado muito por causa do leite derramado... hoje não...
Amor,
Claudia.

Dia 17
Assim ó. Tem dias que meu cabelo não vê uma escova. Certo? Certo. E neste exato momento, meu amor, estou trancada no escritório com a Ana Laura porque tem um morcego na sala e a Esther está lá tentando convencê-lo gentilmente a voltar para o quintal, para a natureza, para sei lá eu onde. E como se isso não fosse suficiente, contei prelas o programa de rádio que o Leo e eu queríamos fazer. As loucas compraram a ideia, se mexeram e parece que vamos ter um programa – não sei qual vai ser a periodicidade (eu não sabia falar essa palavra longa e difícil, mas a Ana e a Esther me ensinaram). Foi tão divertido. Agora, vamos para casa. Quero dizer, quando o morcego deixar.

Dia 18
O consultor do jornal que assisto conta que aumentou a procura por apartamentos de um quarto aqui em São Paulo. E eu acho que mesmo um quarto é demais, é demais.

*

Empacotando coisas para minha mudança ainda distante (só devo me mudar para a Marliu no começo do ano, mas não aguento ficar aqui sem fazer alguma coisa), descobri que temos pelo menos seis *Moby Dick*; quatro *Infernos de Dante*; três *Armas, germes e aço*; duas biografias (você diria "biografinhas") do Garrincha; duas biografias do Nelson Rodrigues; e dois *Civilização*, do K. Clark. Nós somos uns loucos.

*

De: Suzi
Para: mim
Me enche o saco quando dizem: "Ai, como você é forte!" Forte coisa nenhuma! Não temos é alternativa. Funcionamos lindamente no meio do caos, mas qual seria a alternativa? Curtir a dor e a fossa no castelo de *Caras*? Esse negócio de pensar a vida e o destino da humanidade em meio à nossa própria dor funcionava bem pro Tolstói, que era rico.

Nós temos contas a abater e elas se multiplicam como coelhos.

Vou ali fotografar peças da coleção nova, pois hoje a santíssima trindade se deu: Sol, Xu – filha profissional e modelo-amadora – e peças prontas. Não posso desperdiçar. Eu amo você.
Suzi

Dia 19
Pensar demais, remoer veredas e não dormir como as pessoas normais, meu benzinho, tem lá suas vantagens. Sem querer, achei a Doris Day e o Frank Sinatra na tevê, *Corações enamorados*. Tem coisa mais linda que o Sinatra tocando piano, *blasé*, com um cigarro pendurado no bico? Tem não, tem não. Vou ali, acho que inda resta Porto na garrafa.

De: Silvana
Para: mim
Querida, comi *mousse* de amendoim hoje no almoço. Nada não, só para contar.
Sil

*

De: Claudia
Para: mim
Hoje fui caminhar... faço isso ouvindo música, fone de ouvido, coisa e tal... e aí que toca uma música da Cássia Eller... bobeira, nem sei o nome da música... é uma que fala de All Star azul... só que essa música me lembra a época que comecei a namorar com ele... ele morava em Laranjeiras, no 12º andar, como na música... e eu ia lá... e também ficava feliz quando entrava no elevador... já estou chorando de novo, droga... vou desidratar. Eu só me pergunto como é que tudo ficou assim... não vi... não percebi...
Beijos,
Eu.

Dia 20
Sonho tanto com você. Vejo suas mãos e suas sardas, ouço sua rara gargalhada e meu olhar passeia por seus olhos, pela linha do seu cabelo e além, pelas paredes do quarto, prateleiras, DVDs. Sinto seu calor, seu sorriso ilumina minha pele e quando quase sinto seu gosto, acordo. Sentada na cama, pego seu cão no colo e canto para ele as mesmas musiquinhas sem sentido de sempre, fazendo voz de desenho animado.

*

De: Lígia
Para: mim
Hahaha! Querida, esse negócio de observar mar mudando de cor é treino da faculdade de Desenho Industrial. Foi lá que passei

a prestar atenção nas cores, formas, mas só porque alguém me ensinou que essas coisas existem. De qualquer forma, obrigada por ter reparado, você sempre elogia os detalhes, gosto tanto disso em você. Mas voltando para meu assunto favorito: eu não sei história, português, sou uma analfabeta política também. Minha vida sempre foi uma sucessão de burradas e crises de depressão. Mas espero que isso mude logo. Antigamente, eu queria saber muita coisa. Hoje em dia, só quero saber novos pontos de crochê e aprender a fazer caramelo em ponto de fio. Quero um fogão cinco bocas e uma panela Le creuset (escreve assim?) para fazer "boi burguinhão". Se seu querido marido fosse vivo, eu ia ligar no trabalho dele hoje para falar de algum diretor de cinema bem chato e bem europeu. Preciso voar para outros mundos.

Amo você.

Lígia, que vai morar na cozinha nova.

Dia 21

Um mau dia, uma semana assustadora, um mês de merda, um ano horroroso. Desabo na cama, e meu choro engole o domingo, escapa pelas frestas, alcançando a semana que nem começou ainda, atrasa a chuva e deixa os gatos de orelhinha em pé.

*

De: mim
Para: Ana

Ana, preciso de uma amiga que tenha com quem deixar as crianças, não ligue para a quantidade de vodca que pretendo ingerir neste final de semana e queira ouvir choro (eu ouço o dela em troca, palavra), que não ligue para coisas burguesas, tais como apartamento limpo e comida quente, e que saiba cantar "You Don't Know Me" de fogo. Tenho umas dez garrafas de Lambrusco gelando. Um microssuicídio coletivo estaria nos seus planos deste sábado?

Dia 22
Eu me lembro que tive um amigo que, nestas horas, cantava para mim que tudo, tudo, tudo vai dar pé e que a fé não costuma *faiá*. Hoje em dia não acredito mais, nem nas músicas e nem no cara, mas ah, era tão bom acreditar nisso tudo. E ter um amigo.

Dia 23
Você ficava aflito com minha lerdeza para tomar a xícara de café com leite. Acho tão engraçado lembrar disso. E também se afligia com minha mania de separar o sanduíche num monte de pedaços. Eu ainda faço essas coisas. Passo horas enrolando com a caneca de café com leite na mão, sanduíche necropsiado, cada fatiazinha de presunto estudada. Eu iria continuar enlouquecendo você.

*

Quando está inspirada, a Zel me conta seus podres. Vocês dois rindo de coisas e pessoas, das personagens da novela. Vocês dois cantando músicas da Kátia. Adoro saber dessas coisas.

*

O cara é culto. Bem mais culto que a média, seja a média de onde for. E tem talento. Ele sabe mesmo das coisas e você nota que rola ali um estudo, um empenho, rola uma queimação de pestanas madrugada afora. Ele está mesmo fazendo a lição de casa. O cara só não é maior agora – e provavelmente nunca – porque é arrogante. Muito, muito. Uma pena, sabe? E um saco.

Dia 24
Nossas tristezas se encontram no sábado pela manhã. Sol, calor, expresso para ele, *cappuccino* para mim. Passado, para os dois.

Tenho uma dor maior que tudo. Ele tem a certeza de que nada existe. E nós contamos histórias. E espiamos o mundo. E bebemos o trânsito.

*

Ele me leva pela cidade que ama. E eu me sinto segura. E a dor para um pouco e a dor faz feriado. O Estádio e as ruas, e a praça, e o Palácio, e a luz. E eu olho o azul. E as casas que nunca terei.

*

Ele me conduz por muitas ruas, por túneis e pontes, por imagens, por certezas. Ele afasta os fantasmas e suas ruas são gentis. Eu sou grata. E tola. Ele é bom.

*

As ruas são tantas, todas as ruas do mundo. Teodoro, Cardeal, Arnaldo. E na cidade que ele ama, o bairro que ele quer. Pinheiros e seus sobrados, seus verdes, as vielas. E as casas que nunca terei.

*

As histórias dele e as esquinas, e a feira, e o cara na feira, de bermudas e chinelas, e pastel, e tatuagem do *Parmera* no braço. E ele imita o sotaque do cara para mim e eu rio, e gosto de rir.

*

Shaumann, Eugênio Leite, João Moura, Alves Guimarães, Arthur Azevedo, Cunha Gago. A livraria é enorme e foi reformada, tão bonita, tantas cores, o calor. Novos cafés, pátio com árvores, a livraria tem uma mesa de piquenique.

*

Ele não encosta em mim. Eu não encosto nele. E mostro a capa do livro para ele, a foto do meu pai, o velho todo de preto, bonito. Napoleão de Barros sabe exatamente as regras de regência dos verbos que não usamos.

*

Ele me dá o Luiz Tatit de presente, e o Luiz Tatit diz que "*tudo que é bom vai melhorar*". Eu adoro o Luiz Tatit. Naquele exato momento, a verdade é que adoro o mundo todo e saio para o sol, e o carro, e vejo os botecos. Ele escuta os passarinhos antes e me chama a atenção para o barulhinho.

*

O asfalto. O azul. E mais casas, casas, muitas casas. As casas que ele quer ter, as casas que nunca terei.

*

Na Heitor Penteado mostro a ele o prédio onde meu avô vivia, o térreo do prédio, que era um boteco, agora é um Banco do Brasil. O velho tinha pernas magras e pingava Campari na minha soda, há muito tempo, noutra vida, quando vida havia.

*

Aurélia, Cerro Corá, Macuco Alves, Paumari, Sepetiba, Acuruá. As ruas, mais praças, a rua onde minha tia mora, as ruas cheias de folhas e sons, e muros, e portões, e cães, e o medo. O medo. Quintais que sonhamos juntos e, por um nanossegundo, temos mesmo um futuro em comum. Mas, então, vem a minha dor e a descrença dele, e as cicatrizes, e o sol, e as escadinhas, e as garagens, e as placas de "Vende-se". As casas que ele quer. As casas. Que nunca terei.

*

Fidalga, Harmonia, Girassol, Purpurina, Jericó. Eu já fui o mundo de alguém. Ele já teve o mundo nas mãos. Ele não toca em mim. Eu não encosto nele.

*

Cadeiras na calçada, fotos da Itália no salão. A doçura dele. Ele chora um pouquinho quando fala do pai e dos amigos do pai, e das viagens, e de ser um menino neste mundo tão grande.

*

Disfarço meu embaraço com o lago de Nero, que vira obra pública, que vira Coliseu, que vira História, turismo e foto na parede do restaurante do homem que propagandeou camisas.

*

Carbonara para ele, escalope para mim. Passado, para os dois.

*

Ele gosta das minhas histórias. Eu gosto de gostar dele.

*

Marinho Falcão, Nova Veneza, Rodésia, Luminárias. O sábado gosta de nós dois e esta é a rua do cartório, e era aqui que a mãe dele o trazia para comprar guaraná, e a dona desse boteco foi da FFLCH e ele diz que um dia me trará aqui.

*

E a casa dos sonhos dele existe. A casa tem um quintal, o quintal tem vários verdes, a rua tem bicicletas. O sonho dele e os bancos de couro cinza do carro. A cara dele olhando seu sonho. Quero tanto esse sonho. E esse olhar.

*

Eu já fui o sonho de alguém. Ele é. A casa que é o sonho dele. O sonho que nunca terei.

*

Passo da Pátria, Racine, Saldanha da Gama, Ziembinski, Andrade Neves, Marquês de Paraná, Duarte da Costa. O bar do ex-amor dele. A história que nunca vivi. O Pelezão.

*

As ruas têm nomes lindos. E casas, com as quais ele sonha. As casas.

*

Os sorvetes de limão e o engarrafamento que eles causavam. O posto de gasolina. A casa do Vico. A casa do Breno. A padaria dos Titãs. A floricultura. As flores que nunca terei. A avenida do frango frito, da lanchonete dos anos 1980, do episódio de Malu Mulher. Os prédios que têm três andares. As casas velozes.

*

A loja de bichos e as histórias dele. Ratinhos em gaiolas, lagartos em terrários, roupinhas cor-de-rosa para uma cachorrinha que nem existe. O setor de jardinagem, as risadas sobre todas as mães gostarem de plantas, passarinhos azuis e amarelos, a chuva que ensurdece e as casas. As casas, ruas novas, nomes lindos.

*

Diógenes, Barão da Passagem, Bergamota, Berlioz. Piadas sobre cabelos que ondulam com a umidade, carro preto, guarda-chuva preto e eu, que não consigo me lembrar da cor da roupa dele. Da roupa dele. De quem eu fui.

*

Mais casas, ele não encosta em mim, a bolsa lilás, a chuva. O medo. Tomé de Sousa, Barão de São Gabriel, Carlos Weber, Marquês de Paraná, Escultores. A casa dele de criança. A casa em que ele cresceu. As janelas abertas que faziam um corredor de vento. O menino que ele foi, que passava as madrugadas ouvindo música e namorando enciclopédias. As tábuas do deque fechando as grades. A casa dele de menino. O menino que nunca terei. A casa que é uma escola. A rua que acaba.

*

As ruas, os bairros, as ruas que começam numa vida que acabou de muitas formas.

*

Lacerda Franco, João Miguel Jarra, Evangelista Rodrigues, São Macário. Rezende. Pedroso. Prédio cor-de-rosa. Carambola lilás. A avenida longa. O bar da adolescência que agora é uma butique. O contorno da pracinha que vai dar na livraria. O café com nome de flor que ele odeia. O prédio do café abriga um hotel, onde ele queria morar. A rua. As árvores. O Mauricio de Sousa saindo da livraria, atravessando a rua, tão pequeno, tão sério, e eu que achava que o Mauricio de Sousa tivesse dois metros e meio de altura e usasse armadura brilhante. E nós dois parados no meio da rua, bocas abertas atrapalhando o sábado, meu Deus, é o Mauricio de Sousa.

*

Mais uma livraria, calendário de ursinhos, ele conta como a mãe o chama e eu gosto desse segredo. O livro com fotos de São Paulo, o livro com fotos da Rádio Nacional. Gravatas. Gravatas. Eu perdida nas estantes.

*

A história do meu jantar com o Plínio Marcos, ele gosta das minhas histórias. E um dia vou ler essa história sem chorar. Um dia, nenhuma história me fará chorar.

*

Tito, Coriolano, Clélia, Nossa Senhora da Lapa, Toneleros, Roma, Crasso, Scipião. Mais um expresso e é noite agora. E eu desejo que nunca acabe um sábado que já acabou.

*

Ele não toca em mim. Eu não toco nele. As casas que nunca terei me assombram. O mundo que ele carrega nas costas o assola.

*

Spartaco, Fabia, Vespasiano, Duílio, Barão de Jundiaí, Catão, Claudio, Caio Graco, César Augusto. A volta. A volta. O que não espera por mim. *Ó Sol, tu que és forte, que derrete a neve, liberta a minha patinha?*

*

Sozinha. Sozinho.

*

A luz, o Palácio, a praça, as ruas, o Estádio. As casas que nunca terei. E nós bebemos o trânsito, e a dor volta, e os passados desaparecem. As esquinas. A tatuagem do *Parmera*. A batata da perna. Todas as ruas do mundo. A volta. A volta. A rua.

*

A água é da chuva e não há mergulhos à vista. Ele não encosta em mim. Bolsa lilás. Asfalto. A gente se fala. Calor. Calçada. Elevador. Elevador. Elevador.

*

E eu me lembro da roupa dele. Moletom cinza. Camiseta branca. Jeans. Botinas marrons. E eu me lembro do que me espera. A dor, que gira na fechadura.

*

Os gatos, que não reconhecem onde estão.

*

As prateleiras, que não existem mais.

*

O sábado, que acabou.

*

Os sábados que eu nunca terei.

Dia 25
A insônia passou a perna *ni* mim e me fez ver por sólidos minutos, abobada, um filme pavoroso, eita Telecine, duma casa cujos fantasmas ou almas ou sei lá eu, espancam um garotinho. Que horror, meu Deus. Tem aquele ator italiano que eu venero, mas mesmo assim é um lixo.

*

De: Vera
Para: mim
Sabe que lendo seu conto sobre o pato lembrei de contar para você que eu tive uma patinha, uma filhotinha doente de uma

ninhada. Ela se chamava Dolinha, diminutivo de Pico della Mirandola, suponho que um filósofo da Renascença (ah, essa falsa cultura), que uma de minhas irmãs acabara de conhecer no curso de magistério, lá pelos anos 1940/1950. Dolinha me acompanhava para todo lado, viveu sua vida patal, procriou, um dia morreu. Beijos da Vera.

Dia 26
Fui dar injeção na vizinha. Dei a tal injeção e aproveitei para filar um café com leite. Vai daí que passa o namorado da filha da vizinha. E, como não tenho intimidade, não pude nem dizer para a criatura que o Neil Sedaka vai querer a camisa de volta. Até porque, o menino ia responder "Quem, tia?". Suspiros.

*

De: Carol
Para: mim
Minha nega preta, depois você passa seu endereço com CEP, por favor, que sua rainha da informática e agendas fez o favor de apagar todos os contatos. Eu sou mesmo uma besta. Sou do tempo da máquina de escrever e do Atari, viu? Beijos da Caró.

Dia 27
A casa está cheia de becos sem saída feitos de caixas de papelão empilhadas. Quase tudo que temos, quase tudo. Sobraram as duas gavetas do móvel de prateleiras, fui arrumar hoje de manhã, separar papeizinhos e brilhos labiais de sabores diversos, e bilhetes variados, e notas fiscais da tinturaria, e zilhões de bloquinhos de *post-it*, e milhares de cartelas começadas de Aspirina, e Ponstan, e Dorflex, e Moduretic, e Dormonid, e Tilex, e espelhinhos vários, e caixas de fósforos, e fotos sem álbum, e números de telefone misteriosos anotados sem nome, e milhares de clipes (graças a Deus, eu precisava tanto), e artigos dobrados, e uma nota de vinte dóla-

res e meu maço de Free que eu chorei outra madrugada de dor e insônia porque não encontrei (claro que você sabe que eu não chorei por isso), e duas balas de menta meladas e esquisitas, e uma receita de panqueca anotada no cardápio da pizzaria, e uma carta que alguém me mandou da Itália já lá se vão quase vinte anos (meia carta, na verdade, sem envelope, uma folha só, na frase "minha mãe me levou ao..." a carta acaba, sabe Deus o que havia na outra folha, e porque este destroço está guardado aqui, no café da manhã, Ana Banana me pergunta "*Regrets?*", assim, em inglês mesmo, porque ela é A fina, e eu pude olhar nos olhos verdes dela e dizer que não, amém), e dois trecos de tinta de impressora, e montes de rolos de fita-crepe, e um bloquinho do receituário antigo do meu pai, e dois tubos de rímel preto, e ampolas do treco de dar vacina na gata, e o recarregador da máquina digital, e dois sabonetinhos de motel, e quatro carretéis de linha branca, e uma caixa de CD quebrada e sem CD, e dois grampeadores, e um furador antigo, e algumas borrachas, e apontadores, e canetas boas com e sem tampa, e uma fota do Bernardo recém-nascido, e velas em diversos formatos, e meu gravadorzinho, e o controle remoto do DVD que estava desaparecido há semanas, tantas e tantas coisas em duas gavetas, minhas ilhas de bagunça numa casa de caixas e mais caixas não deixa de ser engraçado, duas gavetinhas bestas conterem toda minha desorganização mental. Passei até lustra-móveis por dentro delas.

*

De: Gigio
Para: mim
Deixa eu contar uma coisa no pé do ouvido: aproveite o silêncio do dia. Tem dias de silêncio e pouca audiência. E dia de vilão batendo no mocinho, muita agitação e todo mundo ligado no capítulo. Beijocas. Gigio

Dia 28
Nada. Nada para os pequenos, nada para os grandes, nada para os que sorriem, nada para os ternos, nem para os violadores de túmulo, nem para os bons de coração, nem para os esquecíveis. Nada para mim, para ninguém, em qualquer lugar que seja.

Dia 29
Já quebrei dois copos agora cedo. O envelope que mandei para a Lígia voltou. E, para completar, o carro quebrou. Chamei o mecânico e tenho a certeza de ele vai olhar pra mim e dizer: "*Olha, não é nada, baratinho, qualquer trinta reau a gente arruma isso.*" Porque eu vibro positivamente, você entende, meu amor? É isso. Inspira, expira.

*

De: mim
Para: Naty
Aqui (novidade), sozinha (novidade), assistindo *Razão e sensibilidade* (rá) e espantada com a casa para a qual elas se mudam depois da morte do pai e que é chamada de *cottage*. Hã? *Cottage?* Tu reparou no tamanho do chalé? Se aquilo é um *cottage*, como a J. Austen chamaria aquele sobradinho no Brooklyn *pronde* vou (e, *báideuai*, achando o máximo)? *Dog's house?*

"*As a house, Barton Cottage, though small, was comfortable and compact; but as a cottage it was defective, for the building was regular, the roof was tiled, the window shutters were not painted green, nor were the walls covered with honeysuckles.*"

Ta lá no capítulo 6 do *Razão e sensibilidade*, mana, te mete.

Amor, da sua inconformada, eu.

Dia 30

Ela é minha amiga, ele não a quer, ela me chamou e eu vim para testemunhar o que não deveria jamais ser visto, ela na pista de dança sozinha, dando voltinhas desamparadas; ele, meio bêbado, fumando na calçada com a moça argentina, sem nem lembrar que ela existe, a festa rolando, um horror, um horror.

*

De: mim
Para: Elaine
Querida E.
Os últimos dias foram medonhos. Adoro essa palavra... medonho. Ela torna o que já é medonho mais medonho ainda, só por causa do seu jeitão. Mas, enfim, foram medonhos. Pensei nas coisas todas sobre as quais você fala, as opções, as faltas de. As certezas (poucas), as falhas (imensas), os abismos (intransponíveis, até que o Harrison Ford de minh'alma lembre do conceito de fé absoluta e dê o primeiro passo rumo ao nada – lembra dessa cena? Não xingue nem a mim e nem aos meus filmes de menino, por favor). Dias medonhos, coisas demais para fazer lá fora, tempo de menos para ficar aqui dentro.

Pequena visão de um mundo maior

Dezembro

Dia 1

Conversa com mamãe sobre coisas práticas. Manteremos o nosso fogão e o nosso freezer. Mas vamos ficar com a geladeira dela. Nossos móveis da sala também não cabem na casa e terão que ir embora. Nossa escrivaninha do quarto também. Vou manter nossa cama e os criados-mudos, a velha arca que sempre foi minha e minha escrivaninha de menina. O resto tem que ir embora. Nossa casa vai embora.

*

Tem horas que sim quer dizer não, que o tapete antiderrapante da cozinha escorrega, que o copo estava firme na sua mão, mas desliza e se espatifa. Tem horas que o não quer dizer sim, que o salto prende no buraquinho da calçada (ao que tudo indica, eu me especializei em cair em caixas eletrônicos, craquelando mais e mais meu combalido joelho direito), que a gata branca não volta para casa nunca mais. E tem horas que o não quer dizer isso mesmo: não. Essas são as horas que mais doem.

*

Juiz de Fora, 1º de dezembro de 2007
Oi, querida:
Aí vai um presentinho para você.
Um livrinho, que não é nenhum papo-cabeça, mas que achei legal para dizer o quanto gosto de você.
E um DVD, que espero que você não tenha ainda, e principalmente, espero que você goste e curta, afinal, são os Caymmi. Eu acho que você vai gostar, porque já li você falando alguma coisa sobre a família.

Eu sei que fui um pouco omissa contigo nos momentos brabos. Mas é que eu sou mineira, uai. Gosto de ficar num cantinho, até mesmo sem Nutella.

Mas em nenhum dia deixei de rezar para você, pedir conforto e proteção. Ah! Eu sei que você não é disso, mas eu não ligo, porque o meu Deus é o mesmo da mãe Maloca.

Bão, isso tudo é para desejar um bom Natal, sem tristezas e um Ano-Novo muuuuuito melhor que este.

Mil beijos, Fátima.

Dia 2
Será que fui incluída na mala direta de spam de todas as ONGs deste país? Senhor, dai-me paciência. Mais um pedido de dinheiro para meninos que batem tambor, andam de perna de pau, fazem escolinha de circo e/ou plantam vegetais orgânicos para alimentar macaquinhos em extinção e eu vou ter um treco.

*

De: Lígia
Para: mim
Lá vai, digitadinho, o bloco 5. Amanhã segue o bloco 6 e, Deus é pai, o 7. Tou aqui, ensinando, pela milésima vez o Tiago a fazer Báscara. Eu me pergunto se não é melhor ele repetir o ano e me sinto uma completa inútil, uma irresponsável. Tenho pena dessas crianças terem a mim como mãe. Sinceramente. Te amo muitamente. Ligo mais tarde para não dizer nada e te aborrecer. Eu queria tentar fazer panetone, mas não tem ovo.

Amor, Lígia.

Dia 3
Tento não ser passivo-agressiva, mas uau, as pessoas provocam o que há de pior em mim.

*

O ar está com cheiro daquele creme Nivea dos anos 1970. E eu não bebi nada ainda, juro por Deus.

*

"My world has ended a thousand times (...)
A broken heart, a broken hope, a broken joy. But if you yourself have the same capacity for forgetting as I can summon, then thank whichever god protects you. Memory lost is a life begun again."
Robert Holdstock – *The Broken Kings*

Dia 4
Meu carro, minha síndrome do pânico que se chama Janjão, minha conta bancária, minha ira, minha solidão, meus problemas, meus *pobremas*, meus *poblemas*, meus *devogados*, minha unha quebrada, meu gato mijão, meu cachorro profundamente deprimido, minha casa feia, vazia, encaixotada e esquisita, minha saudade de arroz, feijão, purê e pudim, minha geladeira vazia, meu medo do futuro, minha depressão clínica que voltou com o branco total radiante (e eu sei, porque já estive exatamente aqui onde estou), meu pavor de avião, minhas dores, meus nãos, meus muitos, muitos nãos. Eu não quero falar sobre isso.

Dia 5
Desfazer esta casa tem sido... Vamos chamar de exaustivo? Exaustivo. Emocionalmente acachapante. Falei com mamãe, até prova em contrário vai ficar assim: ficamos com a geladeira dela e com o nosso freezer (acho que já disse isso, mas preciso falar de novo, desfazer a casa está mesmo me machucando), a máquina de lavar roupas dela. Ela ainda pediu que eu levasse todas as peças que amo, ela disse que encontra lugar para tudo. Eu não amo nada, mas separei as coisas mais bonitas, o jogo de pratos que foi

da vovó, os bibelôs da mãe de sua avó (tudo bem, esses eu amo), as máquinas fotográficas do começo do século passado, o globo terrestre do meu pai, os quadros que o Joqa pintou de você. Desfazer essa casa tem acabado comigo.

Dia 6
Fotos antigas, de uma vida que não existe mais, pulam para fora das gavetas e mordem meus dedos. Inferno.

*

Mim diz:
E filhotinha?
Elaine diz:
Cheia de questionamento e caraminholas. Eu mereço, *neam*? Começou a questionar a existência. Não resolvo nem a minha e agora tenho duas existências pra definir. E eu disse a ela, daqui pra frente é só subida.
Mim diz:
É. Diz a ela que a ladeira é íngreme e que a gente sobe de Croc, sem meias.
Elaine diz:
Hahaha!

Dia 7
"Os mais violentos estão do lado de cá da câmera-centauro. Os mais violentos rangem feito um prédio suplicando implosão. Os mais violentos têm espasmos luxuriosos e fedem a vômito. Suas correias, seus êmbolos, seus perfumes de óleo são fabricados com petróleo, cana, carvão, calor."

Luiz Felipe Leprevost – *Manual de putz e pesares*

*
De: mim
Para: Naty
Ainda sobre o *Razão e sensibilidade*, mana. Vamos perdoar a Marianne. Vamos perdoar, na versão da Thompson, aquele filme lindo, quando eles leem juntos o soneto do Shakespeare, meu coração até parou. E daí que ele era um calhorda, quem é que vai ligar pra isso? Pensa bem, mana.

Dia 8
Lembra como ríamos de quem tinha MP3 e passava o dia todo, a vida toda, enfiando música dentro do cérebro? Dizíamos que essas pessoas tinham uma vida triste demais para precisar calar os pensamentos daquele jeito, todo o tempo. Amor, nós estávamos cobertos de razão. Eu tenho um MP3 agora, e preciso ouvir música 24 horas por dia ou enlouquecerei. Simples assim.

*
Achei um bilhete seu para mim, quando fui esvaziar a pasta amarela.
"*Meu amor!*
Quando vai acabar esta fervura infernal que assola São Paulo? Assim não dá, os neurônios estão morrendo em hiperbólica aceleração.
Quanto a esse seu comentário maldoso a respeito dos homens saírem do carro nos postos de combustível, devo dizer que, não fosse isso, como os homens iriam comprar os sorvetes e refrigerantes que as mulheres pedem ao se aproximar dos postos? Quer alegria maior que ver a sua mulher mandando bala num sorvete, alegre e linda, parecendo um nenê? Há poucas.
Te amo e beijo!
Eu"

Dia 9
Com quem não sabe a diferença entre medo e temor, eu nem posso começar.

*

Digo a um amigo que não tenho mais idade para certas babaquices e ele *"Quéquéisso? Sempre é tempo!"*. Haha.

*

Jamais se deve subestimar o poder da racionalização, porque ela pode ter lá seus problemas e defeitos, *sure*, mas é *bão* demais tê-la por perto.

Dia 10
Tive que sair hoje. Ah, a rua. Levantei cedo e não levei Baco para passear. Tomei banho, sequei o cabelo. Conferi pela milésima vez se minhas chaves e dinheiro e documentos e papéis estavam comigo. E então esperei o táxi. E fui. Eu me sinto só agora, já falei isso mil vezes, mas é o meu pedaço de papel, não cabe nenhum tipo de democracia aqui. Assim sendo, vou falar de novo: eu me sinto só, agora. Mas hoje de manhã, arrumada, maquiada, com sapatos bons, bolsa combinando e a bolsa cheia de papéis e documentos, eu me senti mais só, muito, muito, muito mais só do que todos os dias. E não, eu não estava com pena de mim, pelo contrário. A culpa é toda minha, então sinto raiva de mim. E eu fui, certo? Para o Centro. E entrei no lugar certim, e me sentei e esperei. Li meu livro sobre o fogo e esperei. E o Plínio chegou. Gravata-borboleta, andando tão rápido. E nós descemos uma escadinha, e o senhor mais simpático do mundo leu para nós. Leu, leu. Fatosdataseumaporçãodenúmeros. Ele disse que você tinha morrido, ele disse isso umas dez vezes. E eu concordei com a cabeça, e não

chorei. Enfiei as unhas nas palmas das mãos e não chorei. E assinei uma coisa e me levantei. E saí com o Plínio e ele me abraçou. E nem consegui dizer obrigada, não cabe um obrigada, e eu não sei bem o que cabe. E eu entrei em mais um táxi, dei o endereço do cliente para onde eu tinha que ir entregar uma tradução. O Plínio na calçada. Paletó. Gravata-borboleta. O Plínio da minha infância tinha barba, esse Plínio de agora sempre me espanta. E deitei a cabeça no banco e chorei um pouquinho, mas em silêncio. E no meio do caminho, eu disse para o moço que não, nada de cliente, vamos mesmo para casa. E o moço ficou uns cinco minutos esperando que eu explicasse, mas esqueci e aí ele virou pra trás e disse "Moça, onde fica a casa?", achei bonitinho o jeito que ele falou, mas eu não sabia. Entende? Eu não sabia o que responder. E quando cheguei aqui, deitei abraçada com o Baco, luz apagada, dia útil, começo da tarde, o mundo todo catando o que fazer, e eu imóvel na cama, sem conseguir respirar direito, o cachorro quieto, olhos abertos, ele é ótimo e sabe quando deve ficar bem quietinho e fingir que é de pelúcia, e eu só fiquei aqui muitas, muitas horas. Foi uma segunda-feira pequena, como todas, e sem sentido, elas sempre são, as minhas segundas-feiras, elas não têm nenhuma grande razão, nada transcendental me aguarda, elas me preparam para o resto da semana, que também não será. E chorei um pouquinho, mas em silêncio.

Dia 11
Eu, que não pertenço a lugar nenhum.

*

Eu, que não possuo, não estremeço, não indico, não realizo.

*

Eu, que não conjugo.

Dia 12

Só meu compromisso com sua mãe, de entregar nas mãos dela as suas cinzas, coisa que eu levo mais a sério neste mundo, deu coragem para vir a Garanhuns.

*

Caminho por um chão feito de algodão, significando muito pouco para quem quer que seja, onde quer que seja. Você era meu Natal, meu feriado, minha caneca de sopa, meu motivo, minha razão.

Dia 13

Estou em Garanhuns, meu bem. Estou na sua casa.

*

A Maloca foi me buscar em casa para me levar ao aeroporto e eu tremia de pavor. Aliás, no começo da tarde, quando o Leandro me levou para tomar café-de-despedida, eu já estava tremendo. Medo do mundo lá fora sem você.

*

Durante nossa ida para o aeroporto, na avenida Tiradentes, dois pivetes, travados de *crack*, se dependuraram na janela dela e um deles encostou uma seringa no braço dela. Eles berravam muito e diziam "a frentinha! a frentinha!". Mas a debiloide aqui não entendeu a palavra "frentinha" (que é aquela parte removível do som do carro). Eu entendia "fitinha". Daí, olhava abobada para a fitinha de Nosso Senhor do Bonfim que Maloca tem pendurada no retrovisor e pensava "Deus, para que eles querem isso?". Daí, sempre brilhante, pensei: "Ah, a fitinha, acho que eles querem o CD que está tocando!" E tirei o CD do aparelho de som. Daí a Maloca, essa santa, foi quem teve que tirar a tal da *frentinha* do lugar e entregar a eles. Fomos quase mudas até o aeroporto.

*

Em vez de me deixar no desembarque, a Marlene ficou comigo no *check-in*, na fila para despachar a bagagem, tudo. Não pode existir gesto mais doce que esse. Então, chegou a hora da Maloca ir embora. E eu fiquei naquela lanchonete em que tomamos café ano passado, antes de irmos para a casa de sua mãe, ao lado da loja onde você comprou o gatinho de cerâmica para mim. Pedi uma água e fiquei ali lendo meu livro do Goya e ouvindo *Sobrinhos do Ataíde*, aqueles humoristas de rádio, combinação mais esdrúxula do mundo. Na hora certa, fui para o portão de embarque.

*

E quando tive que passar pela maquininha de raios X, surpresa, surpresa. A segurança do aeroporto implicou com a urna com suas cinzas. Claro. Depois do crematório, da companhia de aviação e da administração do aeroporto terem me dito várias vezes que não haveria problema e que eu só precisaria de autorização especial da Polícia Federal se fosse sair do país com você, eis que os bravos rapazes da segurança resolveram revirar minhas bolsas e papéis. Com seu pequeno poder e seu vastíssimo conhecimento legal, a turma me segurou lá junto à bendita maquininha uns vinte minutos. Eu e essa minha cara de perigosa traficante, só pode ser.

*

Enfim liberada, o embarque foi rápido. Na janelinha, e sem ninguém ao meu lado (graças à Mani), prendi meu cinto de segurança e reparei no seguinte: eu havia parado de tremer. Fim. Eu não estava com medo. E percebi que foi a mesma coisa que senti quando os meninos encostaram a seringa na Marlene. Eu só tive medo de que eles fizessem mal a ela, mas o Medo, aquele, não estava lá. E então eu soube: meu maior temor nesta vida era que você morresse. Era meu pavor, era meu pesadelo, era o que me fazia chorar quando encostava meu rosto no seu (o outro motivo que me fazia chorar encostada em você era amor, eu amava você tanto que doía, era física essa dor e eu chorava, lembra?). E sem esse medo, nenhum outro medo faz sentido, porque nada pode ser pior do que ter o maior medo realizado.

*

Meu medo passou. Esse e os outros. Você morreu, o pior aconteceu e eu não devo temer mais nada. Não sei se isso é bom ou ruim e não sei se é saudável e não sei se isso me faz ser uma pessoa pior ainda do que eu já era, mas o fato é que tivemos chuva e turbulência, e avião sacudindo, e portas dos compartimentos de bagagem se abrindo, e gente dando gritinhos, e crianças grandes chorando e eu não temi. Não temi as pessoas que falavam comigo, não temi suas vozes, a presença delas, a existência delas. Não tive medo de explosões e nem de quedas. Ouvi as piadas dos *Sobrinhos do Ataíde* várias vezes, ouvi todas as músicas que o Leo me deu, ouvi todas as músicas que gravei, li meu Goya e não temi nada e nem por nada, nenhuma vez.

*

No aeroporto de Recife, estava Nanne. Tão, tão linda e tão pequenininha, parecendo uma fadinha. Ela me levou para um hotel, aquela coisinha doce quis me poupar do que ela chamou de "confusão" da casa dela, imagine. Cochilei um pouquinho depois do banho (por que é que banho em hotel é sempre melhor que na casa da gente?), e depois de ver *House* com ela, saquei que terei que dividir o amor do doutor Gregory House com Nanne, ela também é apaixonada por ele, mas estou conformada. De manhã, ela me levou para conhecer a casa dela e Breno, o neto de quase três anos. Ele tem cabelinhos cacheados (o que é que há de tão atraente em meninos pequenos de cabelos cacheados? Homens adultos eu prefiro com cabelos bem, bem curtos — adorava os seus, você passava máquina um na cabeça e eu gostava de passar as mãos nos seus cabelos e dizer que você tinha cabelo de ursinho. Mas há algo de comovente num menininho com cabeça de carneirinho). Nanne é absolutamente louca pelo neto e agora também sou. Ficamos amigos imediatamente, arrancamos a cabeça do Homem-Aranha sem pena nenhuma, desenhamos peixinhos, ele me explicou uma complicadíssima trama sobre um carro que o Homem-Aranha usa para voar em cima do prédio da "*fofóóóóóó* Nanne" e já era hora de ir embora. Do elevador eu podia ouvir os gritinhos dele: "Volta, volta quiiiii!!", e depois que Nanne me disse que não é de todo mundo que Breno gosta, eu me senti ainda mais lisonjeada.

*

Nanne me levou para a produtora onde trabalha, fiquei no escritório que ela divide com mais umas seis moças, incluindo a filha dela, que também trabalha lá. As conversas todas eram sobre câmeras, e um diretor que vai chegar dalgum lugar, e objetos de cena, e aluguel de equipamento, e tipos de lente, e locações, e orçamentos, e a sala de espera fervia de gente esperando algum *casting* que devia envolver crianças (eram várias e todas sem educação), e a Nanne parecia uma louca resolvendo tudo e falando em dois telefones ao mesmo tempo. Senti tanta falta de trabalhar com isso, tanta saudade, *those were the times*. A única coisa que faltava ali era o R. berrando feito um demente; o dono da produtora da Nanne grita pouco, eu acho; todas as vezes que eu o vi (foram só duas) ele falava baixinho e beijocava todo mundo. Deus, não existe nada mais estimulante do que a adrenalina de trabalhar numa boa produtora de comerciais, os prazos, as exigências, mais prazos, coisas dando errado, chuva quando é preciso sol, sol quando a luz não pede nada disso, o caos, o caos.

*

Elas pediram almoço e eu comi galinha à cabidela pensando em você. Babei aquele molho escuro na blusa. Não sirvo para viver em sociedade. Mal troquei a roupa e o motorista que sua mãe havia arranjado para me buscar chegou, Bira (mesmo nome do juiz que nos casou), malas no carro, abraços enormes em Nanne, na filha dela, Priscilla (a mãe de Breno – e o menino é a cara da mãe), uma menina linda e nas outras moças simpáticas e segui com o destemido Bira, que tinha que buscar mais passageiros, mais encomendas, a vida de Bira é agitadíssima.

*

E quando finalmente caímos na estrada, me dei conta do que estava fazendo ali. Eu estava procurando você. Procurei por você, querido, pela estrada recém-duplicada (para orgulho e alegria de Bira). Chamei seu nome em silêncio enquanto passava por Insurreição, Pombos, Bezerros, Nova Jerusalém, Bom Conselho, Agrestina, Sairé, Bonito, São Joaquim, São Caetano. Gritei muda por você enquanto subia a Serra das Russas, enquanto me enfiava no Túnel Cascavel (outra construção que fala ao coração de Bira), e quando cruzei as pontes sobre os rios Ipojuca e Gravatá e a ponte sobre o Riacho do Mel. Esperei ver você paradinho, com sua cara de menino ao lado da placa de Gravatá, ou de Belas Águas, ou de Cachoeirinha ou de Chá Grande. Depois achei que você pudesse surgir no posto de gasolina onde paramos, vindo de algum lugar como Brejão, Terezinha, Saloá, Paranatama, Jucati, Limoeiro, Surubim, Vitória de Santo Antão, São Bento do Una, Capoeiras ou Calçado. Procurei seu cabelinho preto e branco na entrada da Chácara Suíça e do Rei das Coxinhas. Tentei ver seu rosto nas indicações da estrada que levariam a Toritama, Sapucarana, Encruzilhada de São João, Caruaru, Arcoverde, Pesqueira, Lajedo, Quipapá, Panelas, Jucati, Cupira, Caetés, Palmeirinha, Correntes, Canhotinho, Belo Jardim e quis ver você em um barquinho no Rio Alecrim. Mas você não estava em lugar nenhum. E quando comecei a me desesperar por não encontrar você, Bira me ensinou, ainda da estrada, a identificar a casa de sua mãe graças a três pinheiros enfileiradinhos que podiam ser vistos lá longe no horizonte. Então, fixei meu olhar neles, porque me ocorreu que talvez fosse lá que você estivesse, adorando os jogos malucos de computador de Davi e Juliano, amando os cafés da manhã de Madalena, com queijo de coalho e banana cozida, emocionado por dormir na cama tão linda da casa de sua mãe, com lençóis que cheiram como lençóis de nenhum outro lugar do mundo. Achei que talvez fosse aqui que você estava esse tempo todo, tendo altas discussões filosóficas regadas a café com o Camarada Paulo, fotografando as plantas de sua mãe, vendo o *Jornal Nacional* com seu pai, brincando no piano que sobreviveu ao seu incêndio (você colocou fogo no outro, gerando a mais mal contada história de todos os tempos) e escolhendo qual pão doce você iria comprar para mim. Quanto mais os pinheiros se aproximavam, mais cheia de esperança eu ficava, querido, e quando o carro de Bira entrou no terreno da casa eu desci a toda e corri para os seus pais. Mas, então, vi o rosto de sua mãe e entendi que você não estava ali. E que, de muitas formas, ela também esperava que você tivesse vindo comigo, que eu tivesse o poder de trazer você de volta para ela. Mas eu não tive, eu não tenho. Deitei minha cabeça sobre o casaco de lã verde que envolvia sua mãe e chorei, e entendi.

Dia 14
Sua mãe elogia meu assobio, diz que eu assobio "como homem". Hohoho. Adoro assobiar, ela gosta de ouvir. E ela também gosta de me ouvir cantar.

*

Ela me conta tanta coisa. Ela me conta tanta coisa. Ela cozinha para mim no final da tarde, só nós duas, seu pai vendo a novela. E fala comigo.

*

E ela me contou que Domingos Jorge Velho foi o bandeirante paulista que destruiu o Quilombo dos Palmares, em 1649. Ele era um craque em matar pessoas, aprisionar índios, invadir terras e em fazer escravos. Ele também foi o primeiro desbravador do Piauí. Subjugou índios no Piauí, Maranhão, Pernambuco e Ceará. Também reprimiu várias tribos rebeladas na chamada Guerra dos Bárbaros, no Rio Grande do Norte e no Ceará. A criatura era um poço de qualidades.

*

Por serviços prestados, Jorge Velho recebeu uma sesmaria na região das Alagoas, próximo a Pernambuco, e tornou-se criador de gado. Domingos Jorge Velho uniu-se a uma índia cariri e teve filhos. Sua neta, Simoa Gomes, casou-se com o tenente-coronel Manoel Ferreira de Azevedo. Em 1756, já viúva, Simoa doou, através de escritura pública, uma quadra das terras do Sítio do Garcia em benefício da Confraria das Almas, existente na matriz da Freguesia de Santo Antônio de Garanhuns, que na época se chamava Ararobá. Noutras palavras, ela doou as terras que seriam a cidade de Garanhuns.

*

Um descendente da sexta geração de Simoa, Francisco Chagas de Azevedo Sousa, casou-se com Vicência Benigna Camelo Pessoa, natural de Corrente, PE. Eles tiveram oito filhos: Ignácio, Pedro, Amélia (Quaticotinha), Antônio (que morreu ainda criança), Francisca (Chiquita), Hermes, Vicente e Sebastião. Chiquita casou-se com João Reggio. Foram casados quatro anos e ele morreu de febre tifoide. Chiquita casou-se de novo com João Leite Piancó. A filha deles, Mabele, sua mãe, nasceu na rua Dantas Barreto, em 1938.

*

Quando ela tinha um ano e oito dias, o pai morreu de septicemia, causada por uma sinusite. Dona Chiquita pegou a filhinha e se mudou para São Paulo, onde foi ganhar a vida como costureira. Mabele viveu em São Paulo até os 10 anos.

*

Anos depois, ela perguntou para a irmã de criação, Laura, sobre o porquê de a mãe ter largado a cidade e ter ido embora para São Paulo, sem lutar por nada.

– Mabele, eles queriam tomar você dela.

*

Sua mãe se lembra da época em que morou no Recife, estudando História Natural, como a melhor da vida dela. Ela ia de meias finas e salto alto para o centro. Era dona do próprio nariz e a vida era cheia de possibilidades. Também me lembro dessa sensação.

*

De: Cláudio Luiz
Para: mim
Sonhei cocê. Fui para sua casa à noite, e dormi lá. No dia seguinte você estava conversando com a Telinha e debochando de mim, por eu ter perguntado quem era Eduardo. Que não era pessoa e sim um sobrenome seu. Que você não usava, porque estava com um processo na justiça para receber uma herança bilionária. Uma coisa de seu pai que era banqueiro. Enfim... ia ficar rica. Tomara seja premonição.

Dia 15
Decoro a geografia de sua casa. Seus pais têm fotos suas nas paredes.

*

De: Endrigo
Para: mim
Ava, como está tudo na casa de sua sogra? Como você está, minha querida? Escrevo pra contar que, Luiz Felipe, o nosso Menino Lobo perdeu o avião. Não, não chegou atrasado para o embarque, o que aconteceu foi o seguinte: nosso herói chegou com uma

antecedência mineira, mas achou no shopping do aeroporto uma edição de bolso do Sartre, com cartas pra Simone, e aí ouça o que ele próprio diz: "O texto é tão violento, tão bem-feito, que se roubassem minhas calças eu não perceberia, porra, vc acha que eu vou ficar preocupado com aquela chata do microfone..."; e aí começa a me ler Sartre para Simone que, de alguma forma, parece um pouco os nossos (mais os seus que os meus) textos, lindos de morrer, lindos de nascer. Duas horas depois, Menino Lobo embarca, agora veja bem o que vem a seguir, dito por ele mesmo, pelo celular: "Él, nada neste mundo é por acaso, porra, esse atraso todo foi uma conspiração dos astros ao meu favor, como é mesmo aquela música do Fito que o Caetano canta, aquela fodida?" Aí eu canto um trecho da música do Fito Paes e ele diz: "Esssaaa mesmo, tudo a ver, então, a Fulaninha, acho que você não conhece, está indo pro Rio no mesmo voo, ela é assim uma mistura de cantora/atriz/bailarina/dançarina/poetisa/pintora/produtora/manequim e é uma palhaça em festinhas infantis, e pintou um climão entre nós, aquelas coisas do Oficina, lembra? Dionisíaco, lembra? Então, eu não vou mais para aí hoje. DEIXA A VIDA ME LEVAR, vou com ela para o Recreio, sabe como que é, né, não vamos remar contra a maré." Ava, o Recreio está para a Lagoa, onde moro no Rio, como Santo André está para o Brócolis Paulista, onde você vai morar em São Paulo. É mais que longe, precisa botar mais gasolina no carro pra chegar. Mas ele foi. Era isso que eu precisava contar. Outros beijos, Endrigo.

*

De: Ava
Para: Endrigo
Claro que ele foi, coração. Imperiosas são as exigências dos hormônios. Eu me lembro vagamente.

Dia 16
É domingo. Seu pai ainda tem muita dor no nervo do rosto. Quando o Paulinho da Viola apareceu no Faustão, ele me chamou para ver.

*

Trabalhei feito um ser humano nos últimos dias, lá em São Paulo e aqui na casa da sua mãe. Cabei o primeiro trampo.

*

Caymmi me acalma. Ouço "Peguei um ita no Norte" e "Acalanto" dez vezes seguidas. Ele me faz bem. E me faz calma.

*

Assisti a *O tapete vermelho* com sua mãe. O ator principal é aquele menino brilhante cujo nome jamais saberei pronunciar, Matheus Nachtergaele. Filme lindo. Uns senhores dançam catira. Meu avô, José Menino, dançava catira. E batia palmas daquele jeito, as palmas das mãos unidas, como se ele fosse rezar, e não de lado, como nós. E quando ele batia palmas, alguma coisa dentro de mim doía. Enfim, é um dos filmes mais lindos que o Brasil fez e não se ouve falar dele por aí.

Dia 17
Tenho atravessado os dias com tanta dor. Lembra quando eu tinha dor de cabeça e dizia para você "tudo *ni* mim dói"? Pois tudo ni mim dói, meu bem. Por dentro e por fora. Todo o tempo.

*

Sua mãe me mostrou um menino que eu não conhecia, Alejandro Sanz, eu sei, você ia dizer que ele é cafona como o quê, mas eu gosto, eu gostei, eu gostei.

*

Meus cabelos doem ao escová-los.

*

Sinto dor nos olhos e nas solas dos pés.

*

Meus ouvidos também doem, mas isso não é novidade; sempre sinto dor de ouvido; essa era a terceira pergunta que você me fazia todo dia. Depois de "Você está bem?" e "A tropa se comportou?", vinha "Tá com dor de ouvido?".

*

Andar com tanta dor é como andar dentro da piscina, só que, neste caso, a beiradinha não chega nunca.

*

Televisão com seu pai e filmes com sua mãe, novela com os dois, refeições com os dois.

*

Seu pai está mais quieto que nunca. Quer dizer, sei que o velho sempre foi quieto, mas é um silêncio novo.

*

Sua mãe fala mais, embora fale pouco de você. Às vezes, ela diz algo como "Ele era afinado, ele era bom músico", mas é no meio dalguma história, ela não conta uma história exclusivamente sua, ela não fala na sua morte, entende? Acho que deve doer demais. Dói demais.

*

Dói, e mesmo assim eu tenho tanta necessidade de falar de você. Eu preciso tanto contar suas histórias.

*

Tenho me controlado para não passar o tempo todo falando "eu fiz isso com ele", "nós fomos lá", "ele dizia que...", mas é irresistível falar seu nome, eu falo seu nome mil vezes por dia. Também não choro na frente deles. Quer dizer, quase não choro por perto deles; manhã dessas tive uma crise de choro incontrolável, lá de longe sua mãe perguntou se eu estava bem, se eu queria um chá, mas só. Sentir a minha dor, mas não aumentar a dor de sua mãe, *that's the question*.

*

Vejo o quanto a minha mãe ainda sofre por você e nem ouso pensar o que, então, vai no peito de sua mãe.

*

Ando pelo seu quintal, suas pedras de menino, a escada que você escalava para chegar ao alto da montanha mais alta, seu muro, onde você brincou de equilibrista, as árvores nas quais você trepou, suas brincadeiras de forte apache, as janelas que você pulou, a terra na qual você pisou, meu bem, meu benzinho, menininho do cabelo de índio.

*

A cozinha da sua casa tem azulejos azuis. Falei com a Lígia e com a Silvia. Falei muitas vezes com a Stella Maris.

*

Falei com seu amigo Guimarães, contei que tinha escrito uma história com o nome dele, mas que não tem nada a ver com ele, e ele riu.

*

Sua mãe está com tosse.

*

Assisti à Doris Day, *The Glass Bottom Boat*. Sua mãe tem montes de filmes dela. Falei com a Maloca e com a Mani.

*

Faço umas contas, falo com minha mãe que faz relatórios financeiros desesperadores pelo telefone, e daí eu faço mais contas sem entender como é que telha pode ser um trem tão caro.

*

Sua mãe fez canjica e nós comemos uma panela, neste calor, concordando que a gente não presta mesmo. Eu me senti tão confortada, tão morninha.

*

Acabei um trabalho enorme e vou começar mais um amanhã, também enorme e assustador, mas não sinto mais medo, faço o meu melhor e envio para o cliente, só.

*

Quando cheguei ao Recife, entre o aeroporto e o hotel, meu anel de prata com ametista caiu do meu dedo e eu não senti. Ele estava frouxo demais e eu não senti. Agora uso o de opala, mas não é a mesma coisa, você sabe.

*

Eu choro para valer, choro demais. A minha boca fica quadrada e eu choro, às vezes com soluços, às vezes sem, às vezes em silêncio, bem quieta. De vez em quando alguém vem com aquelas frases feitas de cursos motivacionais sobre as qualidades do choro enquanto elemento libertador da... Mas fico quieta, agradeço, é gente demais querendo meu bem e eu deixo, porque a esta altura do campeonato preciso mesmo que queiram meu bem. Adoro quando ligam, entendo quem não liga. Porque eu mesma não quero ver ninguém, nem quero fazer visitas com sua mãe, e nem ir a lugar nenhum.

*

Ouço Yo-Yo Ma, o seu Yo-Yo Ma. Quero falar sobre você com todas as pessoas que conheço, preciso falar de suas graças, do *pesto* do seu macarrão, de suas mãos.

*
Preciso falar de você o tempo todo, eu preciso. É uma dor tão vasta, é pensar em todas as coisas que você queria fazer, seus planos, suas ideias, seus planos, seus planos.

*
E é uma dor tão egoísta, a minha dor, o meu vazio, os meus planos, os meus planos, a minha solidão. A minha pequenez, a minha insignificância.

*
E o que é que eu sei sobre não ser o que eu sempre fui? O que é que eu sei sobre ser qualquer coisa que não sua? Foram oito anos, só oito, e eu mal me lembrava como a vida era horrível sem você, como nada valia a pena, como não era vida de verdade sem você. Nada. E eu olho o tempo todo que há em volta, eu tenho tanto tempo agora. E ele é maior que o silêncio e maior que tudo que eu conheço e sinto e eu espero que ele acabe logo.

Dia 18
Sinto informar, sua mãe me viciou em suco de acerola.

*
Hélcio me deu uma aula ótima sobre Heráclito, sobre a impermanência do ser. Você teria adorado.

*
Recebo notícias de um monte de amigos nossos. Todo mundo entusiasmado com o final do ano e a incrível possibilidade de ir acampar no meio do mato. Sem banheiros, água corrente, 4.875 canais de tevê a cabo, internet, salgadinho sabor frutos do mar (sic) e refrigerante sabor cola... Todas as miudezas que tornam a civilização ocidental tão atraente. Essas criaturas nunca ouviram falar de Lobisomem e do Tarado da Machadinha, não?

Dia 19

Sua mãe teve um papagaio chamado Quindim, a quem ela ensinou o ABC e a declamar o *Papagaio imperial*, versinhos que a avó dela – que já havia falecido quando Quindim chegou – ensinava para todos os papagaios da casa.

*

Belo Horizonte, 19 de dezembro de 2007
Ei, minha querida. A esta hora você deve estar lanchando com seu povo em Garanhuns.
Mando esse cartão fofo, por causa dos gatinhos no desenho.
Seus gatinhos são mais privilegiados do que eu, eles pelo menos podem estar pertinho de você, mesmo em silêncio. Um dia, quando a minha vida melhorar, eu vou estar em Sumpaulo te dando um pouco do grande carinho e do infinito amor que tenho por você! Beijos e carinhos, Jane.

Dia 20

As gatas da sua mãe continuam lindas. Duas bonitinhas de cara achatada.

*

Tem uma lagartixa vagando pelas paredes da casa de sua mãe. Vamos torcer para que as gatas não a encontrem.

*

E o cachorrão, Átila, continua um bocó. Adoro esse cachorro.

*

A música da novela de seu pai diz que "a cada passo é você quem vejo", e eu choro. Choro, choro.

*
Se bem que até o tema do *Parque dos dinossauros* me faz chorar.
*
De: R.
Para: mim
Quando você fica muito assustada, ou puta da cara, o marrom cor de mel do seu olho fica verde chumbo. E, depois, transparente. Quando você cozinha, você canta de boca fechada. Quando alguém perto de você se corta ou cai, ou tem tontura, você fica tão calma que parece de cera, e toma todas as providências. E quando você canta, você fecha os olhos. E quando você se assusta no cinema, você pula, parece criança. E quando você come arroz-doce, você geme baixinho. Há tanto o que amar em você, todos os dias. Todos os dias. R.

Dia 21
A formalidade da sua família me desconcerta e me deixa sem ação. Eu sei que não é comigo, vocês são formais e bem-educados mesmo, são assim uns com os outros, é o jeito de vocês, e racionalmente eu entendo e acho ótimo. Mas é tão diferente do meu jeitão e eu fico aqui, sentindo toda essa estranheza. Onde você está, meu bem?
*
Mabelc comprou louça nova para todo dia, bege e verde-clarinho com desenhos de flores.
*
Eles estão na sala e eu, paralisada, aqui no escritório. Vou até lá? Não. A verdade é que eu não deveria estar aqui. Vim procurando algo que não existe, que não existe mais. Não deveria ter vindo, apesar da doçura com que sua mãe me trata, apesar dos esforços sinceros que seu pai faz em ser gentil, apesar do carinho de Ma-

belinha, da graça de Aurélio, da polidez de Hélcio. Apesar dos abraços amorosos dos meninos. Eu não pertenço a isto aqui. Ou, vamos ser bem francos, a nenhum outro lugar. Eu quis inventar um ritual familiar e cálido este ano, que, de alguma forma, me confortasse e me fizesse sentir como se pertencesse a algum lugar.

*

Mas estou aqui. Vejo a toalha de renda que cobre a mesa de sua mãe e os pés torneados dos belos móveis que foram de sua avó, e não acredito que estou aqui.

Dia 22
Amarrei porre suave com o marido da sua irmã. Hélcio trouxe uns vinhos muito bons, a culpa não foi minha.

*

Os meninos, Davi e Juliano, têm hora para dormir. Um tem 9 anos e o outro, 13, e os dois têm hora para dormir. A isso se chama civilização, eu digo.

*

Sua mãe fez uma travessa de filhoses do tamanho dum fusca. Tipo, o que é melhor do que comer doce quando se está de porre? Nada. Filhoses, doce de banana de rodela, bolo de Natal, bolo de banana e a taxa glicêmica se transforma num planalto.

*

Agora, vamos combinar que beber é perigoso. Contei para a família toda sobre o moço que deu em cima de você no show da Maria Bethânia. Desculpa, amor.

Dia 23
Garanhuns, 23 de dezembro de 2007
Pedrão:
Às vezes o silêncio desta casa me pega desprevenida. E sinto vontade de gritar. É uma casa muito antiga, já era velha quando a família dele se mudou para cá no comecinho da década de 1970. O pé-direito é altíssimo, o chão é frio, há janelas e vento por toda parte. Seria um lugar agradável para passar o verão em quaisquer outras circunstâncias. O verão daqui é infinitamente melhor que o de São Paulo e, pelo que ele contava, o inverno também, inverno de verdade, como em São Paulo décadas atrás. Aquele frio que entra na gente, que pede queijo derretido e edredom, lembra desse inverno? A única coisa ruim são os mosquitos – e os breguétis de tomada não dão lá muita conta, não – estou coberta de picadas.

Meus sogros são pessoas boas, que me amam e me tratam com doçura que eu não mereço.

Eu me sinto tão só. Apesar de vocês, de todos vocês, eu me sinto só. Não me sentia só há anos. Muitos anos. Ao diabo com esses leitores de autoajuda, a turma do "eu me basto, sou ótima companhia". Pois eu sou péssima companhia, sempre fui. É horrível estar só comigo mesma. E ao diabo também com todos esses filósofos, esse pessoal do "nascemos sós, vivemos sós, morremos sós". Quero muito que eles todos se fodam. Com ele eu não era só. Nem um segundo do dia. Nunca. Com ele eu tinha pés quentes encostados nos meus, as risadas. Ah, as risadas. Nós ríamos todo o tempo. No meio da maior confa, da maior encrenca, nós ríamos. Nós ríamos do meu medo. Ele dizia "Vem, você está comigo". E é isso mesmo, eu estava. Nós ríamos sem motivo algum. Ouvíamos a chuva. Bebíamos café. E eu nunca estava só, você acredita em mim?

De um montão de jeitos que não sei explicar, eu sabia que não ia durar. Eu sabia. Era bom demais, perfeito demais para alguém como eu. Eu nunca tive nada assim. Nunca mereci. E nunca fui capaz de manter algo assim. Nunca, sabia? As minhas coisas estragam logo, não duram ou se perdem. Eu perco a tampa das canetas. Eu digo "a palavra mais dura", como diz a Vera. Deixo meus patins no quintal e o cachorro come. Perco a chavinha do diário. Esqueço os bombons no carro e eles derretem. Esqueço o mamão na geladeira e ele apodrece. Não guardo a máquina fotográfica na capinha e ela fica toda arranhada. Ganho o perfume de pesseguinho da Avon da minha avó, mas boto água dentro pra ele durar mais e estrago tudo. Eu não soube cuidar dele. Eu não soube. Eu não pude mantê-lo vivo. Só tive oito anos com ele e o mundo perdeu aquela criatura maravilhosa. Eu não soube o que fazer. Ele morreu e eu fiquei ali, correndo de um lado para o outro, balbuciando coisas sem sentido, ligando pra ambulância. Depois de chamar a emergência e os vizinhos, eu chamei a Carina. A Carina. Ela segurou meus olhos dentro dos dela quando viu que ele tinha morrido. Eu sabia, eu sabia que ele tinha morrido. Eu sabia. Eu senti a vida saindo dele. Eu vi exatamente a hora em que ele morreu, eu senti a morte dele nas palmas das minhas mãos, nas pontas dos meus dedos. Eu senti, Pedrão. Como é que alguém segue vivendo depois disso? Como é que eu sigo vivendo depois disso? Como foi que eu consegui ligar para a Emergência eu não sei. Depois, a Renata e o Bruno, do apartamento do lado, ligaram mais dúzias de vezes. A Carina chegou lá em casa em menos de dez minutos, antes de qualquer ambulância. E foi ajudar o Élcio, marido da Renata e pai do Bruno – você se lembra dele –, que fazia ressuscitação. Sabe que quando eu vi a Carina tive esperança? A Carina faz isso comigo, ela me enche de esperança. Mas ela não conseguiu trazê-lo de volta. Nunca mais. Eu esqueci como viver e, para alguém que não tem a mais remota noção do que fazer, até que eu não tenho me saído mal. Ando no automático todos os dias, o tempo todo. Eu não esqueço. Nada melhora, acalma ou explica. E o pior é que há, sim, certo conforto em viver assim, entende? Há certo conforto nesse caos todo, há certa ordem, é só procurar. Viver imersa no caos, ocupada com ele e por ele, é algo que enche os dias. Justifica cada minuto, de cada hora. E também me mantém alerta.

Sinto falta de tomar café com você, sinto falta de ver você todo dia. Sinto muita falta dos pequenos rituais que tínhamos. E sinto falta, mais falta ainda, de ouvir você contar histórias. Você conta histórias muito bem, você sabe cativar a plateia, você fala baixinho e de vez em quando, no meio da frase, você fecha os olhos.

Beijos da sua irmã.

Dia 24

Sua mãe tem me contado montes e montes de histórias, poucas sobre você em particular, muitas sobre a infância de todos vocês – inclusive a dela.

*

Ela me contou como sua avó Chiquita conheceu seu avô João, o coração dela disparou ao vê-lo subir a escada e ela nem sabia quem ele era. Ela me contou dos cães que teve e dos cães de Tio Sebastião, dos gatos, de como eles compraram esta casa no começo da década de 1970, onde vivem há 34 anos. Ela falou também da escola das freiras e depois do XV de Novembro, e ainda de depois, do tempo em que estudou no Recife, em que ia a São José comprar gaiolas novas para os papagaios da casa da mãe dela. Ela conta as mais deliciosas histórias, ouço com a maior atenção. Não sei se voltarei aqui, meu bem, não sei se minha presença não constrangerá seus pais ou os deixará sem saber o que fazer comigo ou – porque é assim que eu me sinto hoje – não sei se o fato de eu estar aqui algum dia no futuro fará qualquer bem que seja a eles. Eu, sinceramente, tenho me divertido aqui, mas não sei se eles estão achando muita graça nessa história. De qualquer forma, o que eu ia dizer é que não sei quando vou voltar aqui ou quando terei tempo de conversar tanto com sua mãe, então, aproveito cada segundo e tento gravar o máximo de informação sobre ela, sobre vocês, sobre você. As férias em Caldas do Jorro. Os banhos de mar em Tamandaré. A saudade que ela tem da casa em Tamandaré, que hoje não pode mais ser usada porque a cidade ficou impraticável. As brincadeiras de vocês. A cozinheira, chamada Filomena que, certa vez, fez piranha (e piranha, disse sua mãe, tem muita espinha).

*

Dei seu isqueiro para Aurélio. Isqueiro não, lança-chamas.

*

Seu irmão me mostrou uma porção de fotos da China. Ele é ótimo contador de histórias. No final da conversa, ele me deu uma foto.

Dia 25
Aurélio foi a alma do feriado. As piadas, as caretas, os trejeitos, as histórias sobre a viagem à China. Ele dominou as refeições e não houve espaço para nenhum silêncio constrangedor.

*

Durante o jantar de ontem não houve a tagarelice dos meninos, a conversinha de Hélcio, a risada rouca de Mabelinha. Sua mão não estava sobre a minha.

*

A árvore de Natal é toda prateada.

*

Vejo seu irmão fumando nos degraus da entrada da casa depois de cada refeição. Queria ter coragem de ir lá falar com ele. Queria me sentar nos degraus e falar de você para ele, sobre sua vida aqui, comigo, que ele conheceu tão pouco. Queria que ele me falasse sobre você; você menino, você, o irmão mais velho cheio de ideias e planos travessos; você fazendo arco e flecha com os galhos do quintal, construindo fortes apaches, jogando futebol com o Gordurinha e os outros meninos (ah, Deus, esqueci o nome dos outros). Crescer com você, ser seu irmão, ter seu sangue, seu sexo, suas primeiras gargalhadas, ver você se formando, virando gente, aprendendo coisas, sacando coisas, provando gostos pela primeira vez, ouvir suas primeiras piadas. Queria que ele me falasse de você, mas tenho medo e vergonha de pedir. Ele veio, ele se foi, eu vou embora em poucos dias, talvez nunca mais o veja de novo e nunca lhe perguntei o que significa ser seu irmãozinho caçula.

*

Sempre me pareceu que você foi um menino feliz, apesar das coisas que nos acontecem a todos quando somos crianças: as dores do crescimento, a família, os sins, os nãos. Você sempre pareceu – por causa de todas as histórias que me contou e de *como* você as contava – ter se divertido, ainda que com poucas roupas no armário, quase nenhuma grana para a Coca-Cola com os garotos, ainda que com essa insatisfação sem nome que acomete as pessoas especiais – como você –, não apenas durante a infância, mas por toda a vida.

*

Ele está lá fora, fumando sentado nos degraus da varanda, e eu deveria ir lá falar com ele, fazer perguntas sobre a infância de vocês, sobre você, moreno e gordinho, pequeno, agitado, feliz.

*

Fui até lá fora. Absolutamente incapaz de fazer qualquer pergunta sobre você a Aurélio, ouvi o que ele quis me contar a respeito dos seus planos para o ano novo que virá, a loja, os presentes, a possibilidade de atender pacientes aqui em Garanhuns. Ele falou,

falou e, então, uma prima de vocês chegou. Catarina. Uma coisinha pequena, recém-formada em biologia. Filha do tio que você adora. Antes de ir embora, Aurélio me abraçou e me olhou com amor.

*

Há tanto que eu não sei, que eu não conheci, que não perguntei. Achei que teria a vida toda.

*

Estes meses todos após sua morte são – não tenho a menor dúvida – a primeira vez na minha vida que eu não estou apaixonada. Isso, para mim, é a coisa mais esquisita. Eu ainda amo você, mas não estou apaixonada por você. Meu coração não dispara quando você está do outro lado do telefone. Porque você não está mais lá. Agora eu entendo que existe todo um mundo de pessoas não apaixonadas que andam, falam, tomam café na padoca, trocam e-mails com os amigos, jantam macarrão, fazem raios X dos dentes, escrevem cartas. É possível viver sem estar apaixonada, descobre a senhora de quase quarenta anos.

*

Eu vim, de verdade. Eu estou aqui, querido, na sua casa, na casa de seus pais, sua casa de infância, de brinquedos, de aventuras, das árvores carregadas de frutas, das flechas atiradas na cabeça de seu irmãozinho, das noites passadas abraçado com vovó, de tanta, tanta coisa, da sua vida toda, de tudo que você foi, de tudo que você quis. De você. Você não está aqui e está, de muitas maneiras, e eu quase posso vê-lo, gordinho, branquelo, pequeno, tão, tão querido.

*

Dedicatória na foto de Aurélio tirada na China
Uma pequena visão de um mundo maior. Com amor, Aurélio.

Dia 26
Eu estava chorando e escrevendo, especializada que estou em chorar em silêncio, e Sara entra aqui na biblioteca com um quadrinho de madeira lindo, lindo, com a oração de São Francisco, que ela trouxe para mim de Assis. *Essere consolato, quanto consolare./ Essere compreso, quanto comprendere./Essere amato, quanto amare.* Ela me disse que a dor dela é outra desde que ela passou por Assis. Disse que sua perda tomou outra dimensão. E eu acredito nisso como acreditei em poucas coisas na vida. Não sou capaz, criatura materialista e de poucos recursos, de crer que *Morendo che si risusata a Vita Eterna.* Mas sou a prova viva e ambulante, meu benzinho, de que você nada mais foi que *uno strumento della Pace.*

Dia 27
Cheguei a Recife. São quase nove da manhã e estou na produtora da Nanne, esperando por ela. Saí de Garanhuns a bordo do possante do Bira, às cinco da manhã. Acordei às 3:30, tomei banho, coloquei o que faltava dos meus cacarecos na mala. A casa escura, quieta. Saí para o jardim. E me despedi de tudo.

*
Não sei quando vou voltar, se vão querer que eu volte. Beijei o focinho de Átila pelo buraco do canil. Vi o sol aparecer, o céu ficar cor-de-rosa. O seu sol, o seu céu, a sua terra. Seu pai acordou, depois sua mãe. Sua mãe fez café. Sentadas à mesa da cozinha, choramos. Falamos um pouco. Ela foi muito doce e meiga e com muita delicadeza me liberou de qualquer obrigação. E se liberou também.

Choramos muito, muito. O mundo acabou e ainda que a música tenha razão, e que seja para recomeçar em outro lugar (e acho que não é nada disso), dói demais, assusta muito e, unidas pela dor, pela perplexidade, pelo inexorável e pelo afogamento iminente, sua mãe e eu bebemos café com leite nas lindas xícaras dela, novas em folha, e brindamos esse desolador e nada admirável mundo novo.

*

Bira chegou pontualmente às cinco da manhã. A estrada estava tranquila, ainda que com muita chuva, e chegamos bem. E agora estou aqui na produtora da Nanne. Nem são nove horas e eu estou tão cansada, meu querido.

Dia 28
São Paulo. Desço do avião e vejo a cara bonita da Naty, que teve a delicadeza de ir me tirar de dentro do avião onde a *dulce* filha da Nanne havia me colocado.

*

Estou em casa. Não estou em casa.

Dia 29
É sua, sempre, toda a dor do mundo. Não importam dores maiores, nem aquele papinho furado "tem gente pior que eu". Quando a dor aguda se instala, aquela conversa sádica (sim, sádica) sobre como é bacana o sofrimento dos outros não consola, não importa, não ameniza o seu.

*

Quando você consegue, finalmente, racionalizar sobre a sua dor, a dor do outro, e comparar as duas, isso significa que a fase aguda do sofrimento já passou, acredite em mim. No auge – seja lá por qual motivo for – não existe dor maior que a sua.

*

A dor do outro é fácil de gerenciar. Fácil. É fácil ser definitivo sobre a dor do outro. "É isso, é aquilo." Fácil, fácil. É libertador opinar sobre a dor alheia. A dor alheia. A que não é nossa, por mais que adoremos o outro. A dor que nunca sentiremos.

Dia 30
Ah, tudo fica. Fica o bom, fica o ruim. Fica o tolo, fútil, o que se deveria mesmo esquecer. Ficam os sustos, os sobressaltos, e fica a sensação de paz e de permanência de todas as coisas. Ficam os sacanas, os puros de coração, os monstruosamente sinceros e os que deveriam desaparecer da face da Terra.

*

Ficam nossas gargalhadas, nosso choro, nosso suor, nosso medo do futuro e o futuro, ele mesmo. Ficam os olhares, os que cruzam o salão, os que aquecem, os que denunciam o encanto e os que gelam a alma. Fica cada sorriso, mesmo os tristes. Ficam as perdas, cada uma delas, a amiga que mudou de país, a ilusão que não volta, o travesseiro vazio. Fica toda pequena vitória, todo grande suspiro, toda "Ahá, bem que eu te disse", os tropeços nossos de cada dia.

*

Fica o pão de queijo morninho, barrado com manteiga feita em casa pela Esther, o pudim de claras, o molho ardido, o doce e o amargo, o que derreteu, o gato de nariz cor de abóbora.

*

Fica a eterna possibilidade da *saíííída pela direita!*, ficam os calafrios da saudade, o choro da saudade, a dor da saudade, o desespero de saudade, fica a saudade. Fica a vez e o nome, a certeza e o passo em falso, a vida eternamente nos 44 do segundo tempo, o medo, o medo.

*

Fica o cãozinho de orelhas de toalhinha molhada, que você dizia ter "um olho de cachorro e o outro de passarinho".

*

Fica o copo azul com vodca, ficam os tombos no degrau, o esmalte perolado, fica o xampu de pêssego, a voz que sai de dentro do computador, todo um ano de promessas e de desamparo, a voz da mãe no quarto em frente, o edredom de florzinha, os fios derretidos dentro da parede, o presente e o passado tão reais e o futuro que não há.

*

Fica tudo, tudo mesmo. Sua foto no relicário, sua mão sobre a minha, sua voz tão real, suas sobrancelhas unidas, o leite condensado na lata, o azedo do limão, tudo que eu quis e não pude ter, tudo que você foi neste mundo, e o sol, que vejo de olhos fechados.

Dia 31
Este foi um ano longo demais. Demais. E cruel. Uma crueldade gratuita e sem sentido, que todos os dias me desafia com o vazio, com o que não está e que, exatamente por não estar, ocupa tanto espaço.

*

Este foi um ano no qual aprendi a dizer todos os mais imbecis clichês como: falta irreparável, pesar incomensurável, raiva incontrolável, ferida aberta e dor irrevogável.

*

Este foi um ano que começou com os mais deliciosos planos e que termina, não com desmaios e crises histéricas (se bem que a meia-noite ainda não chegou e tudo, tudo mesmo, pode acontecer), mas com um choro baixinho na frente do espelho do banheiro, numa casa vazia e cheia ao mesmo tempo de caixas de papelão, de dor, de decisões não tomadas e de sustos.

*

Este ano, quem eu mais amei morreu em minhas mãos. Eu senti a vida saindo dele. E de mim, de muitas formas. Este ano, eu fui a mais missas do que jamais havia ido em toda minha vida, entendendo que, mesmo sem ter a capacidade de crer, posso e devo encontrar conforto onde quer que seja.

*

E já que falo em conforto, este ano eu aprendi o significado real dessa palavra. Tenho pavor do tal "jogo do contente", mas este ano aprendi o que, realmente, significa ser confortado. E amado. E amparado.

*

Este ano fui carregada por diferentes mãos, e dormi em diferentes colos. Este ano fui alvo das mais diferentes manifestações de amor e de cuidado, de querer bem e de zelo.

*

Este ano ganhei muitas flores e, como na canção, havia mesmo flores em tudo o que eu via. Este ano fui resgatada de dentro da casa que jamais será minha de novo, de dentro de uma vida que já deixara de existir e fui instalada numa nova cidade e numa nova casa e também numa nova vida, com tanto amor, com tanta doçura, com café quente, promessas de um cavalinho bebê e cafunés, até que eu estivesse pronta, não exatamente a desbravar o mundo, mas pelo menos a encará-lo sem desmoronar.

*

Este ano bebi café num lugar com nome de flor, enquanto olhos amorosos permaneciam pousados em mim. Este ano redescobri partes de São Paulo que eu julgava mortas, partes de mim que eu julgava acabadas, e descobri partes da cidade que jamais imaginei possíveis, homens com enormes tatuagens do *Parmera* no braço, restaurantes cujos donos venderam camisas, ruas de contos de fadas, jardins sem muros, dos quais as mangueiras não são roubadas, quintais com galinhas, e que existe certo tipo de amor e de calor que só o entendimento real e profundo é capaz de dar. Este ano fui financeiramente salva uma porção de vezes, sem que nenhum peso fosse dado a cada gesto.

*

Este ano acabei um novo livro, traduzi outro do começo ao fim e botei um pé num novo trabalho, assustador, mas muito bom. Este ano aprendi que Houston e Seattle ficam exatamente no mesmo lugar quando se canta pelo telefone a música da vizinha que passa com seu vestido grená, quando cantam para mim sobre uma lembrança que dói tanto que há que se cantar para espantar o mal. Este ano entendi por que você amava tanto certa moça de Recife e, ao conhecer o neto dela, aprendi que os menininhos de cabelinhos cacheados realmente são os melhores.

*

Este ano aprendi que o cuidado e o amor podem vir fantasiados de caixas de papelão e braços que desmontam prateleiras e embalam tacinhas delicadas.

*

Este ano entendi, finalmente, a frase da minha professora de latim na faculdade, Dona Nair, que dizia: "Ninguém dá o que não tem."

*

Este ano vesti novas camisetas e velhas sandálias, cantei num tom diferente, saí pelo mundo cheirando a jasmim e bebi suco de laranja com vodca num café da manhã surpreendente. Este ano traduzi um livro inteirinho, do começo ao fim, mereci confiança de quem eu nem sabia que me conhecia, assisti a velhos filmes com novos olhos, e chorei em cenas que antes me faziam rir.

*

Este ano brinquei de fazer programa de rádio, descobri o amor em Minas Gerais, descobri que o Chico Buarque ainda pode me surpreender ao fazer a neve ferver. Este ano esperei em vão duas vezes por telefonemas que nunca vieram, mas vamos combinar que nem foram tantas vezes assim.

*

Este ano fui forçada a entender que seus amigos não vão me amar só porque você me amava e que é melhor deixar para lá.

*

Este ano vi com clareza as coisas que não quero.

*

Este ano tive alguém para me colocar e me tirar de dentro do avião. Este ano eu entendi que ainda tenho muito que caminhar e aprender, mas que eu sigo, porque não estou sozinha, mesmo quando acho que estou, ainda que não seja fácil entender.

*

Este ano entendi que não há um porquê e nem nunca haverá lição nenhuma para aprender com a sua morte, que a crueldade é gratuita mas que, ao mesmo tempo, só tenho uma direção para ir.

*

Este ano aprendi a não temer.

*

Este ano escolhi conscientemente só gostar de quem gosta de mim, só me cercar do belo aos meus olhos e só ir até onde dá pé.

O fervor de outros tempos

Janeiro

Dia 1

O homem com quem passei a noite de ano-novo tem as mãos maiores que as suas. E a voz dele é mais grave que a sua.

*

O homem que atravessou ao meu lado a passagem do miserável 2007 para o assustador 2008 tem alguns planos, bem diferentes dos seus. E eu não estou incluída em nenhum deles.

*

Nós falamos do passado, cantamos belas canções, bebemos um bocado. O homem com quem passei a noite de ano-novo joga a cabeça para trás quando gargalha. Ele ri com mais facilidade que você. Ele é generoso e, de muitas formas, bonito. O homem com quem passei a noite de ano-novo ama esta cidade tanto quanto você. Ele, como você, escolheu viver aqui.

*

O homem com quem passei a noite de ano-novo tem um nariz de tamanho médio, curvado para baixo, um belo nariz, um nariz calabrês, eu diria, enquanto racionalizo, afinal, que os mesmos mouros que me deram esta pele morena ao escolherem o salto da bota como lar, podem ter conferido ao nariz do meu amigo essa forma tão linda, quando resolveram, com sabedoria, *instalar-se na terra que, depois, lhes seria tomada* (você adorava ouvir o meu pai recitar *Os lusíadas*. Eu também. Eu também adorava).

*

O homem com quem passei a noite de ano-novo não gosta de mulheres de unhas longas, ou que toquem no interlocutor durante a conversa, ou que comam maçãs. Mulheres como eu, portanto. Ele ainda não decidiu se vai deixar a barba crescer. Ele bebe vinho e cerveja, mais cerveja que vinho, mas não sei se ele é um bebedor de uísque como você. Ele é também um bebedor de café, e, exatamente como você, bebe menos do que o M. e mais do que eu, expressos sem açúcar.

*

O homem com quem passei a noite de ano-novo tem costas largas, sardas nos ombros, bom ouvido para música, uma boca bonita e algumas cicatrizes. Ah, e belos dentes. Ele gosta de filmes bons, outros nem tanto, ele ama os anos 1980, a década de sua juventude, embora ele ainda seja jovem.

*

O homem com quem passei a noite de ano-novo gosta de ostras. Ele mora só, mas há outras pessoas na casa. E sua fruta preferida é o abacaxi. O homem com quem passei a noite de ano-novo riu do meu "vinho com bolinhas". Ele gargalha com meus comentários sobre a novela e sobre as reportagens mostradas na tevê e gosta das músicas que canto. Sua memória emotiva está ligada a certos bairros de São Paulo de forma muito nítida. Ele chora fácil, com qualquer coisa a boca treme. Ele tem cílios lindos, longos e curvados para cima.

*

Às 11:30 da noite do dia 31 de dezembro, esse homem me colocou no carro dele e me levou até uma praça. De lá podia-se ver fogos de artifício que, por toda a cidade, anunciavam o ano novo, porque a praça fica num ponto bem alto do bairro que esse homem mais ama.

*

Fiquei instalada de frente para a linha do horizonte e ele ficou alguns passos atrás de mim. Havia muita gente lá. Grupos de adolescentes fumando maconha. Casais, muitos. Algumas grávidas. Gente com latas de cerveja e taças nas mãos. À meia-noite, elas gritaram, felizes. E se abraçaram. E comemoraram muito. Felizes. Elas estavam felizes com o quê? Elas não sabem que não há rigorosamente nada o que comemorar e que acabava de começar o pior ano da vida delas, o ano em que elas teriam que viver sem você?

*

À meia-noite, abracei a mim mesma. E chorei. Chorei muito, muito. Chorei porque sou impotente. Chorei porque estou irremediavelmente só. Chorei porque não importa mais se eu vivo, se eu sou ou não sou, e eu queria que minha vida importasse, porque para você ela sempre importou tanto, a minha vida. Eu queria que a vida fosse como eu quero que ela seja e não como ela é.

*

O homem com quem passei a noite de ano-novo não tocou em mim na virada do ano. Ele me deixou chorar por um longo tempo e, à 00:30, chamou meu nome. E, quando me virei, ele disse que esperara muito tempo e abriu os braços para mim. E eu chorei em seu peito, presa a ele. E, então, o homem com quem passei a noite de ano-novo me deu o braço e nós fomos para o carro, e nós fomos para casa.

Dia 2

Queria me sentar aqui nesta cadeira desconfortável e botar a culpa no calor, na falta de vento, na falta de dinheiro, na falta de saco, no tratamento do dente, no meu *bad hair day*, no perfume favorito que está custando quase 400 *pilas*, na péssima programação da tevê a cabo que só passa lixo de madrugada, na insônia, na bola que tomei pra dormir e que não funcionou, nesse cachorro maluco que comeu meu sapato azul-marinho, no meu velho e falecido pai que assinava seus cheques com a caneta entupida de Viagra, nos gatos que quebraram meu vaso mais lindo, no freezer que está com a borrachinha solta, gelando todo o chão da cozinha, nesse monte de responsabilidade emocional e financeira, que eu não pedi. Mas é que a culpa não é de ninguém, estou aqui prostrada e não há catuaba que me levante.

*

"Este é o primeiro Afonso (disse o Gama)
Que todo Portugal aos Mouros toma;
Por quem no Estígio lago jura a Fama
De mais não celebrar nenhum de Roma
Este é aquele zeloso a quem Deus ama
Com cujo braço o Mouro inimigo doma,
Pera quem de seu Reino abaixa os muros
Nada deixando já para os futuros."

Camões – *Os lusíadas*

Dia 3
Esperar por uma palavra que não vem é desesperador. Mas ser burra também é desesperador, então, estamos quites, eu e eu. Rá.

*

Eu não me lembrava de ser tão carente. Não ria, eu disse "tão". A verdade é que você ocupava a vida e eu não sentia falta de ninguém. Horrível, mas é verdade. Daí que agora eu me pego sofrendo na expectativa do "Será que ela vem ver filme aqui?", "Será que ele liga?", "Será que sai o trampo em junho?". Patética. Acho que vou nalguma reunião do AA, lá tem montes de gente para conversar.

*

Pensando bem, não vou, não. Minha média tem sido de uma garrafa de vinho por noite, eles são contra e eu sou a favor.

Dia 4
Aperte as tirinhas das sandálias. Freud sumiu.

*

A nossa vida. Aquela uma, sabe, que ninguém quer viver. As pessoas saem pelo mundo com frases feitas, conceitos prontinhos, certezas, condescendências imperdoáveis. Nada, nada, nada mais fácil que arrumar a vida alheia. Ah, a vida alheia.

*

No gerenciador de mensagens
Silvana diz:
Quero dizer que se existisse morfina pra esse tipo de dor, eu dava toda a minha pra você.
Mim diz:
E eu, como boa drogada que sou, aceitava, viu?

*

De: Frei João
Para: mim
Querida, como vai? Meu nome é João, e dou aulas em um pequeno colégio no Rio de Janeiro, desde 1999. Antes disso vivi e trabalhei em Recife, onde nasci. Durante alguns anos, tive o prazer de conviver com seu marido e privar de sua amizade. Estivemos juntos no colégio de São Bento, em Olinda. Eu já era seminarista, ele ainda estudava. Um pouco mais novo que eu, ele impressionava pela inteligência brilhante e pelo humor. Muitas vezes, varamos as madrugadas jogando xadrez enquanto ambos vivemos lá. Ele me indicou os russos e os franceses que mais amava e ainda trago esses livros comigo. De muitas formas, ele me fez uma pessoa melhor. Acredito, minha querida, que todos os que tiveram a sorte de cruzar o caminho dele, dirão o mesmo: era um homem de grandes qualidades, que aguçavam o que de melhor há em nós. Sinto sua dor no meu coração e rezo constantemente por você, por ele, pela querida mãe dele, dona Mabele, por nós. O plano de Deus é maior que todos, e não nos cabe entender Seus caminhos, por isso, rezo para que a revolta saia de meu coração. Mas está difícil. Se você puder me escrever de vez em quando e manter-se em

contato comigo, ficarei feliz e agradecido. Receba meu abraço fraterno, Frei João.

Dia 5
Clotilde, minha particular ressaca, esmaga sem dó meus poucos neurônios. E não adianta pedir ao mundo que seja gentil comigo. Ele não será.

*

Não consigo parar de roer unhas, nem de comer, nem de ter maus pensamentos.

*

Ah, ah, ah. Toblerone de chocolate branco. Sei bem que não existe chocolate branco, mas o Toblerone é meu e eu chamo do que quiser.

*

No gerenciador de mensagens
Daniela AF diz:
Vou fundar minha igreja: "Loucuras de Meldels". Aceitamos você com o pecadinho que você tem.
Mim diz:
Serei obreira, diácona, dizimista, pastora e profeta da sua instituição, querida.

Dia 6
Meu pai diria que gente burra não merece perdão, e meu pai tinha sempre razão, eu não mereço perdão. Nem o meu.

*

Uma daquelas cantoras de adolescentes que vivem se drogando e se arrependendo, só para usar droga tudo de novo, está novamente indo para o *rehab*, é o que me informa um programa de fofocas que você adorava, num canal desses que só passam lixo. Não tenho dó nenhuma. Também queria ir prum lugar onde dá pra fazer terapia 24 horas por dia, com refeições quentes, tevê a cabo, com roupa de cama limpa e serviço de lavanderia. Eu estou acampada, vivendo à base de pizza fria e fanta uva dáite quente, sem tevê (quase), numa casa imunda, pagando com sangue pela minha terapia, e adoraria ter alguém para me preparar comidinhas, passar minha roupinha, lavar minha privadinha, trocar a areia dos gatos e segurar minha testa enquanto eu vomito... e inda dormir num quartim bonito, cheiroso e tale e cousa. Tenho pena não, faço votos que ela aproveite muito bem.

*

As bobagens cotidianas me aproximam e me afastam de você a cada instante.

Dia 7

Um dos motivos para eu mais amar e mais sentir saudades do meu avô José Menino é que cantando "Romaria" (a música mais linda de todo o planeta), ele dizia "Nossa Senhora de Aparecida" e não o que nós dizemos com nosso sotaque paulistano "*di* Aparecida". Os "es" do velho eram "es" mesmo, é a coisa mais bonita de se ouvir, esse sotaque do interior de São Paulo (o velho nasceu em Santa Bárbara, que depois virou parte de Taubaté). Ele também cantava, na enxada, "Chico mineiro" (ele dizia "*são* da viola" e não "som da viola"?), "Menino da porteira", aquela da carta, qual será o nome? "Antiga carta guardada, que o tempo amarelou, é lembrança do passado, que no meu peito ficou..." Vai daí que, nessa, o velho dizia "risco de tinta" e "farsidade". E "Travessia do Araguaia?" Ô Deus. "O capataz era um velho de muita sabedoria." Ele era um espetáculo. Dessa categoria não fazem mais.

*
De: Cris D.
Para: mim
Amor, esqueci de contar uma coisa, ó que legal!

Eu estou superatrasada na leitura das aulas, porque é difícil ter um tempo pra ler no computador, e eu fico demorando porque eu estou fazendo direitinho, olhando mapa, anotando, nisso estou ganhando gatinho. Maaaaaassss tou amando ler *Moby Dick*, e nesse estou bem adiantada, porque carrego e leio no busão. Vai daí que fiquei tão contente outro dia, que assisti *A Liga Extraordinária* (ok, não ria, eu vejo tudo que tem o Sean Connery) e o filme é bacaninha, daqueles que você tem que conhecer referências e personagens.... e aí, graças a você, e só a você, que uma referenciazinha de nada, uma ceninha rápida só, eu vi! Na hora que o Capitão Nemo vai levar todo mundo no carro dele (que é o máximo), adivinha quem é o chofer-imediato-faz-tudo? Um cara que abre a porta do carro (que parece um submarino, que parece um peixe indiano) e diz assim: *Call me Ishmael*.

Eu amei você por isso, mais uma vez.
Beijo,
Cris D.

Dia 8
Aqui, feito um paninho de chão, com aquele choro que vem da barriga, não do peito. Aí, toca o telefone. É a Nanne querendo me levar para Recife. E, palavra de honra, se fosse resolver, eu iria.

*

Mas não vai.

*

Há um tipo de silêncio que berra. Que ocupa a casa toda, que reverbera em cada cicatriz.

*

E não, eu também não liguei para ninguém.

*

E há um tipo de solidão que estala. Porque não é a solidão momentânea, o famoso "hoje o telefone não tocou". Tudo bem, é isso *também*, mas é mais. É uma solidão que indica o que será o resto da sua vida. E é por isso que dói tanto. Um interminável sábado, abafado, lento, sem sinais, sem cigarro dividido, sem café expresso, sem futuro.

*

Tenho dormido 12 horas por dia. Assim sendo, vou tomar um banho, um suco de laranja e me preparar para mais uma rodada. Eu estou com muita saudade.

*

Run, don't walk.

Dia 9

A reforma da casa da mamãe nem começou a acabar. Morar sozinha no apartamento que foi nosso é desesperador. E silencioso, mesmo com a tevê ligada o tempo todo.

*

Dei seu RG do Corinthians para a Marlene. Ela adorou, fanática, como você.

*

Sinto tanta falta de comentar os livros que leio com você.

Dia 10

Aqui, com um pé no barco, o outro na margem. Os especialistas não recomendam que você tente isso em casa sem a supervisão de um adulto, amiguinho. Aliás, nem *com* a supervisão dum adulto, sejamos francos.

*

Sabe, meu benzinho, que eu ando cansada desse povo que envia e-mail sem "Oi, tudo bem" e/ou "Tá boa, canoa?" e/ou "Oi, saudade" e/ou "Tá boazinha, tá?" e que acaba sem "Tchau, beijocas" e/ou "Inté, fica firme" e/ou "Até logo, tudo de bom". E o pior é que esse povo sem educação foi alçado ao Olimpo dos dinâmicos, pragmáticos, arrojados, profissionais, bó. Precisa dum mínimo de civilidade, para conviver com os outros, meu Deus. Precisa. Ou, como diria minha mãe "Finja que você é uma pessoa fina e bem-educada".

Dia 11
Café da manhã. O Leandro descobriu o lugar mais delicioso para tomar montes de canecas de café com leite, e fui na onda dele porque ele tem um bom faro. O preço é bacana, o café da manhã é bufete, hohoho, o bolo de chocolate é delícia, o de fubá leva erva-doce, mas ninguém neste mundo é perfeito.

*

Tento fazer o que o Millôr ensinou via Cora, meu amorzinho, e não ampliar a voz dos imbecis, respirar fundo e ignorar, mas Deus, é difícil, é difícil, é difícil.

Dia 12
Planos de passar o Carnaval com a Lígia. Só nós duas, montes de filmes, oceanos de comida safada. Ela convidou, e eu vou, acho que mereço uma indulgência no meio deste ciclone que já dura quase cinco meses. Meu Deus, você me faz tanta falta, todos os dias, todos os dias.

*

No gerenciador de mensagens
Daniela AF diz:
Temos programa para hoje de noite?

Mim diz:
Se por "programa" você quer dizer televisão, estou dentro, vai começar um documentário *ótemo* no History Channel.

Mim diz:
Se por "programa" você quer dizer que nós vamos falar mal dos outros, sente-se ao meu lado.

Mim diz:
Se por "programa" você quer dizer que eu vou ter que me vestir, passar batom, botar sapato e sair de casa, você ficou louca.

*

De: Alice
Para: mim
Querida, você está cheia de razão, ninguém entende de nada, nossa dor é somente nossa, tão nossa que ninguém pode curá-la. Quando eu era uma menina de 15, 16 anos, costumava marcar encontro com dois meninos ao mesmo o tempo, em horários e lugares diferentes, se um falhasse teria o outro... Pois, às vezes, os dois me davam o "toco" como se diz hoje em dia. Eu me apaixonava todos os dias e desapaixonava todas as noites. Eu podia, era bonitinha, tinha um corpo legal e eles me desejavam. Repito: desejavam apenas. Assim foi com o pai da minha filha, moço lindo, inteligente (foi ministro da Educação na Bolívia, e cônsul da mesma, no Rio). Mas na época era um capitão do Exército e estudante de Direito asilado no Rio. Tive com ele meu primeiro orgasmo, aos 27 anos, e acho que foi ali que nasceu minha filha. Não nos casamos nem juntamos, mas ele registrou a menina. Aos 32, conheci então aquele que seria meu grande amor, com quem vivi 17 anos e meio e que veio a falecer aos 42 anos, vítima de um enfarte fulminante. E aí? Aí, querida, depois de um luto razoável, fiz uma repescagem de ex-namorados (tem hífen?), busquei um novo amor para esquecê-lo e, claro, não consegui, não consigo, ele me faz falta, ele me alegrava com aqueles segredinhos de namorado, aqueles apelidos como os que você e seu falecido marido inventavam. Não adianta, eu, pelo menos, não consegui reinventar um novo

grande amor. E as pessoas pensam que consolam, às vezes até com sinceridade, e só conseguem nos magoar.

Olhe, tenho um problema grave de circulação, tenho dores terríveis nas panturrilhas e o remédio pra isso não existe. Melhor, existe: andar, andar e andar ou, então, operar. Como andar se sinto dores? E como operar, se é uma operação de grande risco? Eu gosto da vida, adoro meus netos, quero ver minha neta se formar em Direito no final do ano. Mas o que mais me tortura é o que as "amigas" dizem: "Tem que andar, tem que sair, tem que viajar"... Pqp, e as minhas dores? "Você não tem fé, toma os remédios sem fé por isso não melhora." E por aí vai. Então, querida, estou contigo... cada um com sua dor, dor que se instalou sem ser pedida e que não tem data pra se retirar. Desculpe, isto não é um e-mail, é um inteiro, hahahaha. Boa-noite, querida, procure dormir bem e, se puder, sonhe com ele. Eu sonho com o meu amor quase sempre, mas demorou anos para que isso acontecesse.

Querida, você me perguntou qual das versões disponíveis da Bela Adormecida foi a que eu dublei para dar para os seus sobrinhos, não? Vou ligar para a produtora e descobrir.

Beijos meus, e dos meus gatinhos, Caetano e Lola. Eles me fazem rir.

Alice

Dia 13
Quando a pessoa diz "As coisas ainda vão piorar muito" e "Você ainda vai sofrer demais", palavra de honra, é uma tentativa de consolo? Sério? Ela acha que eu não percebi que minha vida acabou e quer dar um toque, é isso? Ou ela acha que eu não saquei que ainda vou me arrastar num mundo sem sentido esperando ardentemente morrer logo e quis me animar. É isso? Pelo amor de Deus.

*

Há três minutos, no telefone, Pedrão disse a mais sensacional verdade: só temos privacidade e encheção de saco zero quando vamos digitar a senha no trequinho de pagar as compras no supermercado. Por alguns preciosos segundos ninguém nos torra *el saquito*. Nego olha pra cima, assobia, dá um passo pra trás, *back off* geral.

*

Preciso fechar sua conta no banco. E coragem, e coragem?

Dia 14
Eu perdi alguma coisa importante. Deve ser isso. Ou então, o que é mais provável, não tenho mesmo nível intelectual para acompanhar mais nada neste planeta. Mas palavra, não consigo atinar porque é tão animado, tão feliz, e grita tantos "uhuhs!!", o senhor que faz propaganda duma maquininha que serve para lavar o quintal. O cara é muito, muito feliz. Muito feliz mesmo. Ao que tudo indica, tenho comprado os objetos errados.

*

Quem, quem, quem estava com o pneu do carro no chão na hora de sair de casa hoje?
Maestro Zezinho, uma nota.

*

De: Eduardo
Para: mim
Uma das melhores coisas da solitude é a possibilidade de falar sozinho, discursar, protestar, sem que ninguém nos ouça. Falo sozinho adoidado. E me chamo de Eduardinho, nome bem mais carinhoso do que doutor ou acadêmico.
Manhã dessas, pelo café expresso, surpreendi-me dizendo: "É, Eduardinho, você... está aqui." Nesse "está aqui" ficou subentendido que é melhor ainda estar por aqui, do que debaixo de sete palmos de terra. Estamos conversados.

Dia 15
Hoje, às cinco da manhã em ponto, começou uma chuva abissal. O passeio de Baco dançou. E ele expressou todo seu descontentamento comendo o caderno novo de mamãe.

*

Darwin é meu pastor e Gregor Mendel não me faltará.

*

No gerenciador de mensagens
Silvia diz:
Sabe aquele livro de como os dinossauros dizem boa-noite que você deu pras crianças? É o hit absoluto aqui de casa.
Mim diz:
Não conta pra ninguém, Sil, mas daqui de casa também.
Silvia diz:
Hahaha!

Dia 16
A quantidade de trabalho que me assola é inacreditável. O tradutor é antes de tudo um forte. Não. Um duro.

Dia 17
Se eu contar a oficina de redação que dei agora cedo, você não vai acreditar. Coisa de filme. Sabe aqueles filmes dos anos 1970, as criancinhas meio bocós superando limites? Era isso, mas sem a parte da superação de limites. Uns moços lindos, bronzeados, sarados, dirigindo caminhonetes maiores que nossa cozinha (muito maiores) e, juro, eles não conseguem juntar duas frases que façam sentido. Ai, caceta.

Dia 18
Onde está o século XIX ao qual, certamente, pertenço? Não aguento mais o século XXI. Aliás, não gostava nem do XX.

*

De: mim
Para: Cláudio Luiz
Claudim, Claudim, não, sei nada sobre a superbactéria, amado. E não vi o filme da moça magrinha (Lady Vanessa é uma tuda, não é não? Amo bem muitão). Vi a Marinex falando sobre o assunto no blog dela, mas ainda não vi o filme. Estou dando conta de nada, amore, nem de superbactéria, nem desse filmim, nem nada. Fui ver o Johnny cujo nome não é, ontem, de óculos escuros, porque não tenho mesmo colírio ou solução, chorei o filme todo, mas por mim, não pelo Johnny. A Marinex viu e gostou, e Deus sabe que você deve ir sempre na onda da Marina, nunca na minha, porque ela está ligada no movimento e eu sou uma anta móvel. Não estou dando conta de nada, quilido, nem de mim, nem da casa, nem de comer comida de adulto (minha mãe me liga: *"Filha, você está comendo comida de adulto? Porque pipoca de microondas e biscoito são comidas de adolescente. E vinho tinto com suco de laranja é jantar de mulher caída, o que não é seu caso. Se suco tem vitamina? Tem, mas não conta. Salada, bife e água. Duas vezes por dia. E que a água, de preferência, seja benta."*), nem estou dando conta de dizer o quanto eu amo e sou grata a você, coisas que eu deveria dizer com mais vagar e com mais frequência, num português mais bonito, com citações em francês e em catalão, com revisão da Ana Paula e editoração da Vera, com frases roubadas do Gigio e tudo o que você merece, porque você merece, você é sempre essa coisinha que fala comiga, faz perguntas pertinentes, que eu amo tanto. Tenha um lindo final de semana.

Dia 19
Dei seu arco e flecha de caçar urso para o Fernando da Zel. Depois chorei, vendo a parede vazia.

Dia 20
De: mim
Para: Vera
Vera, a minha experiência sobre livro é assim: na sétima série, durante uma aula de geografia, tivemos que ler um texto sobre a África do Sul, em silêncio, durante a aula, para discutir também durante a aula. Enquanto líamos, quietos como uns ratinhos, a professora andava entre as carteiras. Quando acabamos de ler, em vez de falar da África do Sul, Mara, a professora, fez um discurso sobre "trabalhar o texto". Nunca me esqueci. E, passados tantos anos, ainda acredito nisso. Quando você lê um texto, gostando ou não, você não passa ileso por ele. E nem ele por você. Ler é a coisa mais importante que a gente faz, ler é fazer história e em mais de um sentido, porque só quando a gente inventou a escrita e passou a registrar o que a gente fazia é que a gente passou a fazer história. Um texto escrito com sua mão, seja ele qual for, é parte da sua história. Da história de todo mundo. E que, quando a gente "trabalha um texto" (pessoalmente, abomino o verbo trabalhar sendo usado com esse sentido, Vera, você sabe, implico demais com as palavras, trabalhar, transar um sentimento, antenado, balada, uhu, a nível de, rolar uma emoção, paradigma – eu sou uma viúva chata e velha), prestamos uma homenagem a ele, a nós mesmos, aos que virão: escrever nossas próprias impressões num texto impresso é deixar um pedacinho de história registrado. É, também, pensar melhor, expor a sua trilha de raciocínio, deixar por escrito a sua resolução do problema, seus sentimentos durante a leitura. Ainda, é fazer um microdiário do seu cotidiano, do seu tempo, da

sua época, da sua classe social, da sua vidinha. E, por fim, é tornar o texto um pouco seu. De alguma forma, você é coautor. Escrevo nos meus livros, puxo flechinhas, grifo, anoto na margem, na contracapa, tudo. Diz a minha mãe que eu "gasto" meus livros. Espero que sim. Eu tento, pelo menos. Amor, eu.

Dia 21
Não se sente senão o que se soube falar.
Paul Gèraldy

*

"Palavra dada não se pega de volta", dizia meu pai que, durante sua vida – e, sejamos francos, boa parte de sua morte –, pegou de volta milhares e milhares de palavras dadas por ele.

*

De qualquer forma, tenho pensado demais nas palavras das nossas vidas, no que dizemos, em como dizemos. Há tantos anos. Nas coisas que escrevemos para os outros, nossos bilhetes, nossas cartas. As palavras, amado, foram tão importantes para nós, desde sempre. Alicerçamos nossa história, também, em tudo, tudo, tudo que dissemos durante tantos anos.

*

Em minha casa de menina, na minha família, as palavras tinham valor quase sagrado. Éramos treinados *no* e *para o* discurso. O que se dizia, como se dizia, quantos sentidos a mesma frase podia ter, de quantas formas a mesma frase podia ser percebida: nesse credo fomos criados, essa fé professávamos.

*

Não éramos – não somos – lá muito bons com sentimentos em minha família (embora eu deva declarar que meu irmão parece estar fazendo um belo serviço com seus meninos), mas no discurso escrito, falado e televisionado, éramos – e somos – até bem competentes.

*

Acredito em dizer as coisas, mas não todas. Acredito no peso da palavra dada e acredito, muitíssimo, na palavra não proferida. O que não é dito tem tanto peso e é discurso também.

*

Acredito em atos falhos, e que as palavras magoam, rasgam e podem curar. Acredito no que as palavras revelam por vontade própria ou, exatamente, no que tentam esconder.

*

Acredito em definições, em mensagens na garrafa, em análises precisas, em negações veementes, em xingamentos, em convites velados, em bulas de remédio, nas beatas de Eça de Queirós, em e-mails ofegantes, em manuais de redação, em esporros homéricos, em *posts* de blogs, nas canções de Caymmi, em receitas grudadas no armário da cozinha (como fazia nossa doce Lígia), em piadas prontas, nos poemas do Quintana, em certidões de casamento, em panfletos distribuídos nas calçadas, nos mundos do Érico Veríssimo, em faixas que agradecem a Santo Expedito pela graça alcançada e em graças alcançadas, em redações "As minhas férias", em pedidos feitos em papeizinhos e enfiados nas falhas do muro, em cheques ao portador (principalmente quando o portador sou eu), no que está publicado no *Diário Oficial*, em ler nas entrelinhas, em cartas à redação, em placas de trânsito, em livros perfeitos, em jornais duvidosos, em notas do tradutor, em nada-consta, em fichas corridas, em subtextos-que-você-meu-querido-entende-se-quiser, em listas intermináveis, em recibos passados, em conclusões assombrosas.

*

Nem sei mais por que estou falando disto. As palavras me tomam e eu me perco. Acho que o que cabe aqui é uma liçãozinha de moral: sua família pode não ter condições de dar tudo que você quer – ou precisa – para enfrentar a vida. Mas aproveite o que quer que seja a especialidade da sua família e fique bom de verdade nisto. Não é o melhor dos mundos, mas o melhor dos mundos, deixe que eu lhe conte um segredinho, não existe. Bem, não existe mais.

Dia 22
Meu terapeuta diz que eu quero morrer. Ele diz que quero muito morrer e há muito tempo. Quem sou eu para discutir com um homem que tem três diplomas?

*

"Em última análise, creio que deveríamos ler apenas livros que mordam e machuquem. Se o livro que estamos lendo não nos atinge com violência, como uma pancada na cabeça, para que haveríamos de nos dar o trabalho de o ler? Um livro tem que ser a picareta no mar gelado dentro de nós."

F. Kafka – *Carta a Pollak* (tradução livre)

Dia 23
Invejo profundamente quem setoriza. Dia reservado para o namorado, manhã das amigas, tarde de passear com a mamãe. Adoro quem não mistura as estações. Conheci pessoas que só fiquei sabendo que tinham alguém na vida quando vi a aliança de noivado. Outra, soube que tinha um relacionamento estável com vista para o casamento, apenas no dia em que eles romperam. E não é, como você sabe, por falta de perguntar sobre o outro, e cutucar, e assuntar. É que tem gente assim, que não fala a respeito dos diferentes escaninhos de sua vida. Sou incapaz de ser tão organizada e misturo turmas, embaralho amigos, junto família e trabalho, costuro tudo num mesmo patuá e depois dedico as minhas sessões de terapia a catar os fiapos imaginários que grudam no veludo azul-marinho.

*

São Paulo, 16 de dezembro de 2008
Queridos Ticci e Álvaro:
A história é que este foi o primeiro livro que ele me deu. Estávamos num sebo, em 1999, e ele escolheu este livro e escreveu nele antes mesmo de sairmos de lá. O livro morou em cima da minha mesinha de centro durante oito anos e eu nunca vou me esquecer dele. Mas quis muito que, na casa de vocês, houvesse alguma coisa da minha casa, porque eu fui tão, tão, tão feliz lá. Espero que a felicidade que foi nossa, um dia, grude todinha na felicidade de vocês. Vai ser motivo de alegria para mim, ter um pedacinho da nossa casa dentro da casa de vocês, saibam. E sejam cada vez mais felizes, queridos. Eu, que não acredito em nada, acredito nisso de todo coração. Acredito em encontros, na felicidade que faz os olhos brilharem, acredito em pisar em algodão, em ficar sem ar muitas e muitas vezes, em chorar de alegria e em "para sempre". Acredito em "para sempre" todos os dias, todos os dias. Acredito em fadas também, mas isso vocês não podem contar para ninguém. Acredito em vocês e na felicidade que não acaba.

Então, por favor, recebam nosso primeiro livro: da nossa casa para a casa de vocês.

Amor, eu.

Dia 24
A gente tem que saber perder. Mas a gente também tem que aprender a ganhar. Ganhar é difícil. É difícil acreditar que merece, e, caso acredite, é necessário ser bondoso e gentil para com os que não ganharam. Nada não, eu estava aqui lendo e pensando.

*

Nem tão depressa que pareça fuga, nem tão devagar que pareça desaforo, ensinava meu pai, certamente plagiando alguém.

Dia 25
Um cão não preenche o vazio da perda, não resolve todos os problemas, não pode afastar a dor – nem mesmo um bom cão tem tanto poder. ("E qual cão não é bom?", pergunta Baco, enquanto afago sua cabecinha branca deliciosa e ponho minh'alma, ou o que resta dela, no lugar.) Das poucas coisas que me restaram, Baco é certamente a mais simpática delas. E a mais barulhenta.

*

No gerenciador de mensagens
Mani diz:
Sem contar que só gordo tem o verdadeiro sentimento de solidariedade.
Mim diz:
É fato.
Mani diz:
Bote dois gordos numa sala, que logo vira uma comunidade.
Mani diz:
Como as baleias.

Dia 26
Quase todos os sábados, tenho ido tomar café da manhã em um lugar muito bonitinho, aquele, que o Leandro me ensinou a ir. Quase sempre alguma conhecida aparece. Há risadas, pão de queijo, algumas lagriminhas. É um lugar iluminado, com móveis de madeira escura, cara de antigo, não há alumínio em canto nenhum, você iria adorar. Pedrão teve papelada para resolver em São Paulo. Chegou ontem. E como hoje de manhã ele estaria por aqui, fomos tomar café da manhã. A Helga também foi e ficamos lá, nós três, tomando café com leite e fofocando.

*

E você ama a criatura, sei lá, ama de verdade ou você foi condicionado desde a infância, *who knows*. O fato é que é tudo muito cruel, e eu fiquei até de madrugada esquadrinhando presente-passado-e-futuro com meu irmão, sem bola de cristal, sem baralho egípcio cigano, os dois enredados num redemoinho sem fim e, de tudo, só consigo mesmo pensar que graças a Deus não fui filha única. Porque ia parecer mentira se eu lembrasse e sentisse sozinha. Quem tem um irmão nunca está só. Pelo menos, quem tem o meu irmão, nunca está só.

*

Penso em você enquanto encho minha caneca de café com leite de novo e de novo. Eu ainda amo você todos os dias. Eu ainda sinto sua falta. Eu ainda lamento.

*

Um dia vão conseguir medir a dor, com aparelhos cheios de fios, luzinhas piscando, zumbidos. E eu serei, então, um tesouro científico.

Dia 27
Eu estava quase dormindo quando o telefone tocou. Era o César, marido da Lígia. Amor, a Lígia morreu. Ela teve uma embolia pulmonar e morreu. Hoje faz cinco meses que você morreu e a Lígia morreu ontem. Nem cinco meses depois de você. Depois que você morreu, a Lígia foi tão boa para mim, tão boa. A Lígia. Ela morreu. Assim, do nada. Como você. E, como quando você morreu, não há o que dizer, não há para onde me voltar, não há como explicar o tamanho da perda e da dor. O aniversário dela é 10 de fevereiro, daqui a pouco. Que mundo imbecil e sem sentido nenhum.

Dia 28
De: Naty
Pra: mim
Almocei com Inara hoje... porque eu, hoje, não tenho condições de almoçar com ninguém que não seja "nós". Foi a melhor coisa que eu fiz, porque a gente ficou contando casos engraçados da Lígia. E nos entupimos de chocolate, porque serotonina mandou lembranças. Naty

Dia 29
Ser humano (ou cerumano, copiráite *by* Vera Maria) é viver para redescobrir o óbvio. Então, ontem eu reaprendi que quando desejam com graça, com humor e com doçura, que você durma bem, você dorme mesmo bem. Bom, pelo menos, eu dormi.

*

Tratar-me com condescendência é despertar o que há de pior em mim. E Deus sabe que há muito de pior em mim pra despertar. *Et modus in rebus.*

*

E, enquanto trabalho, Thelonious Monk toca "Bemsha Swing" de novo e de novo e de novo. Ele veio passar as férias de verão no nosso escritório.

Dia 30
A empresa não sabe o que aconteceu com minha linha telefônica. Não sabe. O telefone morreu, nem pra fazer ligação ele serve. Daí, ligo lá pelo celular, gastando os tubos; não consigo falar com alguém que resolva, a atendente lê as respostas numa folha de papel, eu eternamente presa num círculo vicioso e ninguém explica

o que acontece, e a mocinha lê as respostas numa folha de papel e o telefone morreu, e eu ligo lá.

*

De: Cris
Para: mim
Meu micro, de ótima marca, deu pau.

O próximo, vou comprar da marca mais chulé que existir, garanto que não vai me incomodar tanto! Já montei três micros trocando peça... micro montado é muito mais caro. Tudo de grife e a cada coleção ele pede roupinhas novas. E falando em preço, sabe quanto está custando uma caixa do meu bombom favorito com sete unidades na Kopenhagen?... (amei o sete, mais chic que meia dúzia): 44 reau. É um desaforo!
    Ah, querida, era só isso. Só quero distrair sua cabeça e fazer você sorrir. Sinto tanto pela sua amiga. Sinto tanto. Beijo da Cris.

Dia 31
De: mim
Para: Endrigo
Assisti ao *Poderoso chefão* ontem.
    Aquela suspirada que o Brando-Corleone dá, quando o Tom Hagen conta pra ele que o Sony morreu, é a melhor atuação que qualquer um já fez em qualquer cena.
    Você entende o que eu quero dizer, Endrigo?
    Aquela... não é bem uma suspirada, é uma bufada, ele expele o ar que tá no pulmão, ele meio que encobre um gemido com aquele expiração.
    Aquilo.
    Aquele segundo.
    Brando é o melhor ator vivo ou morto por causa de uma respirada bem dada.
    E fiquei pensando aqui comigo que, um dia, espero poder escrever assim.

Não quero descrever os dias, os meses, as gerações que vão passando, embora adore escritores que o façam.

Eu quero o segundo.

O *turning point*, ou não, mas aquele momento.

Aquela gota, aquele drops de tempo, aqueles momentinhos, que juntos, fazem da sua vida isso que ela é, fazem de você isso que você é.

Porque, ao fim e ao cabo, é isso que somos todos. Momentos, segundos, gestos pequenos, pensamentos minúsculos, todos bem costuradinhos e macerados. É sobre isso, meu amigo, que eu quero falar. Claro que eu amo o pratão de pudim, que o diga meu manequim 54.

Mas minha perdição são os drops, aqueles quadradinhos coloridos embrulhados em papel celofane, que você carrega no bolso e que, de vez em quando, mete um na boca. Não sinto a menor atração em falar sobre uma civilização ou um período. Talvez um pouco sobre uma vida específica, um pouco mais sobre uma fase da vida de alguém. Mais ainda: sobre um dia na vida do cara, sobre uma hora, dum determinado dia, numa determinada fase. Mas, mais do que tudo, eu estou sempre atrás daquele segundo, daquele suspiro, daquele gemido, daquela virada de cabeça. O que cruzou sua cabeça quando você estendeu a mão pra pegar a xícara? Qual foi seu primeiro espectro de pensamento quando você viu seu reflexo no espelho, ou virou uma esquina num corredor da faculdade e se encontrou com ela? Qual foi o primeiro sentimento dela quando te viu? Quando ela se reapaixonou pelo marido? No primeiro segundo em que soube que o amava de novo, ela sentiu o quê?

O que passou pela cabeça dele, um centésimo de segundo antes do carro atingir o muro? O que aconteceu com meu coração no momento exato em que ele gritou comigo? O que significa o pequeno gesto com o qual ela arruma o brinco ou tira aquele pelinho imaginário do suéter? O que foi que eu senti quando ele partiu meu coração? O que veio no segundo de nada antes do sorriso? O que sentimos durante aquele breve abraço?

Não a explicação rebuscada e racionalizada de depois, não; naquele momento, naquele segundo, sentimos o quê? O quê? Quero esse mínimo, esse segundo, esse nada, essa piscada de tempo. Quero a cena congelada no tempo, aquela da qual a gente não se livra, aquilo que o Salinger fala num conto, sobre ter ficado com a sensação da cor amarela do vestido dela na palma da mão, cuja citação você me mandou trudia. Para citar algo que toca o seu coração, a seda azul do papel que envolve a maçã. Aquele esgar do querido Don Corleone veio de onde? Significando o quê? Um dia, em frases curtas, eu vou ser capaz de traduzir o gemido que o Brando não deu naquela cena, a frase que ele não disse, a praga que ele não jogou, as ameaças que ele não fez, a perda da jovem vida daquele filho boboca dele, que ele lamentou, mas não lamentou.

E é sobre isso que eu quero escrever. Amo você, se cuide, cuide de suas costas, de seu joelho, de seu coração. Ava

Fevereiro

Dia 1

Uma grande perda não tem graça. Numa grande, enorme, abissal perda, não há encantos, filosofia ou espaço para manobra. Uma grande perda não dignifica, não nos torna maiores, mais atilados, nem bondosos de coração, não garante mais gentilezas ou cafunés dos que os que receberíamos não fosse a grande perda tão grande (acredite, eu sei do que falo). Não há nada de belo, de romântico, de etrusco, de francês-dos-anos-vinte, de vitoriano, de romano, de renascentista numa grande perda. Não, sexo-afetuoso-consolador-vem-cá-meu-bem-que-tudo-vai-melhorar não é uma opção. Não há nada de belo numa grande perda, numa perda enorme, numa perda abissal. Não, nós não saímos do outro lado do túnel pessoas melhores. Não, não. E nem mais sábios, mais felizes, mais inteligentes, mais descolados. Não. Uma grande perda, uma perda enorme, uma perda abissal só vai nos tornar mais frágeis. Nossa pele fica mais fina, nossos olhos maiores, nossa voz mais grave (o que no meu caso significa dizer que há dias em que me pareço com um travesti-fumante-com-a-garganta-inflamada e quando atendo o telefone, o interlocutor pergunta "o senhor é o dono da casa?"). Depois de uma grande perda, a música tema do seriado *Os Pioneiros* vai nos arrancar lágrimas e soluços. Uma grande perda, uma perda enorme, uma perda abissal, leva parte, boa parte, da nossa capacidade de amar. De acreditar. De esperar. E de negociar, principalmente. Uma grande perda nos torna irascíveis, amargos, impacientes, uns cretinos. No meu caso, mais cretina. A grande perda, a perda gigantesca, a perda definitiva levará nossos cabelos. Nossas vaidades. Nossa coleção de copinhos de saquê. Nossos livros de receita e nossas meias coloridas. Levará nosso melhor sorriso, nossos parcos talentos e um pedação da nossa capacidade de nos surpreender – para o bem e para o mal. Uma grande perda, uma perda importante, uma perda de verdade, tira parte vital da nossa capacidade de indignação. Da nossa capacidade de brincar com quebra-cabeças, de ver filmes sobre doenças terminais, de ler livros sobre coisas horrorosas. Leva parte importante também de nossa vontade de viver, do valor que damos para as coisas – e eu não estou falando do time, do celular e do batom da MAC. Não, depois de uma grande perda você não andará por aí louvando o sol e as margaridinhas. Quem faz isso não perdeu o maior e o mais importante. Uma grande perda nos castra, cala, mutila e anula. Não há volta para as grandes perdas, as perdas enormes, as perdas abissais. Não há volta e por isso, só por isso, seguimos em frente. Uma grande perda avacalha nosso esquema, estraçalha nossos planos, esmigalha nosso fígado e bota um certo tremor em nossas mãos. A única coisa que talvez advenha de uma grande perda, e que talvez seja aproveitável – note, eu não disse "boa", "positiva", "bacana", e nem nenhuma babaquice dessas, eu disse aproveitável; e note, também, que eu usei dois "talvez" – sobre uma grande perda, é que ela nos dá a exata dimensão do que é e do que não é. De modos que no meio duma belíssima crise, depois do mais surreal dos diálogos, você e eu, que já sofremos uma grande perda, uma perda enorme, uma perda abissal, paramos de chorar e vamos pendurar roupa e ligar para a veterinária vir vacinar o cão. Nós já perdemos mais, já perdemos melhores, já perdemos o que importa. Dane-se.

Dia 2
O chuveiro do nosso banheiro queimou. Sim. E o que está instalado no outro banheiro não pode ser usado porque o banheiro alaga por algum motivo que eu (que mudo em, no máximo, 15 dias) não investigarei. Tomei o banho mais gelado do Brasil agora cedo, enquanto tinha pensamentos nada cristãos. E J., nosso faz-tudo, encontra-se em paradeiro desconhecido.

*

Tem uma Luzimei aqui no prédio, amado, ou em algum prédio vizinho. E a mãe dela urra na janela "Luzimei, vem cáááá!". E tem outra criatura abençoada que ouve o Lenine cantando "hoje eu quero sair só" oitocentas vezes seguidas num volume inacreditável, parece que ela está dentro da minha casa. Eu mereço. Devo merecer.

*

Documentário de leopardinha que brinca, e dá banho, e nana juntim de macaquinho. Fofo.

*

Se eu não aprender rápido a não colocar azeitona na empada de gente safada, Darwin não poderá fazer nada por mim.

*

Sempre aparece algum chatinho implicando com os meus "quão", amor. Essa gente não tem serviço?

*

Nossas coisas indo embora. Nossa mesa da sala linda, linda, com seus bancos de madeira clara, você dizia que comer nela fazia com que você se sentisse um inconfidente tramando contra a Coroa.

*

Nossos belos sofás também se foram. Lembro quando compramos cada uma dessas coisas, os planos, a juntação de grana, a espera, a ida às lojas, a arrumação. É incrível como, sem você, nada disso significa coisa alguma. Eu achei que adorasse esses sofás, mas era você sobre eles o que dava sentido a tudo.

*

De: Gigio
Para: mim
Eu me gravei cantando umas músicas. Mais amador impossível, eu sempre começo muito bem, mas depois eu fodo com tudo.

Ou desafino, ou esqueço a letra, ou me falta ar. E eu tenho gravado para você. Mesmo. Nem interessa muito a letra, mensagens, essas coisas. Tenho gravado músicas que gosto de cantar, pensando que você, em algum momento do seu dia, vai me ouvir e dar uma risadinha de "como ele é bobo e canta mal". Eu penso muito em você. Mas tenho a sensação de que você deve estar num momento em que, às vezes, menos é mais. Quando eu perco feio, preciso de ar. De ter espaço para poder respirar. Muita gente em cima, por melhor que sejam as intenções, às vezes me sufoca. Como eu acredito e tenho planos pra nós no futuro, eu fico daqui, te observando, mandando minhas boas intenções diárias, eu fico daqui lendo a tua radiografia íntima no blog. Que me dá vontade de cantar. Para você. Claro que eu jamais teria coragem de mandar, se eu soubesse que o nosso querido poderia ouvir, sem querer, passando por você. Mas depois eu penso que ele já ouve. E certamente dá umas gargalhadas. Mando hoje um Roupa Nova, que foi tema de novela, mas não me pergunte qual. Meu computador está uma bosta, já esquentei a cabeça aqui hoje umas três vezes. Sempre achei que férias fizessem bem a uma pessoa. Mas descobri que eu sou o tipo de pessoa que não pode ficar desocupada sem fazer uma lista enorme de besteiras por dia. Não vou listar, mas garanto que estou precisando de umas porradas pra me endireitar na vida. Não liguei pra Mani no aniversário dela. Encontrei Carla San no metrô e ela me abraçou e elogiou meu cabelo. Amo você e que essa cantoria não te irrite, apenas te alegre um pouquinho. Mando as outras no decorrer... do ano. Beijo e beijo do teu Gigio.

Dia 3
A maior parte da mudança seguiu hoje. Nem queira saber. Eu mesma não quero. Foi um caos, um caos, um caos. Um desespero. Eu não sirvo para nenhuma atividade prática, para nada que envolva o mundo real, nada mesmo.

*

Passei o dia às voltas com caixas de papelão pesadíssimas, estantes de menos, armários de menos e tal. Arrumar meu quarto na casa nova é um joguinho de resta um em escala gigante. Eu boto parte das caixas ali, arrumo aqui, passo outra parte das caixas para cá, arrumo acolá, um inferno. Fora o que eu paro para chorar. Teretetê, eu me sento no banquinho e choro, de boca quadrada, até perder a respiração. Daí, levanto, lavo o rosto e vou lá, empurrar mais umas caixinhas.

*

Tenho tido tanta saudade, de tanta coisa. Sentir sua falta puxa outras faltas e ausências. Lembrei da voz do meu pai, deitado no chão, entre a minha cama e a cama do meu irmãozinho, cantando "se essa rua fosse minha" e chorei por dentro. Lembrei da carinha da minha mãe tomando café com leite, lembrei que eu usava blusa cacharrel vinho e o Pedrão uma branca e aquilo pinicava... lembrei do nome dos cachorros todos, e do gelado da água da piscina... lembrei do cheiro dos cavalos e duma cabra ruiva, chamada Isabela. Lembrei do gato que comia doce de abóbora com a mãozinha, o nome dele era Romeu. Lembrei dum TL branco e dum Galaxie verde, meu pai batizou de Juvenal-Alfafa. Quando vi, o moço das prateleiras tava falando há mais de 15 minutos, e eu lembrando, lembrando... sem ouvir uma palavra. Resultado: tenho uma prateleira torta no meu quarto novo.

*

Tem atividades bobocas, ao longo da vida, que nos tiram do sério, pois não? Quando eu era pequena, era fazer conta. Odiava fazer conta, mesmo as mais simples, de somar. Mas o tempo passa e hoje que não tenho mais aquelas odiosas professoras de matemática no meu cangote proibindo o uso de calculadoras e nem posso mais recorrer à máquina humana que era você, meu bem (contas de divisão de 8 números por 7 números, conta de somar apavorantes, porcentagens nojentas, quanto é milha em quilômetro e pés em medida de gente normal? Você fazia em segundos, de cabeça, nem piscava), recorro às maquininhas coreanas e estamos conversados. Agora minha atividade irritante é procurar palavrinha no dicionário. Eu odeio. Meu nariz coça, minhas costas doem e a lista é interminável.

Dia 4
Com a ajuda da Olívia, a filha da Fátima, da Juliana e do Élcio, todos os gatos foram enfiados no carro e agora estão aqui, na casa nova. Enfim.

*

Queria entrar naquele grupo das mulheres à beira de um ataque de nervos, mas eu já estou num outro grupo, o clube da luta.

*

O mundo não tem tempo e nem saco para os meus resmungos. E quem é que pode culpá-lo?

*

É quase Carnaval e o calor me acachapa, meu ouvido dói, as pontas dos meus dedos – cujas unhas roí, impiedosamente – latejam, e eu só queria um ar-condicionado. Pensando em ir dormir num motel.

Dia 5
Hannibal na TNT. O pilantra do mercado acaba de se danar e o Dr. Lecter está na ópera, cobiçando a mulher do alheio. O alheio, no caso, é o italianão lindo. Se eu fosse ela ia ser difícil de decidir. No livro, o Dr. Fell, a identidade falsa do Dr. Lecter, é brasileiro. O final do livro é mais feliz que o do filme, mas seria impossível o final do livro para a massa, o falso moralismo do pessoal daria curto-circuito. Antônio está impecável nesse filme. Ah, Antônio.

*

Carnaval? Não. BBB? Olha bem na minha cara. Gente histérica e gritando e suada? Não. Samba? Só samba mesmo, de verdade, Paulo Vanzolini e Elton Medeiros. Algumas remiscências com o Fernando pelo e-mail que, por conta dum livro do Millôr, fizeram com que eu me lembrasse do Sebo do Pirata, aprazível estabelecimento comercial na Zona do Baixo Meretrício de São Paulo, anos 1970, onde boa parte dos livros lá de casa foi adquirida. *Jornal Nacional?* Não. Jornal, qualquer um? Não. Pia cheia de louça suja? Não. Gente bêbada? Não vou falar sobre isso. Algum Chico Buarque. Uns cedês perdidos que achei numa caixa e trouxe, coisas suas e muito boas, Ray Charles, Mozart. *Os Maias*, do Eça, releitura deliciosa. Água tônica com limão. Bolo de morango. Ah, e documentário do Paulinho da Viola. Só. A água aqui quase encosta na casa e ninguém me obriga a andar de barco. Adouro. Devo foto, mas meu celular se recusa a mandar foto pro meu e-mail, aqui não tem cabo e... oi? Loja de informática? No Carnaval? Você deve estar louco.

*

Não sei brigar. Não sei bater boca, dizer coisas inteligentes, ter sacadas brilhantes, romper grandiosamente. Eu me afasto. É a única coisa que sei fazer. Paro de responder e-mails, paro de ligar, quando encontro falo pouco e, *muy* lentamente, mato a pessoa dentro do meu coração. Mas brigar, brigar mesmo, para romper, não sei. O que é uma pena, porque adoro gestos teatrais, grandiosos, "nunca mais me procure" e tal. Acho lindo.

*

De: Suzi
Para: mim
Nega, então.
O Carnaval aqui tá animado. Saímos no bloco do Unidos do Ócio e passamos esses dias todos na mais pura vadiagem.
Martinálio manda dizer que o celular dele é aquele que toca e toca no teu e você não atende.

Cada vez que a gente vê na tevê aquele povão todo pipocando no sol da Bahia, pagando uma fortuna pra ficar sem acesso a banheiro e comida decente, a gente se olha, pousa o copo de cerveja gelada no criado-mudo, pega mais um pedaço de pizza, confere a temperatura do ar-condicionado e promete: ano que vem a gente não perde.
Beijos.
Suzi

Dia 6
E pensar que houve fases na minha vida em que não perdia um filme em cartaz. Nem umzim só. Vale dizer que nessas épocas eu namorava homens absolutamente loucos por cinema, pobre ser influenciável que sou. Abri um jornal para escolher o filme de amanhã, *puff*, que-que adianta, eu não vi na-da. Nada.

*

Dá para ver o chão do meu quarto novo, coisa que muito me emociona. De toda aquela zona, só existe uma pilha de bagunça e mesmo ela vem diminuindo de forma sobrenatural. Não estão – livros, CDs e roupas – na ordem estrita e compulsiva que minha retenção anal exige, mas, pelo amor de Deus, perto do que estava é praticamente um cinco estrelas nas Ilhas Maurício.

*

O colchão, que é novinho, ainda está no plástico, e nele ficará, até que os gatos provem que serão bonzinhos e tementes a Deus, nosso Senhor.

Dia 7
E no fim, nada de filme. Minha imobilidade é muito, muito mais forte que Hollywood.

*

A maioria é composta, majoritariamente, por imbecis.

Dia 8

Tomei coragem e mexi na sua carteira. A tampa do copo d'água cuja marca é o meu nome, que você tomou na Itália dez anos antes de me conhecer e guardou, quase me matou de chorar. Seus documentos, 33 reais, moedas, o gabarito da prova de inglês do mestrado, cujas questões você acertou todas, fotos minhas e de Baco, passes de metrô, seu cartão do clube de arco e flecha, seu carão da Aliança Francesa, seu cartão do clube de tênis de mesa – todas as coisas que você adorava ali, uma depois da outra, em envelopinhos de plástico transparente. Mandei seus documentos para o Plínio, mas guardei a sua carta de motorista na minha carteira. Ando com ela por aí, quase salva, quase bem, quase fazendo sentido. Mas não de verdade.

*

Talvez exista mesmo um sistema de posicionamento global que mostre, não onde estou, mas onde nunca pude estar.

*

Coisa mais linda, mais linda, uma gravação do MPB4 de tirar o fôlego, "Cicatrizes", do Miltinho e do Pinheiro, de ouvir no último dos volumes no carro, berrando e chorando e cantando junto. Porque já que é para haver catarse, que seja em público, apavorando os motoqueiros, o tio que vende guarda-chuvas, o moço que passeia o cachorro, os outros motoristas e as criancinhas da perua, haha. Só dói quando eu respiro.

Dia 9
Eu não faço a menor ideia.

Dia 10
Senhor, vejo moléres usando bermuda *legging* rosa barbie-pink-surto psicótico. Com salto. Tirai o tubo, Senhor.

*

Fulana disse que fulana disse que fulana acha que fulana disse que fulana afirma porque fulana acha que fulana leu e fulana disse que fulana era.

*

Só respiro quando dói.

Dia 11
Seu pai vai hoje para Recife, fazer exames. Vai ficar tudo bem, é coisa simples, mas eu fico... você sabe.

*

Umas poucas festas, alguns jantares, e descubro que o mundo é cheio de pessoas que acham que eu quero saber em quem elas vão votar.

*

Rola um estudo científico (se bem que nos dias que correm, "científico" é um termo nebuloso) que afirma que comédias românticas fazem mal para a vida afetiva. Diz que o vivente assiste, idealiza e não se acerta na vida real. Com tanto câncer para pesquisar, jura que vale a pena gastar dinheiro nisso? Deixa a gente em paz vendo o Colin beijar a mocinha, pode ser?

*

Amigo escreve para dizer que resolveu parar a análise de vez, porque, no ano e meio em que esteve com a terapeuta, ela nunca repetiu um par de sapatos.

Dia 12

Neste exato momento quero um chá gelado, unhas mais grossas e coragem, muita coragem. *Amanhã, talvez eu queira dinheiro para pagar a conta da conexão banda larga e guias para uns exames, mas agora quero mesmo é um vestido que mostre meus peitos e uma meia que não desfie. Quero dias mais longos e um namorado secreto, uma chapinha perpétua e um nariz novo. Cílios postiços? Não é má ideia. E, já que falamos nisso, uma pintinha bem aqui. Quero mais cultura geral para poder discorrer sobre o pai de Alexandre, o Grande, e sobre os afluentes do rio Amazonas. Quero uma aula instantânea de postura, saber andar com um livro equilibrado na cabeça. Quero andar com um revisor sempre de prontidão, como a Madonna andava com aquela maquiadora. Quero dormir mais cedo, acordar mais tarde, comer mais carboidratos e mais brigadeiro. Quero som, luz e fúria, e morar num prédio com manobrista. Quero ter mais ilusões, muitas, muitas, quero acreditar em tudo, cair em mim e luxar a alma.*

Dia 13
De: Tela
Para: mim

Querida, hoje de manhãzinha, antes de amado marido ir para o trabalho, ficamos conversando aqui no quarto do computador. De repente, ele ficou com uma expressão esquisita e me olhou assustado.
– Tela?
– Hum?

– Eu acho que estou ouvindo vozes.
Eu dou uma risada:
– Claro, tem gente lá no térreo conversando!
Beijos, Tela.

Dia 14

O meu dia foi uma merda. Tem gente que faz questão absoluta de errar. E eu canto a música da "minha cabecinha dói, quando está de noite", mas a casa está vazia e ninguém ri.

*

Beiral pronto para receber a caixa de areia, gatinhos no mundo, não precisam mais ficar trancados no meu quarto. Berta, nossa mais magrinha e a mais despachadinha, já dá sumidas enormes; hoje passou a noite fora de casa e voltou. Eu com o coração na mão e ela voltou. Verdade que foi parar no muro da vizinha e não sabia descer, Maliu subiu lá para buscar, porque mãe é bicho santo, mas enfim. Bertinha vai se jogando no mundo enorme e misterioso que existe lá fora. Demais obesinhos permanecem quietinhos grudados na barra da saia de mamã. Até quando? Até quando?

*

"O problema de morar sozinho é que sempre é a sua vez de lavar a louça."

Al Bernstein

Dia 15

Deveríamos batizar esta semana de Os fantasmas se divertem. Deus, quantos passados uma criaturinha pode ter?

*

Ao contrário das minhas histórias, que terminam todas daquele jeito, na vida real sou uma mulher que precisa de términos. Preci-

so dum "*The End*" subindo na tela, preciso poder dizer "cabô".
Esse negócio que acaba e não acaba, que nunca termina, que fica meio assim, ui, dá nos nelvos.

*

Minha mãe entra no meu quarto e vê uns segundinhos da novela comigo.
– Ah, minha filha, está vendo? É por isso que eu não assisto. Não aguento ver essas mulheres com mais de cinquenta, de terninho e sandálias de salto, esperando o grande amor.

*

Campinas, Barão Geraldo (por enquanto), 15 de fevereiro de 2008
Minha bela:
Encaixotando meus livros, dei de cara com esse que acho que você vai gostar. Como você pode ver, ele era meu, tem até o meu nome nele – espero que você não se importe – mas acho que você fará melhor uso dele do que eu. Junto com o livro, mando uma bolsa para você carregá-lo bem lindamente por aí. A bolsa é presente meu e da Márcia. Espero que você goste e que te faça um tico mais feliz! Este ano será melhor, com certeza! Tenha um dia feliz amanhã!
Grande beijo, Fer.

Dia 16
Estou aqui. Mas não estou aqui.

*

De: Endrigo
Para: mim
Nosso horóscopo diz: "Apaga esse cigarro no peito!"

Dia 17
E, às vezes, nem todos os verbos do mundo são suficientes para explicar.

Dia 18
Um dia depois do outro, até acabar, o que, se existir um Deus, não deve demorar. Estou perdida nos prazos, nos arquivos do Word que somem, na selva de e-mails que eu não respondo, perco, mando para lixeira, sei lá eu, na bagunça que eu não dou jeito, no meu cabelo cor de abóbora-roxo, nos gatos que se trucidam e/ou somem, e/ou fazem xixi nos lugares mais inimagináveis, e/ou quebram as coisas da Marli, nos prazos, nas dores que reaparecem bem fortonas, na grana que evapora, na minha mediocridade, na pequenez da minha vida e na minha falta de coragem e... eu já mencionei os prazos?

*

O cara que faz a voz do Homer também faz a do vovô Simpson, a daquele amigo bêbado que vive arrotando, o Barney, do zelador escocês da escola, a do Krusty e a do prefeito. O cara que faz o Apu, também faz o Moe e o chefe de polícia – e é aquele ator que namorava a Phoebe no Friends e vai embora pra Rússia. O cara que faz a voz do Flanders, também, faz a do Pastor, a daquele ator com sotaque que faz filmes de porrada, a do Senhor Burns, a do Smithers e a do diretor da escola. A moça que faz o Bart também faz o Nelson. O programa tem vinte roteiristas fixos. Eram quase quatro da manhã e sim, eu estava acordada, sem sono, vendo *Actors Studio* e aumentando minha cultura geral.

Dia 19
Parei com a bebida. Só bebo o que se convencionou chamar de "socialmente", agora. Desisto de tentar, nada me anestesia. Não sirvo nem para ser poeta maldito.

*

E também parei de assistir a *Lost*. Essa série é feito sexo tântrico: parece uma boa ideia, mas a vida precisa de conclusões.

*

De: Arnaldo
Para: mim
Para o mundo que eu quero descer, Laudélia. Comecei a ouvir uma música grude repetitivamente na rádio Eldorado. A música despertou os meus instintos mais primitivos. Cacete, que porra é essa? Vou botar uma bomba na agência de propaganda que inventou isso.
Ass.: Guimarães

*

De: mim
Para: Arnaldo
Querido Édipo:
Prepara-te. Faz uma malinha e espera o carro da assistência social na calçada. A Angelina Jolie mandou te buscar. Tu acabas de te dar bem, meu garouto.
Ass.: o fantasma do pai de Hamlet.

Dia 20
A Ângela tem toda razão. Essa minha toada de vereador me fode.

*

Passando Harry Potter III na TNT. E inda dá para selecionar "dublado" no controle remoto. Harry Potter dublado, Coca-Cola e esfiha que sobrou de sexta, direto do micro-ondas. Continuo tentando pensar o mínimo possível e, *té* onde consta, tenho conseguido.

*

Ah, por aqui, nada de novo sob o sol. Nada de novo sob o sol... é do Eclesiastes, meu benzinho, e, se não me engano (e eu me engano muito), é o Salomão quem diz.

*

De: Ava
Para: Endrigo
Querido Endrigo:
Estou aqui, neste calor senegalesco, neste meu não Carnaval, ardendo em febre. Meu ouvido, meu ouvido. Do ventilador, dia e noite ligado, para o sol que abre buracos em minha pele quando tenho que fazer alguma coisa na rua e, de lá, para o chuveiro gelado. Não tem mesmo ouvido que aguente. E eu choro de dor, sabe? Feito um neném idiota, choro de dor. Choro por muitas outras dores também, mas vamos dizer que a culpa é do ouvido. Mas o fato é que estou aqui ouvindo o monte de músicas lindas que você mandou. Lindas. E as fotos que você mandou. Divinas. São lindas as suas fotos, mesmo as que você não gosta. Não sei o que é que um homem do mundo, cheio de amigos interessantes e cheios de luz (de Caetano ao Neguinho) vai se animar em ser amigo meu, mas eu só posso agradecer. Todos, todos, todos os dias eu agradeço a sua amizade, seu entendimento dos meus espaços e limites e sua atenção. E também agradeço pela sua graça e por poder ver pedacinhos do mundo com seus olhos. Eu gosto do mundo que você vê. Cheio de Neguinhos e Jus e Caios e Penhas. Gosto das pessoas de quem você gosta. Agora o mundo cheira a chuva e ontem tive que encarar o óbvio, o claro, o que ulula e reconhecer que caráter não muda. E tudo, ou quase tudo tem remédio nesta vida, soberba,

desonestidade, safadeza e grossura, mas crueldade não. Uma pessoa cruel é cruel e fim, ela não vai mudar, não vai reconhecer, não vai nem carregar isso nos ombros. Ela vai seguir o caminho dela, cruel como sempre e satisfeita da vida. Nem todo mundo merece minha amizade e meu empenho. É uma merda isso, Endrigo, e dói feito uma facada. Feito uma facada. Fiz o que deveria ser feito, em nome dum mínimo de amor-próprio que ainda devo ter, nalgum lugar. Mas, cara, quando para de doer, arde. Tenho que acreditar no que a Mani diz, que proteger-se é sinal de sanidade. Preciso acreditar, Endrigo. É o que me resta. Porque eu vi um homem tolo, inseguro e muito arrogante, além de cruel, a única coisa indesculpável, porque irremediável, jogar 31 anos de muito boa, amorosa e dedicada amizade (de minha parte, só minha, ele sempre se lixou) no lixo. Como você vê, as últimas duas semanas estiveram repletas de dores, físicas e emocionais. O que não é desculpa pra minha falta de notícias, e-mails de uma linha só e telefonemas esparsos, Endrigo. E não, eu não sou mais ocupada que ninguém. Só mais desorganizada. E, sinto informar: mais lerda.

A lista de blogs que eu gosto e sigo, que você pediu, está no anexo deste e-mail. Sobre a sua exposição de fotos, estou trabalhando no texto e preciso que você me diga uma coisa: Por que tirar fotos? Qual é o barato de tirar foto, pra você, criatura? Sei que é perguntinha lugar-comum, mas vai me ajudar a compor seu texto. Ainda não achei o tom. Mas vou achar. E as fotos do meu aniversário me deixaram tão emocionada! Muito obrigada. Foi o presente mais bonito que eu ganhei em muitos anos. Muitos mesmo. Que pessoas mais lindas, que ideia mais doce. Se cuide. Curta o feriado. Fique bem. Beijos de amor. Ava

Dia 21

Tenho profundo respeito e admiração por esse pessoal que, vivendo só, chega em casa, arruma seus objetos ordenadamente, tira a roupa e guarda ou bota no cesto, faz o próprio jantar com calma e modos (o Carlão faz risoto de calabresa, carne assada, uns trecos assim, a Béa tem coragem de picar cebola e tomate pra fazer o molho do macarrão às nove da noite duma quarta-feira, aqueles cínicos), janta usando louça e talheres, toma banho, dorme numa cama arrumadinha e tal. Minha tia-avó, dona Enelsina, bota a mesa pra comer sanduíche com leite. Eu saí da casa dos meus pais para a casa do meu pai, para a minha casa de casada e para a casa da minha mãe, depois que você morreu. Nunca morei sozinha. E dou graças a Deus. Sou daquele tipo que começa a tirar a roupa antes de botar o carro dentro da garagem, você sabe. Entro na sala chutando os sapatos, jogo tudo pra todo lado e janto miojo na panela. Se há alguma ordem neste caos, é porque existem minha pobre mãe e a doce Vera. E quando a Vera vem me perguntar o que é que tem pra fazer, fico olhando abobada para a cara dela, sem saber o que dizer, embora minha vontade, sempre, seja responder: "Faizi pipoca?" A única coisa realmente ordenada em minha vida caótica são meus brincos, livros e sapatos, e não sei bem o que isso diz sobre mim. Mas suspeito que o dia que dona Maliu me chutar daqui e eu tiver que viver só, nem banho vou tomar.

*

De: mim
Para: Cláudio Luiz Monca, Dedeia, Renata, Ana Paula, Helena, Vera.
Bão, já que Vera Maria está indo para o Egito, vou fazer encomenda, que é que há? Adouro fazer encomendas. Vera, você está indo ao Egito e aceita encomendas dos amigos, confere? Então, é favor dizer pro Dr. Zahi Hawass assim, antes de esticar o *futton* na sala dele (você fica hospedada com ele sempre que vai pra lá, né?), que é prele telefonar aqui imediatamente, porque faz séculos que ele não atende minhas ligações, não responde meus e-mails, nada. Assim não vai dar. Por favor, Vera, providencie isso, já que a tigela de sagu que eu mandei pro Bobby Goren quando vocês foram pra Noviorque, Tarcísio e você comeram tudo no avião que eu sei.

Dia 22
Madrugada toda trabalhando. Na hora em que fui para a cama, cinco e tanto da manhã, estava passando o *Incrível Hulk*, no TCM. Aquela série antiga da tevê. Daí eu vi o finzim, claro. O nego cai num poço e fica caqueles zói de husky siberiano. Adoooouro! Dormi. Acordei. Tomei banho. Garrei a trabalhar. E num foi que às 11 horas começou o mesmo episódio? Daí, vi inteirinho, né?

*

"Passava a vida a ver paixões falharem-lhe nas mãos como fósforos."

Eça de Queiroz – *Os Maias*

Dia 23
Acabo de mandar "um beijo" para o moço que atende ao telefone na pizzaria. Ai meu Deus.

*

De: Tela
Para: mim
Tomei sopinha de verdura com músculo, cheia de pão cortado dentro. Eu sou criança. Pego o pão e mergulho na sopa, deixo empapar. Não tomo uma colher de sopa e mordo um pedaço de pão, como faz amado marido. Amado marido é adolescente. Amado marido é mais velho do que eu seis anos, isso faz diferença nessas horas.

Dia 24
"*Eu era advogada de uma grande corporação, mas estava num momento mulher*", diz a mocinha na propaganda de iogurte. Que

a agência meta essa palhaçada em cima da mesa, vá lá, publicitário tem pensão de ex-mulher e aula de conscientização corporal da filha pra pagar, tudo bem. O que sempre me espanta é o cliente aprovar essa abominação. Jamais entenderei.

*

Seu amigo Marco veio me buscar hoje, e nós tomamos café. Ele está voltando para a Itália e só volta daqui a três anos. Ele chorou ao falar de você e me deu uma foto com vocês dois juntos na IBM, colocou uma fitinha de Nosso Senhor do Bonfim no meu pulso e foi embora. Você partiu o coração de tanta gente.

*

No gerenciador de mensagens
Silvana Ferrari diz:
Olha que bonito, meus vizinhos estão fazendo pão de alho e o cheiro está em todos os cantos. O próximo cheiro deve ser o da carne. E eu, que jantei meio pepino, com casca e sem sal, fico muito feliz por eles.
Mim diz:
Quase meia-noite dum dia de semana, a sua turma vai fazer churrasco? O nome disso é saúde. E eu, que jantei iogurte sem açúcar, não desejo mal a eles de jeito nenhum.
Silvana diz:
Eu também não, de forma nenhuma. Desejar que o vazio queime, que a costela passe do ponto e o salsichão esteja salgado demais, não é exatamente desejar o mal deles.
Mim diz:
Não, não, isso é amor cristão. Não queremos que eles comam carne gorda a essa hora e tenha um troço no meio da noite.
Silvana diz:
É, é a bondade de nossos corações se fazendo presente.

Dia 25

Vou pegar esse nada que sobrou de mim, esse corpinho de passeio alquebrado, e levá-lo para comprar uma roupa nova, prum cinema e para o MASP. Que é pra Vida ver quem é que manda.

*

No gerenciador de mensagens
Elaine diz:
Então, isso dá um gancho de pessoas com noção e sem noção... eu adoraria ver uma lista feita por você.
Mim diz:
Hohoho, é, vou fazer uma lista dessas, ainda não tenho gente suficiente me odiando... vai ser ótimo para a minha sempre crescente popularidade.
Elaine diz:
Hahaha, eu sei.

Dia 26

Festa ontem, num desses lugares pronde nossa combativa classe média vai fingir que mora no Soho e que passeia de táxi amarelo. Garçons metidos a engraçadinhos, porções minúsculas de comida ruim, bebida cara, decoração pretensiosa, e isso porque eu estava de bom humor. O dono da comemoração nem é tão amigo assim, mas fui, empurrada pela babaquice do senso comum que diz "Vá, vá, você precisa sair" (a solução está sempre "lá fora", sempre, nunca "aqui dentro", pode reparar) e pela minha própria babaquice, já que eu escuto essa gente. Dancinhas constrangedoras, advogados que não sabem beber, mulheres vestidas para uma idade que não é a delas, um negócio à meia-luz, muito deprimente mesmo, e eu ali no meio, chamando você em silêncio, saindo antes mesmo de terminar a primeira vodca, antes mesmo de começar a primeira conversa, antes mesmo de começar a chorar.

Dia 27

Fui jantar num lugar perto da minha casa velha, a casa em que eu morava quando nos conhecemos. De noite eles só servem sopas. Fui para aproveitar esse frio fora de hora, bem-vindo e passageiro. É tão adulto da minha parte tomar sopa sem derrubar nem uma gota no meu enorme e inadequado peito. Quase liguei para a Naty para dizer: "Mana, não babei."

Esse lugar era uma padoca antes. Saindo da nossa casa na Itápolis, eu subia aquele quarteirão da rua Bahia de braços dados com o papai, e nós íamos até a tal padoca, comer queijo quente e ler jornal. Naquele tempo, eu não apenas lia jornais, como era cheia de opiniões. Então, líamos jornais juntos e discutíamos, dávamos nossa preciosa opinião sobre este insensato mundo e pedíamos ao belíssimo Ceará, o empreendedor chapeiro do estabelecimento, mais um sanduba, o último, só mais um, só esse e chega, vamos dividir esse último?

Agora, o lugar, que sempre foi meio esnobinho, virou um estabelecimento estilo "filhos no clube, massagista às 3:30", mas tudo bem. Tem manobrista, afinal, eu também quero um teco da decadência burguesa, o café da manhã é delicioso (servem mimosas no café, prova maior de apreço pela civilização ocidental não há) e, como constatei ontem, as sopas da noite são divinais.

Amanhã faz cinco anos que meu pai morreu.

*

A Eliana tinha uma papeladinha ainda das coisas do meu pai para mexer e ligou aqui para perguntar se estava tudo bem ela fazer uma declaração que afirmava que eu era viúva e não estava envolvida em nenhuma relação estável. Respondi que ela devia checar no cartório se Baco não contava como relação estável porque, se contar, estou casadíssima. Ela desligou o telefone passando mal de rir.

*

De: Ângela
Para: mim
Alguém no universo tem o trabalho maravilhoso, agradável, bem remunerado, honesto, relevante, que vai resolver minha vida? Pode me oferecer, por favor? Agora?

*

De: Naty
Para: mim
Mana, meu santo paizinho dizia que todo princípio é escuro. E eu vivo com uma vontade enorme de dizer que o resto não é muito diferente, na maior parte das vezes. Fique firme, mana. Aguenta a mão aí. Te amo. Naty

Dia 28
Quando o seu pai morre, você tem que reinventar. A sua vida, a vida dele e o mundo em que você vive. Você é uma nova criatura quando seu pai morre. Você é, de repente, o seu próprio pai. O seu próprio freio. O cara que tem que checar os freios do carro. Ninguém mais vai gritar com você porque o IPVA não foi pago. Quando o seu pai morre, você nasce de novo. E morre também, talvez pela primeira vez.

*

Quando meu pai morreu, eu tive você, então, doeu, mas não tanto quanto deveria ter doído. Como sempre fez, você amorteceu mais aquela dor, mais aquela perda, mais aquele medo.

*

Sinto muita saudade do meu pai.

*

Não entendo a maior parte das coisas que ele fez durante a vida.

*

Lembro dele todos os dias, das músicas que ele cantava (durante todo o velório dele fui abordada por pacientes dele que, chorando e rindo, mostraram fotos dos filhos cujos partos ele fez – muitos deles mais velhos que eu – e durante os quais cantava bolerões, sambas de breque, sambas-canção ou Premeditando o Breque), das piadas que ele fazia, de fazer feira com ele, de comer queijo na barraca do amigo dele.

*

Sinto saudade da comida maravilhosa que ele fazia, de chegar em casa de madrugada e encontrá-lo escrevendo metido em roupas de centro cirúrgico roubadas do Einstein, do Hospital Santa Catarina, da Promatre, do gorrinho verde que ele usava no inverno.

*

Sinto saudade dele batendo na porta do meu quarto e dizendo "paga um café?"; de andar com ele pelo centro da cidade ou por algum bairro, aprendendo o que ele dizia em voz bem baixinha, a mão dele em volta da minha, o nariz bonito que ele tinha.

*

Hoje faz cinco anos que meu pai morreu. Ele amava tanto você. Você ainda se lembra como ele amava você?

*

Tenho o gênio dele, para o bem e para o mal. E a mesma capacidade de ficar com os olhos cinzentos quando estou muito irritada.

*

Herdei o amor dele por história, seu primeiro estetoscópio, seus óculos e o *seikão*, a mesma inabilidade social de dizer na lata quando alguém atravessou a risca (isso não faz de nós pessoas populares, pode acreditar) e quase todos os seus livros maravilhosos.

*

Quando o meu pai morreu, eu ainda não havia conhecido nada que doesse tanto.

*

— *Conrad, você tem uma falha grave. E surpreendente, num homem com a sua experiência.*

— *Qual é?*

— *Você não reconhece a ambiguidade humana. Meu povo tem um ditado...*

Conrad suspirou. Não tinha paciência com conversas crípticas, e muito menos com ditados armênios. Mas Mabrick continuou.

— *"Não me entenda muito depressa."*

Luis Fernando Verissimo – *O jardim do diabo*

Março

Dia 1
Mas tem uma coisa tão gostosa em desencaixotar nossos livros, sabe, meu bem? Eu vou tirando os danados das caixas e pensando "Deus do Céu, temos cada livro bom da porra."

*

Nos trópicos, calor demais para dormir. Aquele friozinho foi mesmo só uma cochilada do universo. A água esquenta no copo. Os gatos estão dormindo direto no chão frio, todos de barriguinha virada para cima.

*

De: Stra
Para: mim
Eu gostava muito do seu pai. Acho que ele foi um estepe de pai para mim nas boas oportunidades em que estivemos juntos. Foi seu pai que me ensinou a pescar (de galochas) e não o meu, que estava (e ainda está) lá longe. Foi seu pai quem estava comigo (e com você e vários outros) na primeira grande aventura juvenil de minha vida (lá em Floripa). Pena que você não conheceu meu irmão. Comparo sua dor (ou tento) com a minha, pela morte do meu irmão. Isso de comparar é ridículo, eu sei. Mas a gente é solidário na dor sempre, essa natureza humana imbecil. E assim como tive o privilégio de conhecer seu pai, mãe e irmão, queria muito que você tivesse conhecido minha célula familiar esquizoide. Meu irmão era um cara legal e sensível e vice-versa. Beijo (mando um, nem sei se o queres, mas mando). *Me*

Dia 2
Telefone
– Fofa, tem uma criatura numa revista semanal chamando astrologia de ciência. E querendo que os meninos tenham astrologia de matéria no ensino fundamental.
– Gui, jura por Deus que você acha que eu ainda não estou deprimida o suficiente?
– Hahaha, quero que você explore todas as nuances da sua depressão, entende? Para que você fique mais forte.
– Sim, e com meu caráter mais atilado.
– Isso, e com seu caráter mais atilado.
– Tá.

Dia 3
No fundo do poço não tem uma mola não, tem um esqueleto.

*

Meu quarto está um brinco, finalmente, porque somos pobres, mas limpinhos. Meus espelhos estão pendurados, o quadro que o Joqa pintou de você e o quadro que Esther e Ana Laura nos deram de aniversário de casamento também. Arrumei os sapatos e os perfumes, relógios e controles remotos com pilhas, caixa de maquiagem arrumada, prateleira de perfumes pendurada, armário de roupa de cama impecável, DVDs empilhados – ainda que não na mais imaculada ordem –, camisas guardadas esperando a passadeira. Falta chamar o moço da Telefônica e o moço da banda larga, e falta instalar o lustre da minha antiga sala no tugúrio (o canto do computador). E depois o moço que vai turbinar o computador será chamado também. Mas os gatos precisam de tempo. Tempo.

Dia 4
O que a moçada desta rua faz de rodinha de fofoca é inacreditável. Homens e mulheres. Tem sempre uma centralzinha de fofoca acontecendo, aparecem umas tias das ruas vizinhas para assuntar. Todos falam, falam, mexem as mãos, daí esticam o pescocinho, olham em volta e falam, falam. Ah, e se cutucam com o cotovelo. Nestes tempos de chapinha, nenhuma das senhoras usa bobs, o que é lamentável, mas estão todas de chinela. A-d-o-r-o.

*

E, se tudo der certo, até o final do ano eu já ganhei a faixa de mais elegante da rua. Todos os vizinhos já tiveram a oportunidade de me ver (várias vezes) de pijama de palhacinho, com ou sem sutiã, e/ou descalça, e/ou descabelada, e/ou com a cara suja de tinta, e/ou com o cabelo preso com pregador de roupa, e/ou de roupa preta de poeira, e/ou falando com voz de bebê com Baco no meio da rua, e/ou berrando com Baco no meio da rua, e/ou correndo atrás de Baco e xingando no meio da rua. Não temos mais segredos.

*

Então, né, tipo assim, a reforma acabou. Ou teria acabado, se a porta do banheiro de cima não tivesse dado pau, se os canos da lavanderia não tivessem se revoltado, se... ah, sei lá, mil coisas. Mas não quero falar sobre isso.

*

De qualquer forma, hoje era possível ver Maliu sorrindo, enlevada, enquanto os moços montavam os armários da cozinha. A Casas Bahia é uma instituição que merece a nossa confiança.

Dia 5

Sol, táxi, *you must be brave*, creme de milho, sim, sim, sim, nãos variados, *ah-tá-bom-vai*, novos códigos para velhas dores, tesouras, cheiro de canela, uma calça de florzinhas, maracujá, troca de cartas, as certezas triviais, cubos de gelo, gibis antigos, uma aposta boba, fatos, fatos, assuntos nos quais não entramos, algo para me fazer sentir melhor, o paralelo inexato, a condução elétrica das células nervosas, silêncio, doce de figo com creme de leite dado às colheradas na minha boca, um azul quase verde, as certezas eternas, Darwin, reunião às três, molho de iogurte com salsinha, fofocas sobre o serviço secreto, as coisas que dizemos, banana caramelada, *são só dez minutos*, cartão-postal de Bruxelas, o afeto que se encerra, *this is your final chance*.

*

De: Pedrão
Para: mim
Querida, quis escrever uma notinha no meio do dia, só para fazer uma importante revelação: Cthulhu é o único monstro que dá conta de Godzilla. Você se sente feliz tendo irmão tão culto e preparado? Te amo.
Pedrão

*

De: Helena
Para: mim
Fal, dear, acabei de ler *A sociedade literária e a torta de casca de batata* e entrei no frenesi internético que me acomete nessas ocasiões. Dano a procurar informações que não preciso e que, afinal, não me consolam do fato irrefutável do livro ter acabado. Mas encontrei aqui esse site e essa possibilidade de carta e só pude

pensar em você, cuja letra enfeita a primeira página do livro. Também porque encontrei várias semelhanças entre você e Juliet e, divagando um pouco, acho que no grupo de e-mails somos, à nossa maneira e humor, uma espécie de sociedade também, não acha? Era isso, querida, recebe o meu carinho e um abraço bem apertado, para você que, como eu, sabe que o humor é a maneira de tornar suportável o insuportável, mas também a amizade e um e-mail inesperado no meio da tarde, não é mesmo? *I hope so.*
Helena

Dia 6
Tomando café da manhã no meu lugar favorito, um senhor com a maior cara de portenho que eu já vi, de calça creme (corte perfeito) e paletó marinho (idem), sentou-se à mesa ao meu lado. Ele tem o cabelo cheio de gel (quer dizer, pela pinta dele, deve ser Gumex), mãos bonitas com veias saltadas e um bigodão. Ele parecia estrangeiro, o que foi confirmado quando ali, naquele ambiente fechado, chato e meio maricas, ele acendeu – com calma, com charme – um cigarro redentor. *A mí me gusta.* Ele fumou o cigarro todinho na maior calma, ante meus aplausos imaginários e meus gritos de "Aprovado! Muito bem!". Depois, apagou o cigarro no pires, levantou, sumiu do meu campo de visão por certo tempo, para reaparecer, rá, logo ali, do outro lado da rua, numa loja de vestidos e bijuterias, bem metida a besta. Quem será a felizarda? *Muy bién, cariño.*

*

"Uma guerra se faz por cobiça, por gula, por soberba, por inveja, por preguiça e até por luxúria, como a de Troia, mas nunca por ira. A ira é coisa para soldados, não para comandantes."

José Roberto Torero – *Xadrez, truco e outras guerras*

Dia 7

Cachorro andado, banho tomado, café passado, trabalho atrasado.

*

Para mim o tempo não passa. O tempo faz é me atropelar. O tempo me joga longe, resseca a minha pele, instala manchas em minhas retinas, afeta minha circulação, bota pelancas em lugares inimagináveis da minha anatomia. O tempo fode com minha taxa glicêmica, minhas memórias e minhas certezas. O tempo me enche o saco. O tempo, que deveria me transformar em uma grisalha digna, faz de mim uma tiazinha desleixada. O tempo me confunde. Eu esqueço o ano em que conheci você, só para me lembrar de repente, no meio da rua e ter um ataque de choro atrás do volante. Falei com meu irmão pelo telefone e ele, na maior delicadeza: "Querida, você não me parece muito bem, você me parece meio zureta." Não me restam mais tantos anos assim e hei de passá-los zureta. Eu queria viver gloriosamente do meu passado, entende? Mas o único passado que vale a pena em minha biografia é você, e isso dói demais. Meu grande feito, além de ter me casado com você, foi ter parado de roer as unhas, e mesmo assim só por dois anos. Depois disso, recomecei a roê-las com fúria. Roo unhas, arranco cutículas, corto pelinhas com o serrilhado dos dentes, meus dedos sangram e ardem e latejam quando eu lavo a louça. Sim. O tempo galopa alucinado por cima da minha cabeça e eu sigo roendo as unhas, lavando louça, balbuciando bobagens, cultivando ressentimentos e tumores. O tempo me enche mesmo o saco.

*

Nasci para os romances epistolares e para as longas conversas de amor ao telefone. Sou melhor quando amo de longe.

Dia 8
Não tenho um pingo de paciência para o "Vamos nos falando..." e nem para o "Vamos marcar um café um dia para combinar alguma coisa". Não me venha com reunião, historinha, blá-blá-blá. Tem trampo, vamos. Não tem? Certo. Minhas duas parcerias profissionais constantes, confiáveis e corretas resolvem tudo comigo em e-mails curtos: é isso, é para tal dia, paga tanto, sim ou não. Nunca vi a cara deles, nunca fizemos reunião, nunca perdemos o sagrado tempo da vida com inúteis danças de acasalamento e quejandos. Não é a reunião que garante que o cara é sério e competente e não vai te deixar na mão na hora H. Eu tenho p-a-v-o-r de reunião. E, pelo menos para cliente de tradução, descobri que é fatal. Quando o cliente me faz pegar carro, táxi e chalana para ir até o escritório dele em Moema, em Pinheiros, em Santana, não vai dar certo. Meus dois melhores clientes atualmente foram indicações. Ambos me mandaram e-mail: *rei beibe, o trampo é este aqui. Qué? Qué.* Fim de papo. Sou poupada de churrascos do departamento, ginástica laboral (porque, meu amor, está para nascer o dia em que o Freitas, do departamento contábil, pegará ni mim para fazer massagem, alongamento, ou seja lá que miséria eles façam naquele treco de ginástica laboral), listas de aniversário, répiauors e da rádio corredor. Não fica me cozinhando em reuniãozinha, detesto ter que botar roupa, passar rímel, pagar estacionamento e ficar fazendo cara de quem está acostumada a sair de casa para depois o trabalho não rolar.

Dia 9
Posso gritar o quanto eu quiser, meu amor. Ninguém escuta.

Dia 10
Hoje de tarde almocei na frente da tevê com minha mãe e Fátima, de quem sinto tanta saudade.

*

No gerenciador de mensagens
Thiago diz:
Adultério, incesto, eu sempre confundo
Mim diz:
Sua família deve ser uma animação

Dia 11
A piada que você não entendeu. A resposta que perdi. O dia em que você precisava de companhia e não pôde me chamar. A dor que nunca passa. O medo do escuro. A letra da música que eu não me lembro mais. A palavra que esperei e não veio. Todas as frases engasgadas. Os passos vacilantes. A pia nova. Suas lágrimas na minha camisa. O troco, o troco. O papel de parede. As trepadas pelo telefone. A curvinha da sua orelha. O filhotinho de pastor-alemão na vitrine. A chuva, que você curtiu só. O abismo com o qual sempre flertamos. As muitas formas de conjugar solidão. A geleia de laranja da Suzi comida com o dedo, direto do pote. O dourado do anel. Apenas as boas lembranças. As certezas que eu perdi. O bordão que você procurava. O beijo embaixo d'água. A calça azul. A campanha malsucedida. O telefonema no meio da madrugada. Sua mão na minha nuca. O gatinho que sorri. Um passo de cada vez. Os ossinhos dos seus dedos. Você me chamando de meu bem. O suspiro no meio do filme. A trepada no vão da escada. O estrogonofe que ninguém fez. Saudade do que nunca aconteceu. Tudo o que não fomos um na vida do outro. O gosto do camarão e a gravata torta do garçom. Os carros que passam

e nunca é o seu. Os sussurros, os sussurros. As fotos de pores do sol. Sua respiração na minha. O telefonema que eu precisava tanto. A clareza que você nunca teve. Os dedos sujos de molho. O vinho bebido no gargalo. A mordida no ombro. O ataque de riso no cinema. As flores sem cartão. O sabonete na embalagem azul. Sua língua sobre a minha. A participação especial. Todas as vezes que eu não pude alcançá-lo. As praias de Aníbal Barca. Os impérios, os impérios. Suas sardas inventariadas. O muro torto da casa verde. As sandálias do pescador. O filme com legendas. Seus nãos que são sins. Meus nãos que são isso aí. Tudo, tudo, tudo mesmo.

Dia 12
(Mostrar Paulinho da Viola pra Isabeau não tem preço.)

*

De: mim
Para: Ivan
Tu tem TCM ai? Tá passando *Depois do vendaval*, direção do Ford, com o Wayne (ternos estruturados, ombreiras quilométricas) e a M. O'Hara, linda, linda, parecia uma bonequinha. Além do mais, os sotaques irlandeses são impecáveis. E nem vou falar das sobrancelhas, todo mundo lá tem sobrancelhas sensacionais.

*

De: Ivan
Para: mim
Meu bem, eu pensei que esse tal de TCM fosse algum ingrediente. Aqui tem açúcar, café, miojo, pilha no congelador, água em garrafa pet, mas TCM num tem. Aliás, você me lembrou que eu preciso comprar bombril... desde ontem que não consigo assistir ao BBB. Alguém saiu? Beijinhos, meu doce.

Dia 13
Prédio comercial é uma armadilha para pessoas como eu, que já sou tonta na vida normal. Dentro duma multinacional, sou meu próprio Peter Sellers. Saí no andar errado duas vezes. No escritório chique do cliente idem, na frente duma secretária que parecia feita de *biscuit*, derrubei um cinzeiro, na sala do cara (num carpete desta grossura) derrubei um copo d'água, gaguejei para dizer meu nome, e, quando saí e entrei no táxi, não sabia pronde ia.
– Para onde vamos?
– O senhor espera só um pouquinho preu me lembrar?

Quer dizer, Mundo Real 10, eu 0.

*

Tenho tomado café da manhã aos sábados sempre no mesmo lugar. Hábito que pretendo manter. Com ou sem os amigos aparecendo, embora, claro, seja muito melhor quando eles aparecem. E toda semana está lá o casal. Fosse vivo, meu pai os chamaria de "casal *soft*". Gente assim, que não sai um fio de cabelo do lugar, que faz ginástica e não sua, que chora e não precisa assoar o nariz, que mergulha na piscina e o rímel não borra (comigo, até rímel a prova d'água borra, e Deus sabe que eu não entro na piscina; e vivo descabelada, minha camisa se suja nos caminhos misteriosos do Senhor, esqueço que agora sou mulheríssima e roo todas as unhas, perco o anel de ametista, o batom que eu passo é absorvido pela minha boca em 20 minutos, sou uma tragédia), que toma sol e nunca descasca – você conhece esse tipo de gente. *Mr.*, *Miss*, casal ou família *Soft*, era assim que meu pai chamava essa gente – o velho era esculhambado como eu. É um esculhambo que vem de dentro pra fora. Esse casal do café da manhã é tremendamente *Soft*. E tem mais uma, eles tomam café da manhã de óculos escuros. Hohoho. O povo acha fino usar óclis em lugar fechado, né? Mas, fora esse pequeno lapso, impecáveis. E só comem salada de frutas, claro.

Dia 14
A rua da mamãe é cheia de personagens, como qualquer lugar do mundo. Seria engraçado, se eu não estivesse tão triste.

*

Moça que já vi mas não me lembro, coleguinha de rede social, escreve pra me contar que há década e meia dormia com namorado que era meu. E deu detalhes, a coisa toda acontecia no apartamento dela, na rua tal, para onde eles iam depois do trabalho, ou nos intervalos, nem sei, e eles falavam isso e aquilo e tal e coisa. Aiai. Minha vida desabou, você se foi, a dor no meu peito é tanta que eu fico sem respirar e inda tenho que descobrir que há quinze anos eu era passada para trás por um homem impotente. Eu devo merecer.

*

Calor, *sure*, mas eu, eu sinto frio nos pés, que São Estrogênio nos guarde e conserve.

Dia 15
Acordei hoje e você não estava aqui. Procurei por você nas dobras do lençol e nas rugas dos meus olhos, nas gavetas cheias de potes de cremes, na prateleira dos DVDs que sobraram. Procurei por você nas pastas dos documentos, atrás de cada livro, no meio dos cachecóis, nas linhas das minhas mãos. Procurei por você, querido, mas você não estava aqui. Faz tanto tempo, todos os dias me lembra esse maldito calendário, faz tanto tempo, este tempo que passa, que fica, que se expande e se contrai, como se fosse uma barriga de bicho, como se fosse eterno, como se precisasse me lembrar a cada instante que é inescapável. Procurei por você

nas agendas velhas, nas fotos sem álbum, nos banquinhos de mosaico. Procurei por você nos blogs do Nelson e do Idelber ("blogs de macho", você dizia), no fundo da caneca de chá, nos meus tênis cor de cereja e nas taças da Maliu. Procurei por você nos e-mails que não recebi e no silêncio dos que não vão mais falar comigo. Não fui capaz de encontrar você em lugar nenhum, nem nas prateleiras da Maliu, que guardam os poucos objetos que mantive da nossa casa, nem na caminha do Baco, nem na voz da sua mãe, para quem liguei, covarde, sem dizer que dia era hoje. Procurei por você em mim, mas nada em mim ficou de seu humor perfeito, seu bom coração, seu caráter impecável, sua fé enorme no amanhã, na solução, no que é correto, no que permanece. Não pude achar você, querido. Olhei nos bolinhos das meias, na caixa dos brincos de gatinho que você me deu, nos montes de lencinhos de pano e nas caixas de remédio, no vidro de xarope e na bolsinha do termômetro. Não sou capaz de encontrar você em lugar nenhum e eu ardo aqui.

Dia 16

A vida, meu amor, é assim, ó: uns amigos vêm. Uns amigos vão. Uns amigos ficam. Não muitos, verdade seja dita.

*

Falei com sua mãe ao telefone. A casa que ela está construindo em Camaragibe está alta, com paredes. Seu pai operou a catarata de um olho dia sete. Ele está ótimo. A operação do outro olho será marcada daqui a uns dias. Átila continua matando gatos e ainda tentou matar um cachorrinho no meio da rua. Átila, o Huno. Sua mãe continua estudando pelo Skype com Juliano. Os meninos estão bem e felizes, e vão passar a Páscoa lá em Garanhuns. Adoro falar com sua mãe, adoro — mas me entristece também. A risada dela é igual à sua, os comentários dela são iguais aos seus. Ah, meu Deus, para onde você foi?

Dia 17
Por aqui, amado, as coisas continuam indo, indo. Os vendedores de *drugs* continuam em sua combativa atividade aqui pelo bairro, a PM continua abotoando geral ali nas imediações da avenida (abotoando geral a nós, da combalida classe média baixa, não os vendedores de *drugs*; afinal, quem mandou a gente sair de casa?), as vizinhas continuam fazendo rodinha na calçada, eu continuo indo a pé pra COBASI, só para dar uma bandola e espremer a cabecinha do cachorrinho dos outros, o chef Baumel me chamou para escrever pro site dele as minhas croniquinhas de comida, o banheiro de cima continua vazando no banheiro de baixo (Maliu está levemente histérica), e a reforma? Continua é um sumidouro de dinheiro e não vai acabar nunca mais. Mas não tinha acabado? Pois é, então.

*

"I was just thinking about this cartoon I once saw. A bunch of tiny fish are swimming through the leaves of the plant, but then one of the fish realizes it's not a plant, it's the tentacles of a predator. And the fish says 'with friends like this, who needs anemones?'"

Toby, no episódio "The war at home", de *West Wing*

Dia 18
Não estou dando conta de mais nada: novos blogs, novas ideias, novos hábitos, novos textos, novos nada. Não há volta para os velhos e eu não quero nenhum dos novos.

*

Sonhei que voltava a estudar no Colégio Gávea. Sonhei que tinha aulas de literatura com a Marlene, que só foi minha professora na faculdade, mas no meu sonho, ela dava aula na minha classe da sétima série. Hum, e sonhei que comia um bolinho de bacalhau delicioso na cantina do colégio, do tamanho dum mamão papaia. Nesse sonho, reencontrei todo mundo da escola, Antonina, Silvana, Laura, Paul, Daisy... daí, reencontrei meu pai também, andando todo de branco pelo corredor de baixo.

– Uai, pai, você não tinha morrido?
– Não, não, eu moro e atendo consultório aqui no colégio, agora.
– Putz, cara, ainda bem que você não morreu. Tem um monte de pepino pra você resolver. Vou anotar o telefone do advogado e do contador, liga lá segunda-feira, viu?

*

Acordei com o sonho na cabeça, pensei nele o dia todo. Em todas as coisas que fomos um para o outro, em todas as que não fomos, e que eram tantas, tantas. Ele foi o homem-mais-forte-do-mundo. Companheiro do Tarzã na selva implacável. No fim da vida, era tão triste (e irritante e exasperante e decepcionante e enervante e todos os antes do planeta) vê-lo fazendo interurbanos para pedir que alguém o autorizasse a passar o fio da tevê a cabo pela parede. E indo até a padaria para fumar escondido. Às vezes, crescer – e por que não?, envelhecer – significa assistir à impotência de seus heróis. E, então, você também se torna impotente.

*

De: Stra
Para: mim
Quilida, por vários motivos, eu me lembro todo dia de você e de Mercedes Sosa. Tenho quase certeza que fomos junto com sua mãe a um show dela, mas não tenho a certeza absoluta (nossa mania pelos absolutos é algo irritante, né?). E eu tô com uma puta de uma vontade de cantar baixinho "Gracias a la vida" contigo, num lugar que não nos vejam, pois, como diria minha filhota pré-adolescente, isso seria *micoso*. O melhor lugar pra fazermos isso seria

o térreo do colégio Miguel de Cervantes, ao lado do Guilherme Bulle, mas isso seria mais que *micoso*, seria psicótico. Que se *fueda*. Queria ver-te, cantar baixinho Mercedes, Milton e daí emendaríamos pra Gilliard e Jessé. Quem canta mesmo aquela nuvem que passa? Beijo saudoso, *me*.

Dia 19
Mastigar gelo. Aventura ao alcance de todos.

*

No gerenciador de mensagens
Silvia diz:
Querida, espero que seu dia tenha terminado melhor do que começou.
Mim diz:
Putz, terminou óóótemo. Estourou um treco de herpes na minha boca do tamanho da cabeça do Bolero.
Silvia diz:
Ai, amore, ninguém merece herpes.
Mim diz:
Depressão baixa a imunidade e a primeira que acontece é isso. Minha vida parece um episódio de *House*, Sil, só que nenhum homem gostoso vem me acudir.
Silvia diz:
Hahaha.
Mim diz:
Estava aqui pensando se encosto dá herpes, mas daí pensei que, pô, vareia o encosto, né? Pééééssima, HUAHUAHUAHUA!
Silvia diz:
HAHAHAHAHAHA!
Silvia diz:
Ai, amor, meu pai passava éter, o doido.
Mim diz:

Tou pensando naquele treco de desentupir a pia. Mas assim, tipo, beber.
Silvia diz:
HAHAHAHA, maluca!
Mim diz:
Ai, é tááããoo anos 1960 tentar se matar com esses trecos, fala sério? Total Nelsão Rodrigues.

Dia 20
Uma das vantagens de não ter vida pessoal é essa mesmo.

*

De: mim
Para: Cláudio Luiz
Claudim, meu nome é Trabalho. E meu segundo nome é Atrasado. Se eu mandar a crônica de comida que eu fiz pro chef Baumel você lê e me diz que está divinal?

*

De: Cláudio Luiz
Para: mim
E você ainda diz que o sobrenome é da família, para matar a mãe de vergonha, né? Hahahaha, Dona Marli não merecia isso. E você quer elogio, né? Cachorra. Manda a crônica.
Cláudio

Dia 21
No gerenciador de mensagens
Mim diz:
Sobre esse lance que as cientistas estão apregoando, de tampar o umbigo com micropore para a energia negativa não entrar, só quero entender o que fazer com os outros orifícios.

Claudia diz:
Hahahaha! Era exatamente isso que eu ia dizer! Vou sugerir que a gente junte todas essas receitas esotéricas de afastar energias negativas. A gente devia colocar um algodão molhado no anil dentro do umbigo, com o nome da pessoa que se quer afastar escrita no micropore... depois, colocar o umbigo no congelador... ai, putz... tô rindo alto aqui... sou muito besta mesmo.
Mim diz:
Isso, daí fecha os olhos, dá três pulinhos pra trás e, quando abrir, tanãããããã, você estará em 1830. Antes de Cristo.
Claudia diz:
Hahahaha!
Mim diz:
Ai, Clau, é por isso que todo mundo me odeia.
Claudia diz:
Hahahaha! A mim também!

Dia 22
Entrei na fila para comprar pão de queijo e café e é claro que dois senhores de certa idade, completamente truviscados, entraram na minha frente. Acontece que tenho uma frequência que atrai os bêbados. Sempre tive. Por mais abaixo do radar que eu voe, eles acabam me encontrando. Então, que os tiozinhos, caindo de bêbados, entraram na minha frente na fila do pão de queijo e eu deixei. Sou uma covarde.

Dia 23
De: Endrigo
Para: Ava
Porra, Ava, que puta livro você me deu. Deixo hoje minha antiga identidade, Sir Samuel Rawet, para ser Sylvia Plath. Sim, senhora. E a carta, aquele papel amarelinho, amarelo Jean Michel

Basquiat (você sabia que eu conheci o Basquiat pessoalmente? Você sabe tão pouco de mim, eu sei tão pouco de mim – sentiu... a Syl em mim?). Mas foi. Basquiat, nos anos 1980, no Soho, em Nova York, onde eu tive uma loja chamada "CARNAVAL". O filme *Basquiat – Traços de uma vida* é o filme que eu mais gosto de todos os filmes da minha vida. Todo mundo que eu gosto, quero que assista comigo. Como você. Quero ver de mãos dadas. Amor, obrigado, você é tão boa comigo. Como você pode dar confiança prum jumentinho que nem eu; Dr. Luiz Estevão, se souber, vai recomendar (voz de batata quente na boca): "Ohhhh, cuidado com esses tipos pitorescos, isso não é cultura e pa pa..."

Que saudade de você, venha Ava, venha, o Rio te espera. Beijos. Endrigo

Dia 24

Meu quarto – o apart-hotel do Conde Drácula –, em vez de janela, tem uma porta balcão. Que dá para o nada, porque o que eu tenho ali não é uma varanda ou uma sacada, nada disso, é apenas um beiral beeem estreitinho, onde eu posso colocar a caixa de areia dos gatos.

*

Espero que, como os gatos que eu tinha no apartamento, quando morava com meu pai, e que se mudaram conosco para a casa na rua Itápolis, em 1997, meus burrinhos lelés aprendam a se virar e aprendam a voltar.

Sei que não é o ideal, mas eu simplesmente não tenho mais o que fazer.

É impossível lacrar completamente esta casa.

*

E minha vida também mudou para pior – apesar da casa da minha mãe ser uma delícia e da minha mãe estar me tratando com paciência e bondade inauditas –, mas porque não era aqui que eu queria estar, não era a vida que eu queria ter, porque você me faz tanta falta que às vezes eu mal consigo respirar.

*

Então, eu sinto muito, muito pelos gatinhos e tomei todas as providências que estavam ao meu alcance para que eles tenham dificuldade de sair daqui e facilidade para voltar. Vacinei e vermifuguei todos e pretendo manter essas coisas todas em dia (quando moramos em apartamento tendemos a relaxar nesse particular, o que muito me envergonha admitir).

*

Espero, do fundo do coração, que eles saibam voltar e voltem intactos.

*

Racionalizações, racionalizações.

*

Esta foi uma semana repleta de emoções: gatos fazendo xixi na minha cama, canos da lavanderia explodindo, meu quarto alagando, os caras da companhia telefônica não dando as caras e chuva, chuva, chuva. De modos que minha mãe resolveu ir para a casa do Pedrão só na semana que vem. Amém.

*

De: Ava
Para: Endrigo
Querido, se eu fosse só um pouquinho mais etrusca, ia ler nosso futuro nas entranhas de um cágado. Ou de gato, na falta do cágado. Segura a onda aí.

Dia 25

Amar pode ser uma felicidade, mas deixar de amar, dependendo do caso, também.

*

Tem quem não vá ver nada. Tem quem vá para ser visto.

*

Entre meus novos vícios, gostaria de destacar balas de gergelim da Turquia (o Otávio estava trabalhando lá), produtos Avon (sério, só de ver o livrinho começo a tremer) e Quick sabor morango. Vai mal o negócio aqui.

*

Quem não tem bicho de estimação deve ser bem feliz em ter tanto tempo livre, eu acho. Porque a quantidade de horas do dia usada com eles é inacreditável. É praticamente um emprego.

*

Cláudio Luiz vai a Portugal. Sorte de Portugal.

*

Bolívar, nosso gato preto e mau, sorri de olhos fechados, enquanto roubo mais um bombom.

*

O moço veio trazer o computador. Perguntei: "Ficou bom?" Ele respondeu: "Olha, está funcionando." Rá, é a história da minha vida.

*

"A intimidade gera desprezo", plagiava meu pai.

*

Esponjas e pincéis de maquiagem são coisas importantíssimas, não sei onde eu andava com a cabeça, meu Deus. Mas ainda é tempo, estou estudando o assunto e comprando um monte.

*

De: Maria José
Para: mim
Estava dando uma olhada em seus escritos quando me deparei, novamente, com o seu protesto. Estamos vivendo uma época de "ausência". Não de "falhas", entenda, mas de ausência. Isso deveria me dar medo. Meu abraço em você.

Dia 26
Sonhei que não havia jeito do meu pai enxergar direito. Ele olhava, olhava e não via nada. A certa altura do sonho, eu me irritei, tirei os óculos da cara dele, limpei as lentes na minha camiseta, botei os óculos de volta nele, e nem assim. Tipo do sonho que você teria adorado e passado uma semana escarafunchando.

*

Nalguns momentos eu me pergunto se a respeitável sociedade brasileira, com suas respeitáveis familiazinhas, é grata o suficiente pelo fato deu não ter porte de arma. Será que ela dá valor a este pequeno milagre da natureza?

*

O jornalista bonitão, dentro de um terno duvidoso, acaba de declarar com gravidade que alguma coisa "é importante na sociedade atual contemporânea na qual vivemos hoje". Eu não diria melhor, querido.

*

No Telecine Action vai começar *Cruzada*. Lembro quando fui ver no cinema, com a mamãe, depois com você, depois sozinha, duas vezes. Acho o Saladino do filme tão próximo do Saladino da vida real. Ele era aquilo, um guerreiro, um grande general, mas um cara capaz de grandes gestos de generosidade também. E o final, quando o cara pergunta prele o que Jerusalém vale, é do cacete. O mocinho não mexe com as minhas entranhas, mas enfim, os mocinhos, assim como as propagandas de carro, não são feitos para me agradar ou encantar ou me vender o que quer que seja. O mercado publicitário desistiu de mim. Mas o filme é bem bom, bom roteiro, muito bom.

*

Faz um tempo já, eu preciso de filmes assim. Nada de filme de amor, filme disso e daquilo, olhos nos olhos. Eu quero inimigos perdendo a cabeça na espada, correria, cavalos pra lá e pra cá, catapultas sendo acionadas, muros de cidade caindo, ação. Nada de nhe-nhe-nhem.

*

De: Ana Laura
Para: mim
Meu amor, sabe quando a vida capota? Pois é.

Dia 27

Eu choro e me olho no espelho. O que há de humano em mim (ainda resta alguma coisa, em algum lugar) precisa ver o reflexo de sua dor noutro humano. Que a dor do outro valide a minha, ainda que o outro seja um espelho, no banheiro da casa da minha mãe. Ainda que o outro seja eu mesma, meu rosto feio, meu desespero, minha absoluta impotência, minha falta, sua falta. Ainda que agora sejamos duas, três mil – enfileiradas pelo espelho que se dobra e cria outras e outras de nós, clones, ovelhinhas perdidas, narizes vermelhos e inchados formando uma longa fila de desespero. Ainda que a dor seja a mesma, multiplicada.

*

A coisa mais perigosa do mundo é discutir com ignorante. Nunca, nunca, nunca devo fazer isso, mas, às vezes, caio na minha própria armadilha. É uma armadilha terrível, querem me arrastar para as trevas com eles.

*

Olho a fauna variada que passa por trás da fumaça do meu café com leite e devo horrorizá-los tanto quanto eles a mim. Definitivamente, gosto das pessoas, mas não gosto de gente.

*

No alto-falante do shopping, um incongruente Rod Stewart canta uma mais incongruente ainda "I' m in the Mood for love". Ah, o que eu não daria para ter alguém para dançar. Para ter alguém para dançar.

*

A melhor coisa que eu aprendi com o Dr. Reis foi o ditado: "Boa romaria faz quem em casa fica em paz."

*

De: mim
Para: Carina
São atores de quinta categoria, Maria Catarina, não servem nem para fazer figuração em novelinha vagabunda. O enredo é do caralho. Mas eles estragaram tudo. Amor. Eu

Dia 28
"Sempre convivi harmoniosamente com os pronomes demonstrativos. Quando bebo com um amigo *luthier*, sei que 'esta cadei-

ra' é a minha, porque nela estou sentado, enquanto 'essa cadeira' é aquela em que o fabricante de instrumentos de corda se assenta."

Eduardo Almeida Reis no *Estado de Minas*.

*

Tem gente que devia tatuar "Hã?" na testa. E ao contrário, para poder ler no espelho.

*

Saber calar a boca é uma arte para poucos. A moçada não crê no silêncio. As poucas pessoas que creem, não querem andar comigo, porque eu creio no silêncio, Deus é testemunha, mas até de boca fechada sou chata pra *caray*.

*

Já que falamos nisso, nem os imbecis que não calam a boca e que sempre são os heróis de suas próprias histórias querem andar comigo. Bem, sempre há uma recompensa em ser mau.

*

Morro de pena destes gatos, trancados para sempre num quarto cheio de fantasmas.

*

Sua mãe me disse que agora vai ao supermercado onde você a levou no ano passado, e chora pelos corredores.

*

De: Dea
Para: mim
Quilida, eu tentei, mas ele é daquele tipo de homem que "veste" o carro. Só por Deus. Teremos café no sábado? Amor.

Dia 29

Sem grana, com pouco trabalho, porque só uma editora mandou livro, sem água, depressão grau três, contas acumuladas, monstro da pia por matar, sua carteira de motorista na minha carteira, a chuva não alivia a alma e o gato preto com alergia. A tudo, pelo jeito.

*

O sistema de tevê a cabo foi todinho baseado nos deuses gregos, amado, não sei se você reparou nisso. Nosso provedor então, é um negócio impressionante, é Zeus. Ele dá, ele tira, ele dá de novo, ele faz o que quer da nossa vida, sem sinal, com sinal, ligamos lá duzentas vezes, todas as contas pagas, *senhora, o setor técnico estará ligando para estar agendando, senhora*; cada atendente fala uma coisa e nós ali, patinhas na alça de mira completamente impotentes. Nunca sei se haverá um próximo Robert Goren na minha vida (lembra do Goren? O detetive bonitão do seriado *Law and Order*). Além dos deuses pagãos da internet, agora temos que agradar aos deuses gregos da tevê a cabo, temperamentais, cheios de desejos, contradições, e sentimentos humanos.

*

De: Vivi
Para: mim
Tu tá aí?
Manda notícias quando puder, tá? Reapaixonei-me por Charlotte Brontë e sua Villette esses dias. Culpa da minha professora de *Victorian Explorations*. Beijo e amor, Vi.

*

De: mim
Para: Vivi
Comprei um saco de balas meteóricas e me sentei num banco metafórico, olhando o trânsito caótico e pensando numa vida inexistente. Ler a sua proposta da dissertação me deixou encantada e, ao mesmo tempo, abismada com o quanto eu não sei e nunca vou saber. Que coisa, que coisa. Você é impressionante. Beijos meus em você e em Londres.

Dia 30
Deus sabe, meu problema é vocação demais e talento de menos, meu querido. Sua mão na minha mão faz uma falta enorme, todo o tempo, mas especialmente agora.

*

Ontem, completamente sem querer, vi um filme lindo, lindo, *Nome de família*, sobre uma família de origem indiana que vive nos Estados Unidos. É muito simples, muito, e ao mesmo tempo é uma narrativa sofisticada, bem tecida, que não apela para o sentimentalismo bocó. Fazia muito tempo que eu não me emocionava assim com um filme.

*

Das sete virtudes, fé, esperança e caridade, temperança, prudência, justiça e fortaleza, você possuía todas e eu não tenho nenhuma. Conversar com Frei João é cultura.

*

A agenda velha está cheia de rabiscos. Muita gente casando, muita gente mudando, muita gente morrendo.

*

O telefone toca e eu fico olhando para a cara dele. E, para mal de meus pecados, inda tem uma novela cujo telefone da vilã faz o mesmo barulho que o meu. Pronde foram os velhos e bons sinais de fumaça?

Dia 31

As águas de março que fecham o verão não dão a menor trégua por aqui. E não há a menor promessa de vida no meu coração.

*

O domingo acabou. Viva o domingo.

No ar incorpóreo

Abril

Dia 1
Às vezes, na vida, a gente tem que dizer pro amigo: "Você só pode chegar até aqui. A partir deste ponto, nada lhe diz respeito e sobre isto nós não falaremos." E é tão duro isso. Mas às vezes é preciso, e a amizade balança, e a gente se sente culpado e sem graça. Às vezes.

*

Caindo no fogo e na água, como dizem as Sagradas Escrituras.

*

A temperatura do mundo baixou. Está quase igual à minha.

*

De: mim
Para: Tito
Querido Tito, você tem razão. Mesmo nesse ofício de escrever, que deveria estar todo baseado no recolhimento, silêncio e concentração (retidão moral não; daí já é pedir demais), há necessidade dum montão de social, de sorrisinhos e a liturgia do cargo exige certa (nalguns casos, uma baita) exposição. Minha editora, a Anna, cita a Margaret Atwood, que definiu essa gente como uma turma que não quer só comer o patê, quer ver o ganso de onde veio o fígado. Acho genial. Mas a gente fica firme nele, apesar, apesar. No meu caso, além de, claro, a vaidade, tem um agravante sério: só sei fazer isso. Sou uma professora engraçada e entusiasmada, mas meu coração não está lá. E sou uma tradutora muito, muito séria – e boa –, mas são as palavras dos outros, não as minhas, o que me irrita e, às vezes, me faz chorar de frustração. Traduzir, dar aulas, são coisas boas, coisas sólidas, coisas que me

permitem pagar as contas com algum, ah, algum prazer. Mas escrever, Tito, é o que eu faço. É a única coisa que eu quero fazer. E esse ofício é, também, fazer evolução para a plateia. Sou péssima nisso, fujo das aproximações sociais, não tenho turma e nem panela, o que me atrasou, e continua atrasando. Mas faço o que posso. Uma entrevista ou outra, uma foto de vez em quando, e mais de vez em quando ainda, uma mesa-redonda num encontro literário. É, mesmo, o meu limite. Não sou boa com pessoas. Não sei quantos beijinhos dar, quando só apertar a mão, não entendo a maioria das piadas – e/ou não rio das que entendo, ou rio mais do que deveria –, tenho opiniões muito claras e pouco populares sobre religião, casamento, gente que lê lixo e acredita, gente que lê lixo e recomenda, gente que lê lixo, mulheres que se casam com imbecis, imbecis que se casam com mulheres idem, e posso contar nos dedos de um pé as pessoas que não fazem com que eu me tranque na caverna. Sou como meu cão, exatamente: ataco ou vou pra debaixo da mesa, e o nome disso é medo. Tenho medo das pessoas. Do que elas vão achar de mim. Do que elas dizem, de não entendê-las. "É bobagem, deixe as pessoas pensarem o que quiserem", vão dizer, e estão todos com a razão. Mas tenho quase 40 anos, sou assim. Não gosto de gente quando está no plural. "Uhu, vamos tomar uma cerveja." Tenho pavor. Sou lerda, sou uma pessoa... lenta. Demoro para entender as coisas. Repito várias vezes a mesma palavra, ou frase, ou expressão (o engraçado é que escrevo desse jeito, repetindo palavras e termos, porque falo assim – e alguns resenhadores chamam isso de "meu estilo", ai de mim). Sou engraçada; ao vivo, pelo menos, para disfarçar, porque não queria estar ali e, tenha a certeza, vou embora o mais rápido possível. Num dos meus livros que vou mandar (ah, seus livros seguem amanhã em vez de quarta, tenho que fazer rua amanhã de manhã), tem um dropezinho, uma narradora falando sobre um domingo com as mulheres da família dela. Sou eu, sem tirar nem pôr. Não sirvo para o mundo dos adultos e não sei nem fingir que sirvo. E depois que eu perdi meu marido, a coisa piorou muitíssimo. Durante oito anos, o pobrezinho foi meu anteparo. É feio, antifeminista, mulherzinha, ridículo e patético dizer isso em voz alta? Ele me pegava pelo braço, estendia o casaco sobre a poça de lama, me olhava com uma imensa bondade, beijava as palmas das minhas mãos, sabia antes de mim o que eu queria e passava requeijão no meu pão. E não falo só das coisas práticas, embora ele fosse imbatível nisso (ligar pra o despachante, sempre saber onde está a chave do carro, meu RG e minha agenda, esculhambar o eletricista, resolver a conta duplicada do cartão), mas também do que não se vê, só se adivinha. Ele gostava quando eu cantava para ele e cheirava meu cabelo. Ele falava devagar e baixinho comigo, e repetia duas ou três vezes o que eu não podia esquecer. Ele dizia, sem rir de mim, quando já estávamos esperando o elevador "Minha linda, você está só de meias". Ele lavava a minha cabeça. Me segurava no peito dele enquanto eu chorava – e, a maior parte do tempo, choro sem saber por quê, simplesmente choro até dormir. Ele gostava da minha comida. Ele gostava da minha mãe. Ele gostava até do meu pai, que Deus o abençoe. Ele era apaixonado pelo meu irmão. No meio da noite, dormindo, completamente apagado, ele pegava na minha mão. Lia o que eu escrevia e me dizia o quanto eu era boa quando eu mesma não acreditava nisso, e me sustentava para que eu pudesse escolher clientes, selecionar alunos e passar o resto do tempo em casa, escrevendo furiosamente 15, vinte horas duma vez só, enquanto ele jantava pizza de ontem e Coca-Cola sem gás dois dias seguidos. Agora, que eu mesma passo requeijão no meu pão e beijo meus próprios dodóis, as coisas são mais duras, o mundo mais assustador, as pessoas mais sórdidas. Sem a imensa rede de segurança, de amor, de cuidados e de doçura que aquele homem admirável construiu em torno de mim, fiquei mais impraticável. Sou um ser humano impraticável, Tito; se eu aparecesse na sua prancheta você usaria uma Pilot vermelha pra circular todos os pontos frágeis, onde problemas enormes e sem solução estragariam todo o seu projeto. Acredite, não tem suborno que fizesse um fiscal da prefeitura aprovar uma obra dessas. Sem ele, os dias demoram mais a passar. Minhas habilidades sociais são nulas. A imensa tragédia da perda dele, para o mundo, todo mundo, se perde no *meu* umbiguismo, *minha* dor, *minha* perda, *meu* medo, *meu* desamparo. Eu, eu, eu, eu, eu, eu. Sei disso, e é por isso que falo sem olhar para você. Mas agora, pelo menos, e em parte também graças a ele e ao tempo que ele me deu, sei escrever. É a única coisa que sei fazer, a única coisa que, talvez, justifique minha presença aqui. Preciso me agarrar a isso.

Nunca disse isso fora da terapia. Acho que nunca disse isso de forma tão clara e em tão bom latim, nem na terapia. Peça comissão ao bom Dr. Luiz Estevão. De qualquer forma, parte do preço é uma entrevista aqui, uma foto acolá, participar dum debate mediado pela Cora Rónai (pessoa não deslumbrada por natureza) ou pelo professor Idelber, fingir que sei me comportar em público de quando em vez.

Ah! Pare de ler essa bobagem e vá fazer alguma coisa que renda algum dinheiro, vá fingir que trabalha. Beijos, carinho, carinho.

Dia 2

Minha mãe me deu um dicionário de dois volumes, coisa mais linda, pré-acordo ortográfico de 1945, foi impresso na década de 1930, ma-ra-vi-lho-so, as mais incríveis grafias, tipo *chícara* e outras delícias. Presente que só quem ama e conhece sabe dar.

*

Diálogo com mamãe:

— Mas as aulas do curso não estão prontas? Manda pra essa turma nova a mesma aula 2 que você mandou para a primeira turma!

— Não, mã, eu vou mudando um monte de coisa, olha. Estou mais fortinha para falar de filosofia quando eu falo de Grécia Antiga.

— O quê? Como? VOCÊ explicando os pré-socráticos?

– É, ué. Que-que tem, mã?
– Mas você é muito cara de pau. Deus me livre e guarde.

*

De: Rafaela
Para: Virgínia
Virgínia, mesma noite, mesma chuva, cabelinho de anjo, dois pratos, um pouco de culpa. Beijos, com amor, Rafaela.

*

De: Silvia
Para: mim
Acho que reconheci as mexidas que você deu, aqui e ali, em nomes e algumas partes, mas o principal mesmo é que eu me dei conta de uma coisa que eu não tinha atinado ainda. O quanto a história mexeu comigo. O quanto vivi as passagens todas com você. O tanto que elas ecoaram e ainda ecoam em mim, o tantãããão que me influenciaram. Os momentos em que eu me lembrei de passagens inteiras (o que é uma coisa bem rara pra minha (de)mente) assim, naturalmente, como respirar ou andar de bicicleta. A história andou comigo pela casa o dia todo.
Amor, amor, amoooooooooor, Silvia.

Dia 3
Nada tenho contra a venda de produtos, pelo contrário, todo mundo paga conta, imposto, normal. Mas ser convidada, no atual estado de carência e tristeza, para comer bolo e fofocar, com o maior carinho do mundo, e descobrir depois que todo o teatro foi feito para me arrastar para uma "ação", é de matar. Uma "ação", nestes tempos mudernos de internet, é reunir um monte de blogueiro em um lugar, com Coca-Cola financiada pelo "cliente" e empurrar "conceitos" nesses blogueiros tontos para que eles falem de determinados produtos em seus blogs. Sim, você entendeu, é a velha e boa reunião de Tapauer. Mas quando a Tia Carmita cha-

mava a gente para uma, pelo menos ela contava que era para isso. Ela não travestia tudo de "eu te amo e sinto saudade".

*

Um fosso não seria uma má ideia. Com crocodilos. Huuuummmm.

*

Como me disse a sempre sábia e engraçada Dona Elisa, antisdontem, Caymmi é soberano: se sabe que muda o tempo, sabe que o tempo vira, aí o tempo virou. E eu, que não sou o Maurino, que não sou de guentar, não guento mesmo. Opa. Para o bem e para o mal. Daqui a pouco vem outra onda. E lá estarei eu, engolindo mais água salgada.

Dia 4

A vizinha com quem minha mãe mais se dá se chama Célia (temos duas Célias na rua, a da minha mãe, que mora no lado oposto da rua, e a Célia dos gatos, que é nossa vizinha imediata, parede com parede). A Célia da minha mãe é uma das criaturas mais engraçadas que eu já conheci. Morena, fumante, voz fortona, despachada – glória maior da minha vida –, veio aqui hoje cedo pedir coco ralado, de bobs! Sensacional. Ela tem dois filhos crescidos e cuida dos filhinhos de um deles – uma menina de seis anos e um bebezinho de colo –, assa os próprios pães, faz aquele docinho no qual uma uva sem caroço é banhada no mais enlouquecedor creme sei lá eu do que para depois a gente mandar para o bucho na maior felicidade, pinta o próprio portão e tem opinião sobre tudo. E sempre uma opinião engraçadíssima. Você iria ficar absolutamente louco de felicidade de conviver com a Célia da minha mãe.

Dia 5

Café da manhã com as meninas. A Helga, como sempre, falou de você e chorou um pouquinho, para depois rir das suas graças e a Naty se lembrou da imitação que você fazia do Marcos Paulo. Você foi a pessoa mais engraçada que conheci.

*

Três meses de roupa acumulada sendo lavada agora que a reforma acabou. É roupa que nunca mais vai acabar. Desesperador.

*

E agora eu vou tomar banho e me arrumar. Festa de aniversário num boteco. Não tenho roupa, nem grana, nem coração e nem cabeça, mas eu vou.

Dia 6
Aniversário do Pedrão. Você não está aqui para me lembrar, mas eu me lembrei. Eu não quero passar por essa data sem você, meu bem.

*

Pedrão, o justo. Pedrão, o bom. Pedrão, que compartilha comigo tantos defeitos e idiossincrasias, faz com que, nele, tudo pareça fofo, bonito, engraçado. O que em mim é assustador, no Pedrão é excêntrico. Pedrão.

*

Ao contrário do que nossos preconceitos nos levam a acreditar, tem amigos que sim, só funcionam na internet. Tem amizades que sobrevivem ao translado internet – mundo real, mas tem amizades que não guentam oxigênio.

*

Amigos legais com filhos chatos. Equação que ninguém resolve.

Dia 7
Rua, trânsito, terapia, papelada, apartamento dos outros, beijocas em Glória Helena e cachorro-quente na USP com tudo, menos vinagrete.

Dia 8

As amizades que acabam. As que continuam. A ligação de madrugada. Mojito. Gelo picado. Batom no dente em plena reunião. Agenda sumida. A história que você contou dentro do meu ouvido. Salto 12. Inferno astral fora de época. E a minha falta de coragem. Sempre posso contar com ela.

*

Minha Páscoa com Maliu foi assim: almoçamos pipocas de micro-ondas, pão com requeijão e, de sobremesa, o ovo de Páscoa que Juliana me deu. E assistimos o Fred Astaire e a Judy Garland em *Desfile de Páscoa*. Dublado, mas, que diabos!, eram o Fred Astaire, as roupas mais lindas deste mundo (muitos chapéus de plumas) e uns números de dança fabulosos (incluindo aquele em que Astaire e Garland estão vestidos de mendigos). E, depois disso, Sean Connery e Audrey Hepburn em *Robin e Marian*, café com leite e a torta holandesa que a Maloca havia trazido na sexta-feira.

*

Esta noite Eiver e Fátima falando da vida, tão queridos, fotos antigas, bolachinhas barradas de *cream cheese* e goiabada, café com leite bem quentinho e eu quase respirei fundo algumas vezes.

*

De: Isa
Para: mim
Amor, são muitas mais as coisas que nos unem – o amor pelas estradas, o gostar de comédias românticas (das boas, porque também há cada merda que Deus me livre) e *otras cositas más* – do que as que nos poderiam eventualmente afastar, a diálise frio/calor (de fácil solução) e o Stallone, tabu, não sei se me explico...
Casamos?
Beijos muitos.
Isa

*

De: mim
Para: Isa
Marca a igreja, Isabeau, que eu tarei lá. Casamos.

Dia 9
Eu vou ter que viver sem você. Meu Deus do céu, eu ainda não tinha entendido isso. Vou ter que viver numa casa onde você não está.

*

Horas e horas de telefone com R. Sempre bom.

*

Hoje, enquanto o pedreiro quebra a garagem em busca de um vazamento misterioso, tenho que ir fechar sua conta no banco. Nada, nada, nada é mais difícil que esse tipo de providência para mim. Nada. Eu odeio o mundo real, e tenho muito medo dele e me dói demais. Tudo me dói demais.

*

É abril, diabos. O calor já deveria ter ido embora de vez, mas uma frente quente pouco católica torra meus miolos e eu me exaspero com a Isa. A portuga veio para o Brasil numa clara tentativa de catimbar meu outono. Ela anda para lá e para cá reclamando que "está um frio dos canecos". E ainda tem a cara de pau de me pedir em casamento, a monstra.

Dia 10
Perdão padre, eu pequei. Jantei batata frita de pacotinho com Coca-Cola, e sorvete de chocolate de sobremesa. Gordo é uma raça safada.

*

Num canal da tevê a cabo passa um filme do John Houston, de 1942, com a divina Bette Davis. Ela está linda, sobrancelhas de deusa, fumando que nem uma caipora veia e, lá pelas tantas, ela vem com o pretê casado para o Rio. O motorista do táxi deles é italiano e tem cara de mexicano. Esculhambação total.

*

O pior desse filme é que a mina se dá conta de que ela está é agradecida pelas migalhas que ele oferece. Ele fala com ela, e ri das histórias dela, e a leva para passear e tal, e ela se sentindo tão bem, tão feliz, mas é só migalhinha; ele tem a vida dele, ela é só um passeio.

Dói admitir que a gente é só uma distração, a gente é criada para querer ser a joia da coroa. E nem é que a gente é criada, é natural, é humano querer ser a joia da coroa da vida de alguém.

Um belo dia você é obrigada a encarar que o almoço no italiano e o martíni do Seu Martinho, um marco na sua existência, para o cara que levou você foram só um detalhe.

*

Ou ainda, e esta é uótima: conheci a mãe de um amigo. Ela foi tão, tão, tão gentil comigo, que eu achei que fosse desmaiar. Eu realmente me senti especial com o tratamento dela. Dias depois, fui comentar isso com ele, meio que para elogiar, meio que para agradecer e ele me sai com: "Ah, não, imagina, ela é assim com todo mundo."

Hahahaha, bem feito, toma sua burra.

*

De: Nelson
Para: mim

Dói ter menos do que se pensa. É onde fica a mediocridade. Mudando de pato para ganso, você viu um filme do Welles em que ele falava dum falsário de quadros de trato excelente para os clássicos de tintas e museus. Sempre a discussão filosófica: A qualidade do falso merece a mesma celebração do original autêntico por *experts*? É difícil dizer, mas nossa cabeça e nosso coração só registram a beleza, tudo é beleza. Vida estranha. Nelson

Dia 11
Você está aqui. Definitivo e real. E não há nada que eu possa, ou queira, fazer a respeito.

*

Não deixa de ser um prazer meio cruel olhar para o espelho e ver o rosto de quem entregou o jogo. "Entregar o jogo" é uma das expressões de meu pai que eu mais odiava na vida. Ficava puta quando ele me dizia isso no meio da bronca. Mas foi o que eu fiz, senhores. Dá alívio, culpa, raiva e vontade nenhuma de voltar atrás. Deve ser a idade, só pode. Ou meu (mau) caráter se manifestando.

*

Já tinha esquecido a música de Colin Hay, mas eis que surge Otávio e seu violão monstro de tão chique, cantando todo afinadinho. Foi um festival de música de veio. *Ghosts appear and fade away.*

Dia 12
Bolero sumiu. Desde ontem.

*

Minha mãe frita ovos tão lindos, tão perfeitos, as bordas tão exatas, que parece comida de novela.

Dia 13
História é o que acontece sem que a gente perceba, até que, num dia, numa aula, a professora avisa que semana que vem fare-

mos prova sobre a civilização tal. História é o que acontece na primeira página do jornal, na votação dos senadores, na decisão do juiz. História é o que acontece quando você cuida de mim. É o que acontece quando eu cuido de você. História é o café com leite na caneca amarela e a gata laranja e gorducha deitada aos meus pés, sem perceber que não é um cachorro.

*

História é negar até o fim, é renovar o passaporte, dar um mortal de costas, é duvidar, é aceitar o que não podemos mudar, é beber água gelada na Casa London, é herdar um império, é contornar uma revolução, é chorar na frente do espelho sentindo a sua falta. Aprender a usar o fogo para cozer os alimentos é história, chorar de dor e impotência também é.

*

História é nosso medo do escuro, são as florestas pegando fogo e sua mão sobre a minha no meio do filme. História é acordar com um telefonema dizendo que a amiga morreu e não acreditar. E história é acreditar no telefonema. História é inaugurar Brasília, é casar e ter filhos, é deixar a barba crescer. História é perder a Rússia e quase perder um pé, graças ao inverno de 1812. História é comer a melhor geleia de laranja do mundo, é ganhar o Egito quando os generais desmembram o reino do rei morto, é *can't help falling in love with you*. Fincar a bandeira é história, atravessar os Alpes com elefantes, também. História é pintar as unhas de vermelho e atravessar oceanos cheios de sereias e monstros, sem nenhuma laranja. História são as armas e os barões assinalados.

*

História é a rainha parir em público, é gostar de você e odiar ao mesmo tempo, é comprar uma passagem para a Europa, é comer miojo com requeijão. História é o que acontece com os outros, é o que acontece com você e comigo também, todos os dias. História é esperar o moço do guincho chorando sentada no capô do carro, é ver a guerra na tevê, é cair na escada rolante e chorar, não de dor, mas de humilhação. História é não fazer prisioneiros, é montar o consultório em casa, é pagar a promissória no banco, é decidir se os reféns vão ou não ser liberados, é planejar a invasão da Normandia.

*

História é sobreviver contra todas as expectativas; as suas, inclusive. História é a Vera ir para a Europa e passear na sua cidade favorita. História é comer peixe às sextas-feiras, é poder dizer que não se acredita em Deus sem ir para a cadeia, é sorrir para a multidão e acenar como uma *miss*.

*

História é quando uma colônia fenícia passa a ser a âncora de seu próprio império, uma das maiores potências navais e comerciais da Antiguidade, fundando suas próprias colônias e portos. Desempacotar livros e se desesperar com gavetas que não existem é fazer história sim, como não? História é um telefonema secreto de madrugada, é encontrar lugar para um velho gato numa nova casa, é tomar vacina, é sentir saudade, muita, muita.

*

História é perder a cabeça na guilhotina, é demitir ministros, é passar as tropas em revista, é alargar as fronteiras, é vencer, é perder, é sitiar Viena, é descobrir o café na África.

*

História é sermos examinados pelo médico de Saladino quando estamos tendo ataques de malária, é perder a Inglaterra, é ganhar a Inglaterra. História é ver todo mundo que você ama indo embora e não poder fazer nada sobre isso. História é ter certezas enormes, verdades de tamanho médio e medos pequenininhos.

*

História é quando suas flores preferidas são copos-de-leite e você procura palavras no dicionário e se sente tão pequeno, tão pequeno. Passar manteiga no pão é história e tacar açúcar no Toddy morno é história. História é ter o coração partido de todas as formas possíveis e não poder mais. História é ser o filho adotivo de Trajano, é entender que o Império não pode crescer mais e construir um muro, é listar mais de 14 mil usos para o sal.

*

História é entender que os bárbaros queriam ser romanos e não destruir Roma. História é abrir mão do que mais se ama, é lutar pelo que mais se ama, é conhecer o que mais se ama. História é ter aprendido a ser grego com Alexandre, o Grande, filho de Felipe II, e não ser nada além disso há quase três mil anos. Perder dois bebês, situações diferentes, a mesma dor, é história.

*

História é saber quem foi Panoramix. História é entender que Roma está mais perto de nós no tempo do que qualquer outra grande civilização antiga, que falamos um filhote de seu idioma, comemos o que eles comiam, aplicamos suas leis, nos batizamos com seus nomes, andamos por suas estradas, que temos a mesma pressa, a mesma ferocidade imperialista, a mesma falta de respeito por qualquer cultura que não seja a nossa, a mesma aristocracia decadente, a mesma fome de vida – a nossa e a dos outros.

*

História é ter um amigo que vai a Portugal como quem muda de roupa, outro que liga de Seattle para encomendar sambas e outro que faz interurbanos de lugares tão deliciosos quanto a Malásia ou as Ilhas Maurício, para contar sobre o arranjo de flores da mesa do café da manhã.

*

Temer o invisível, acreditar em forças ocultas e em lendas de meninos criados como lobinhos? História.

*

História é nunca acordar o gigante adormecido. História é aprender a fazer barco com os cartagineses e depois dar um pau neles, e tirar a Sicília deles, e tirar a Espanha deles. Várias histórias, pequenas e grandes, importantes e medíocres, engraçadas e trágicas, tiveram que atuar juntas para que nós pudéssemos estar aqui, fazendo história também e enchendo a cara sempre que possível, porque ninguém é de ferro.

*

História é construir a ponte, é queimar a ponte, é quando seu irmão mora tão longe, tão longe, é cercar o castelo, é comer açorda de gambás num boteco na Alfama, é fotografar o gatinho que dorme, é renunciar à Coroa, é trair um juramento, é trancar os desafetos na Torre de Londres, é deter um exército, é entender que nem sempre o X marca o lugar.

*

História é a espera, o monstruoso, o divino, o que depende de nós e o que escapa ao nosso alcance, o que nos emociona e o que nos faz berrar de ódio, outra dose de vodca, outra música, mais uma fatia.

*

História é perder seus sonhos, suas certezas, sua família, a fé que depositaram em você, sua pátria, suas chances, as vidas de vários companheiros, a sua própria vida, o legado de seu pai, é trair a própria biografia, é perder não um, mas dois impérios: Cartago – o império donde se veio – e Roma – o império que nunca se teve. Quase sempre, aliás, história é perder tudo, tudo, tudo.

*

É história o que nos faz chorar sentados no boxe, a água morna do chuveiro, a luz que não se faz, o final que não chega, alívio nenhum.

Dia 14

Hoje é aniversário de sua mãe, e eu liguei para ela. Ela estava triste, a voz cansada. Não me tratou mal – sua mãe nunca me trata mal –, mas ela estava precisando de silêncio, foi o que me pareceu. É o primeiro aniversário, em quatro décadas, que ela passa sem você. Eu prefiro nem imaginar.

*

A melhor hora do dia é quando acordo. Porque eu sempre acordo tendo a mais absoluta das certezas que você está ao meu lado na cama. Certeza. E eu estico a mão e não encontro nada do lado de lá. Na melhor das hipóteses, Baco. E então eu lembro e o cachorro esconde a carinha no meu ombro enquanto eu choro.

*

Ah, tradução. Tenho trabalhado bem. É um trabalho danado de difícil. Difícil, demorado, complicado, cheio de armadilhas e mumunhas mis.

*

Há truques, há atalhos, há voltas looongas como o diabo. É um trabalho que tortura, você desliga o computador e vai para a cama louca da vida porque sabe que, em algum lugar deste vasto mundo, existe um sinônimo melhor, que você não encontrou.

*

É um trabalho excitante, estou sempre febrilmente ocupada, num caos de dicionários, livros de consulta, gramáticas, gatos passeando por cima do lépi, copos d'água vazios, canecas de café com leite cheias, sanduíches comidos pela metade, os olhos ardendo na tela, a tela ardendo na pele, só mais um bocadinho, só mais este parágrafo, só vou até o final da página, ai, já são mesmo quase três da manhã, então, quer saber? Vou virar, vou virar. Amigos doces e meiguinhos, alguns do ramo, outros civis, que ajudam a procurar palavrinhas perdidas, que ligam para o irmão que mora nos cafundós para perguntar coisinhas, que catam o dicionário e ajudam pelo gerenciador de mensagens.

*

Clientes bacanas e calorosos, clientes corretos e distantes, alguns clientes babacas como o gato cipó – como em qualquer ramo. Mas este não é qualquer ramo. Este é um ramo maravilhoso de se trabalhar. Eu me achei neste negócio, nunca fui tão feliz com o trabalho. Nem sendo assistente da Daisy, a bibliotecária do meu colégio, nem sendo vendedora em galeria, nem cantando em bar, nem sendo produtora de comerciais (embora lá eu tivesse o chefe mais bacana do universo, o R., meu pai, meu irmão, meu saco de pancadas, meu médico, meu amigo, meu pai de santo, meus olhos), nem sendo o que quer que eu fosse no Piccolo, nem dando aulas particulares – rá, que Deus me ajude.

*

Nada é mais bacana – quer dizer, só escrever, mas eu não sou paga para escrever. Sou paga para traduzir. E amo. Amo, amo, amo cada palavra que me deixa doida, cada diabo de frase que não faz sentido nenhum, expressões que nunca ouvi na vida, os prazos que me surram, os computadores que dão pau (todos ao mesmo tempo, numa dancinha macabra coreografada pelo canhoto, feita para me enlouquecer), a rede elétrica da casa que sofre ataque terrorista. Amo tudo, porque tudo faz parte do mesmo pacote.

*

Morro de orgulho de mim mesma quando tenho uma boa sacada, quando leio e digo uau, sensacional, ficou muito boa esta minha solução, mesmo sabendo que, num livro todo, aquele uauzinho não significa, ninguém vai reparar. Vibro horrores quando aparece outro livro aqui, outro trampo, outro cliente. E vibro quando leio o trabalho alheio.

Dia 15
Não existe nada mais bobo que uma generalização malfeita – penso eu, generalizando. Rá.

*

Conta bancária que não sai do negativo, tacinhas de licor da mamãe, telefonemas sem sentido algum, corte de cabelo adiado, e-mail secreto, tequila no copo verde, conta de gás atrasada, a saia laranja que não cabe, nunca coube, unhas cor de uva, correio, tendão latejando, uma promessa no gatilho, maus pensamentos o dia todo, choro no banho, chaleira de vaquinha, cereal com leite, portas batendo com estrondo, marguerita na taça azul, o elevador que não vem, o futuro que vem a toda hora.

Dia 16
Começou uma nova série-enlatada-americana, mas não vou assistir. Desisto dessas séries onde garotas de vinte anos com pele de meninas de 15 e empregos de mulheres de trinta; dão debaixo do chuveiro para cabeludinhos de trinta ocupando ternos de homens de quarenta e cargos de homens de cinquenta. Uma hora depois, o episódio acaba e eu estou me sentindo um lixo. E Deus sabe que eu não preciso que a televisão me ajude neste departamento. De modos que fico só com meu lindo Robert Goren, no *Law and Order*. Tenho que dividi-lo com a Naty, você sabe, mas tudo bem. Não sou ciumenta. Muito.

*

Eu não aprendo, né? Não aprendo nem na teoria e nem, ai de mim, na prática. Assim sendo, fui ver o Tarantino novo. Eu nunca vou aprender.

*

Cozinha da casa dos outros. Esse é um dos maiores infernos em vida que podem existir. Odeio ter que usar a cozinha dos outros. Não ligo para mais nada, sinceramente. Não ligo para não ter mais meus móveis, nem minha louça, não ligo por não ter poderes sobre a faxineira, não estou nem aí para o que vai em cima da mesa de centro ou se a gata (que não é das minhas, diga-se de passagem) está destruindo o sofá. Mas usar a cozinha alheia é o inferno. Eu já quebrei tanta coisa, não sei como a minha mãe ainda fala comigo.

*

De ontem para hoje acordei chorando. Choro desesperado. Acordei não, eu estava dormindo, mas eu não estava bem dormindo, se é que me explico. Aqui, a plantação havaiana de abacaxis não pode parar, sexta-feira foi pau dentro, hoje também será e nem quero pensar *en la jeba muy hermosa* que me aguarda amanhã, segunda é entrega de trabalho, terça é rua. Impressionante a quantidade de coisa que acumula mesmo para quem não tem lá um trem que se possa chamar de vida de verdade. Não cabe esmiuçar o sonho aqui, para tristeza do pessoal da psicologia de almanaque, mas o fato é que eu só penso nele.

*

A internet brasileira é um ovo de tico-tico e cabe, toda, numa mísera lista de linques. Ô trem incestuoso. Devíamos todos cobrir a cabeça de cinzas e meditar. Não se pode nem pensar em pisar na risca.

Dia 17

Eu aqui inventando um novo vocabulário em inglês para os profissionais que cuidam de nossos dentes e a tevê a todo vapor, com a atriz da novela fazendo propaganda e cantando em verso e prosa sua felicidade intestinal. Assim não dá.

*

Quase 10:30 da noite, hora boa pra Baco fazer justiça com as próprias mãos, arrancar Bisteca debaixo da cama e eles saírem na porrada. Eles conseguiram virar uma estante que, ao cair, fez a casa estremecer. Mamãe, lá no quarto dela, deve estar feliz como uma gabiroba silvestre.

*

São Paulo está fria, e cinza, e deliciosa, é outono com cara de inverno, a casa está cheia de fantasmas. Amigáveis.

*

No gerenciador de mensagens
Mim diz:
Você tá boua, cliatula?
Marlene diz:
Ah, querida... eu já nasci boua.

*

De: Inara
Para: mim
Truta, se o cara me leva para ver um *Madagascar* genérico, a única coisa que posso fazer por mim é comer seis fatias da pizza calabresa, certo, brow?
Beijos desiludidos, Inara.

Dia 18
Nossas aventuras, nossos encantos e encantamentos, as pessoas que carregamos conosco, quer elas saibam ou não: nossos amores.

*

Aqueles que atravessam as situações conosco, as ruins e as boas, ficam marcados em nossos corações. Eles simplesmente fazem parte do cenário.

*

Evocada a fase da vida que passou e lá estão os que ficaram, os que estenderam a mão, os que beijaram, os que, ombro a ombro com você, mataram dragões, resgataram mocinhas, salvaram vilas, espantaram bruxas.

*

Os que passaram frio conosco. Os que dormiram em nossas camas, os que deitaram em nossos corações, nos emprestaram isqueiros, fumaram dos nossos cigarros. Aqueles que, conosco, venceram a Batalha de San Crispin e que, para sempre, saibamos ou não das vidas uns dos outros, passados tantos e tantos anos, são nossos irmãos, nossos camaradas, ah, *we few, we happy few, we band of brothers*.

*

Esta não foi uma semana fácil, não foi uma semana bonita, e ao me deparar, em duas situações diferentes, mas parecidas, com o óbvio ululando bem na minha cara, dei-me conta de que as situações que vivemos, você e eu, existem apenas e tão somente na cabeça de cada um. E que o sentido de cada palavra e o significado de cada gesto é particular e intransferível: eu não estou dentro da sua cabeça e nem você está dentro da minha. O tempo passa, inexorável, nós mudamos em processos separados, e o que foi e não foi, houve e não houve, aconteceu e não aconteceu, ganha novas intenções, dores, reveste-se de novas cores, revela outras verdades.

*

Hoje é sexta-feira e convencionamos que um pequeno ciclo acaba – se tivermos sorte, na beirada de uma taça de *mojito*. Que o ciclo recomece segunda-feira, meu querido, que eu possa pertencer a algum *band of brothers* (ainda que só nas nossas lembranças), mas que os vínculos, pelo menos alguns, pelos menos às vezes, permaneçam ou, no mínimo, possam ser resgatados quando eu fechar os olhos.

*

Há também os que fugiram, os que traíram, os que negaram três vezes, os que não quiseram nem saber, claro, mas esta foi uma semana muito, muito longa, dolorosa, surreal – pude ver relógios derretidos, senhores espanhóis com bigodes engraçados fingindo que eram caracóis, crucificados, paisagens desoladas, azuis incríveis e marrons aterradores –, e não quero falar sobre os que não permanecem.
Não agora.
Hasta la vista, baby.

*

"We few, we happy few, we band of brothers;
For he to-day that sheds his blood with me
Shall be my brother; be he ne'er so vile,
This day shall gentle his condition:
And gentlemen in England now a-bed
Shall think themselves accursed they were not here,
And hold their manhoods cheap whiles any speaks
That fought with us upon Saint Crispin's day."

William Shakespeare – *Henry V*

Dia 19
Virei a noite trabalhando. Se eu ainda não dormi, hoje ainda é ontem. Tenho dito.

*

Não sei se estou com calor ou com frio. Dúvida cruel.

*

"Não achar graça nenhuma", ao que tudo indica, virou profissão.

*

Termino as frases do outros e me odeio quando faço isso, mas, quando eu menos percebo, pumba!, fiz de novo.

*

Eu jamais poderia ser o Jack Bauer. Meu celular vive quase sem bateria, como eu receberia instruções da mocinha do Febei? Não ia dar certo.

*

E eu não perco por esperar.

Dia 20
Cicatrizes esbranquiçadas. Referenciais de personagem. Poços artesianos.

*

Uso o relicário que sua mãe me deu o tempo todo. Sempre. É como um amuleto, embora eu não acredite em amuletos. Mas acredito na sua mãe. No amor que ela tem por mim. Sempre acreditei.

*

No gerenciador de mensagens
Mani diz:
Viu essa??
Mani diz:
Clooney diz "Filhos de Angelina me lembram por que não quero ser pai".
Mim diz:
Há que se amar esse homem.
Mani diz:
Ai, George, George... Por que você não me aceitou no lugar de seu porquinho? A quantidade de toucinho que eu tenho é a mesma.

Mim diz:
Hohohoho, téparece.

Dia 21
Hoje faz um friozim redentor, delicioso, relaxante.

*

Marliu foi para o Rio ficar com Pedrão e os meninos. Levei a bicha até a rodoviária bem cedo e voltei. Casa vazia. Tomei banho. Lavei roupa. Os gatos fizeram xixi na minha cama. De novo. Minha vontade é matar. Depois saí. Fiz um caminho novo, cheio de sombras.

*

De: M.
Para: mim
A dor que não admite compartilhamento, a ciumenta dor que exige exclusividade. Dor que olha a impotência de quem está ao lado, imaginando como seria possível mitigar a dor da amiga, a impotência de tantos amigos e amigas que esta amiga soube fazer, dor que (agora pedindo licença para "viajar" ou tentar fazer poesia – que a Poesia é sempre verdade e a tentativa de fazê-la alguma hora dá certo) talvez também sofra por causar dor, causar a si mesma em alguém, mas é impotente pra mudar seu destino. Driblar a dor, agir tipo "hoje não é o seu dia de consulta, volte dia tal", acho que ninguém tem força para isso, né? Ela não toca a campainha, arromba a porta. Fala-se que não dá para impedir um pássaro de pousar na cabeça da gente, mas dá para impedi-lo de fazer ninho. Não sei se dá. Não sei. O que nos sobra, querida? Lembranças boas de encontros tão gostosos e, referindo-me a você, lembrança do som das risadas cristalinas, dos momentos de brilho no olhar, da palavra afiada e, esta parte é a difícil, voltar se perguntando: "Como será que ela está?" Como será que ela está? Tomara, tomara, tomara que ela esteja bem. Beijo. M.

*
De: mim
Para: M.
Ela está um lixo, querido. Mas não conte para ninguém.

Dia 22
Dores maiores e menores, fofocas do outro lado do mundo, planos dum inverno com neve, algumas verdades duras, o cabelo da Maloca, muita Coca-Cola gelada, mapas rascunhados, abraços com aquela espécie de amor meio físico-meio transcendental que só as amigas conseguem dar, risadas, conforto, olhos azuis, risadas, sol ardido, luz, cheiro de alfazema, Silvia, Silvia, pílulas, groselha, chocolate, chorinho, lembranças, barulho, verdes diferentes, asfalto, paralelepípedo, vaquinhas, coisas que acabam para nunca mais, coisas que continuam e mais coisas, que recomeçam todos os dias. O calor do interior de São Paulo é escandaloso, é mortal. E quando passou por nós uma plaquinha que dizia "Campinas – Limeira", pensei "Jão, Jão!" e quis pedir pra amiga que dirigia mudar nosso rumo.

Dia 23
Todo dia 23 de abril, antes de sair da cama, você me pedia para cantar a música em que o cara diz que vai pegar uma escada e subir até a Lua para namorar com ela. *"A música mais linda que existe sobre São Jorge"* – você disse isso desde a primeira vez. Achei que não ia ter para quem cantar este ano, mas o R. se lembrou, ligou, pediu preu cantar. Parece que duma forma ou doutra, meu benzinho, há sempre um telefonema solitário que me salva, que me salva.

*
E salva, portanto, vou para a rua, de sapatinhos vermelhos, a vida toda para resolver, nenhuma coragem, nenhuma placa de retorno.

*
The wagons are beginning to circle.

*

De: mim
Para: Silvia
Preciso comprar lençóis novos. E uma blusa branca. Preciso vacinar os bichos desta casa. Preciso de um dentista. Preciso arrumar as fotos, escanear as mais queridas e mandar todas, as queridas e as nem tanto, para o meu irmão. Ter filhos o transformou no guardião das memórias da família, esta família feita de gente especializada em esquecer. Ter filhos transformou meu irmão em tanta coisa. Não tê-los fez o que de mim? O quê, exatamente? E o resto? E o resto da minha vida. Das minhas escolhas, dos meus parcos talentos. O que essas coisas fizeram de mim. Eu fiz o que com elas. Não, não falta ali um ponto de interrogação.

Dia 24
De vez em quando esse cachorro fala. Palavra de honra, ele fala.

*

A Inara chamou minha letra K de "K arcaico", porque eu faço essa letra desenhadinha. É um jeito fofo de me chamar de velha, mas eu nem ligo. Ela usa pijama de vaquinha.

*

Ah, Deus, por que para mim é tão difícil fazer telefonemas? Não telefonemas do tipo "Oi nega, tá boa?", mas telefonemas sérios e de gente grande. Bléééééé.

*

Ah, você ia rolar de rir, um dos muitos "melhores amigos" do meu pai fez um livro completamente, absolutamente e inteiramente picareta e está numa fúria de entrevistas na televisão. Manual estilo "a picaretagem ao alcance de todos". E, como vaticinou a belíssima Mani, vai vender mais que pão quente.

*

No gerenciador de mensagens
Denize diz:
Tremeu o chão aí ontem?
Mim diz:
Tremeu, e eu achei que estava tendo um derrame.
Denize diz:
Eu também.
Mim diz:
Fiquei tão, tão feliz com essa certeza de alguns segundos de que ia morrer.
Denize diz:
Na verdade, na hora mesmo eu achei que estava sendo assombrada por um espírito maligno.
Mim diz:
Nossa, me deu um alívio que eu não sentia há muito tempo. Foram meus segundos mais felizes dos últimos tempos.
Denize diz:
Olha, foi sinistro aqui no prédio a tremedeira, e eu concluí que preciso de pijamas novos, porque se o mundo acabasse ontem, eu seria barrada por São Pedro, tal é o estado deplorável dos meus pijamas.

*

De: Nina
Para: mim
O João morreu dia 26/8/2006. O seu marido morreu dia 27/8/2007. O João se foi por causa de um aneurisma cerebral. Seu marido, foi por parada cardíaca. Sim, foi de um dia para o outro. Sim, era jovem, saudável, normal e divertido. Sim, não usava cocaína e nunca correu a São Silvestre. Sim, estava fazendo planos e passava por um momento feliz na vida. Sim, teríamos

outro filho. Sim, tínhamos uma viagem marcada na semana seguinte da morte. Sim, Nina, você é muito forte. Talvez, Nina, não seja nem forte, nem companheira da fraqueza, não fique cega, nem destrambelhe, não faça nada. Solte, sim, solte. Soltar o quê? Sim, foi foda, muito foda. Sim, a vida deve continuar, bola pra frente, sou muito nova, terei outros companheiros, mas como? Já passei da idade, mas vou superar, seu filho é o seu tesouro, vocês têm sorte por terem sido tão amados. O João era correto, deixou tudo para vocês, tem isso, tem aquilo... e tem um dia longo que tudo é uma bosta. Uma bosta longa e fétida. Sim, amigos e família abrem as janelas para amenizar o intragável e aceitar um dia seguinte.

Nina

Dia 25
Maliu querer que eu vista roupa de gente normal e me arrastar para fora de casa neste tempinho delicioso-de-ficar-em-casa para ir num chá de bebê de prima distante é doença, só pode ser. Sei que não sou a mais gregária das criaturas, mas ela enlouqueceu.

*

Deus abençoe os bravos rapazes e moças da indústria alimentícia, que inventaram, dentre outras maravilhas, a sopa de pacotinho. Conforto, calor e barriga cheia instantaneamente. E eu nem tenho que colocar Antão e Peixoto, meu dois neuroninhos que não valem por um bifinho, para pensar.

*

De: mim
Para: Tela
Nunca quis tanto ir embora para a minha casa. Nem quando meus pais me despachavam para férias pavorosas. Já contei isso? Deus, que tormento. Houve uma época em que eles acharam que seria maravilhoso se meu irmãozinho e eu passássemos férias nas casas dos amigos deles que também tinham filhos da nossa idade.

Então, num inebriante show de falta de semancol e limites, meu pai ligava para os *amigos* e mandava "Ô Fulano, você pode receber meus filhos aí nas férias de dia tal a tal?". Juro por Deus, Tela. E lá íamos nós, feitos dois imbecis. Lembro de uma temporada em Recife. No sábado de Carnaval, o amigo do meu pai nos levou (suas três filhas, Pedrão e eu) para a casa de alguém da família dele para "brincar o Carnaval", como eles diziam. Carnaval de rua. Um calor insuportável, um sol de esturricar, aquela gente suada se acabando de dançar frevo – a música que mais me dá nos nervos em todo o universo – e Pedro e eu sentados no muro da casa da mãe do cara, de saco cheio, querendo sumir. Lá pelas tantas, o Pedro pergunta se eu sabia a que horas seria o almoço e eu tive que responder, sem ânimo nenhum, que pelo jeito seria nunca. Pois é assim que me sinto, Tela. Sentada num muro, sem entender a brincadeira e sem controle nenhum de minha própria vida.

Dia 26

A insônia se foi, mas não adianta nada, se no TCM passa um filme sobre a Guerra da Crimeia, feito em 1936, com o Errol Flynn, a Olivia de Havilland e o David Niven. Juro que o elenco é esse. *A carga da brigada ligeira*. Ver um filme desses sozinha é um crime, eu não tinha quem cutucar. É racista, é imperialista, é tendencioso até o fim (lembra da Guerra da Crimeia? Russos *against* franceses e ingleses, numa guerra muito louca da pesada, em 1854, sem penicilina, luminol, armas de destruição em massa, chiclé e cobertura da CNN). Foi no *set* desse filme que morreram tantos, tantos, tantos cavalinhos, que a comunidade cinematográfica começou a atentar pros bichinhos usados em filme, e por conta disso que se começou a fazer leis que regulassem o uso de animais no cinema e que garantissem sua integridade física. É um filmaço. Filmaço para homens do sexo masculino. Flynn e Havilland fizeram o quê? Uns dez filmes juntos? Mais? Um melhor do que o outro.

Dia 27

Pela quantidade de óculos que tenho encontrado nesta casa, a mamãe está curtindo o Rio de Janeiro pelo método braile. A bichinha deve estar cega lá.

*

Eis que encerramos mais um dia produtivo *en el* Brócolis Paulista. Agora começa a nossa louca diversão.

Às 18 horas? Simpsons.

Às 19 horas? Colocar o lixo pra fora, andar Baco, tomar banho, fazer a caneca de sopa no micro-ondas.

Às 21 horas? *Bones*.

Às 22 horas? Troca de importantes conceitos sociológicos no gerenciador de mensagens com Silvana, Sil e Lyrão (aproveitando enquanto elas ainda falam comigo), começo do rascunho da coluna de amanhã, buscar fanta laranja dáiet (eu pago o credi-carma como todo mundo), separar os sapatos e a roupa de amanhã, catar objetos largados pelo quarto.

Às 23 horas? *House*, claro.

A isso dá-se o nome de "vida social ativa".

*

Não adianta, experiência não é sarampo, não pega. Não adianta você dizer "cuidado, esse cara foi um filho da puta rematado comigo, vai ser com você também", não adianta. Está lá a criaturinha dependurada no colo da harpia. Eu fico aqui, né? Assistindo, torcendo para o caráter ter mudado até chegar *el* momento de lamentar pela dor da amiga e constatar de novo: caráter não muda.

*

No gerenciador de mensagens
Elaine diz:
Amore, quando é que a Terra vai girar no nosso tempo?
Mim diz:
Sei não. Atualmente ela gira numa velocidade tão lerda que não dá pra entender, os dias tem cinquenta horas e, ao mesmo tempo, eu não tenho tempo para nada.
Elaine diz:
Pronto, definiu tudo.

*

De: Inara
Para: mim
Mas você viu que a Gi vai se livrar de todos os bens materiais, largar o emprego e fazer uma turnê pelo Brasil, distribuindo amor e carinho às amigas, né? Tá tudo lá no e-mail dela, só que nas entrelinhas. Eu, um ser sábio e ninja, captei tudo isso ali, tava subentendido. Portanto, não se desespere, Super Gi em breve está chegando aí na sua cidade! Resolve depressão, faz amarração para o amor e traz a pessoa amada em sete dias, se bobear. Inara

*

De: mim
Para: Ivan
Fio, cês tão bão? A dona da pensão tá boua? Seu blog tá uma diliça.

*

De: Ivan
Para: mim
A vida enquanto ser vivente tá uma merda, mas enquanto cachorro, vivo garrado. Só com água quente [ou é fria?].

*

De: mim
Para: Ivan
Hahaha, fria, fria, gelada.

*

De: Ivan
Para: mim
Merde! Tava usando quente!

*

De: Gigio
Para: mim
Preciso concordar com você: lápis. Gosto do grafite, da cor do grafite, da letra tomando forma. Gosto do formato da letra quando escrevo a lápis. É uma pena, realmente, que o tempo apague a intensidade das palavras escritas a lápis. Cartas, anotações, o tempo leva, como quem também com ele, perde as lembranças de vista. Existe um charme no lápis que eu não sei explicar e eu fico muito feliz que você também o compreenda. Sobre a lapiseira, tenho algumas de ponta grossa, 0.7 é meu ideal. Tenho uma história sobre uma delas. Quer ouvir? Eu roubei uma lapiseira de um garoto que sentava ao meu lado na escola. Quinta série, ou sexta, não sei. Era preta com detalhes cinza, muito bonita. Um dia, ele mexeu na minha mochila e encontrou a lapiseira no bolso da frente. Eu me lembro do vermelho do rosto dele. Da raiva nos olhos, que me observavam com um ar de superioridade, um subtexto de "eu vou acabar com você". No mesmo dia, mais tarde, em casa, o telefone tocou. Eu tinha certeza que a ligação me denunciaria. Eu me lembro da voz da minha mãe ao telefone, improvisando um perdão engasgado. O tom da voz dela, eu lembro. Decepcionada, mas segura de que poderia resolver a situação. Apanhei de cinto de couro. A última surra que minha mãe me deu. Roubo é expulsão, ela repetia ao me bater. Que eu não podia, que eu não devia, que nunca me faltou nada, que lugar de ladrão é na cadeia. Na escola, usei o humor, fiz piada com o meu próprio umbigo, me

coloquei o apelido de "lalau". Passou. O que eu nunca disse antes, para não parecer justificativa vazia de um ato adolescente, é que eu era loucamente apaixonado pelo menino. Tão perdidamente apaixonado aos 14 anos. E aquela lapiseira roubada foi a maneira mais infantil que eu vi surgir para chamar a atenção, para ferir o coração dele, para ser notado. O que eu nunca disse também é que eu escrevi a minha primeira carta de amor com aquela lapiseira. Nunca entreguei. Tenho guardada, as letras desenhadas a grafite tão frágeis. O tempo faz isso, né? Fragiliza o que passou.

*

De: mim
Para: Gigio
Que história mais triste. E linda. Como eu contei, tenho uma lapiseira 0.9 na bolsa, porque lápis quebra a ponta. Mas lápis são o máximo. Ah, O máximo. O auge da civilização. Se nós só começamos a chamar o que vivíamos de História depois que inventamos a escrita, o lápis foi nossa declaração máxima de amor se não por nós e pelo próximo, ao menos por nossa história e nossa capacidade de realização. Li por aí que em mil quinhentos e bolinha já tinha gente dentro de mina de carvão, na Inglaterra, enfiando lâminas de grafite entre pedacinhos de madeira e anotando coisas. Eu não sabia disso não, e adorei quando descobri. Lápis é a história portátil. Se você reparar, do lápis em diante foi só decadência, perceba.

Dia 28

Vivo esbarrando com gente que diz "preciso visitar você", ou que se convida para vir aqui. Como se não fosse constrangedor o suficiente não ter uma casa, ainda tenho que ficar driblando a falta de educação alheia. A casa não é minha. Por mais fofa que a dona da casa seja (e ela é mesmo, não fosse a mamãe, a minha mamãe), não rola convescote aqui. Se rolasse o cara já teria sido convidado. Ou não.

*

"Correção do Índice de Energia Telúrica." Eu mereço escutar essas coisas. Devo merecer. Que saudade de você, meu amorzinho, me protegendo dos imbecis, dos retardados, dos esquisitos, dessa gente babaca que sente a "energia fluindo".

*

Não adianta esperar de mim reações rápidas. Eu não sei fazer isso. Você entendia isso tão bem, você entendeu isso desde o primeiro momento. Preciso sentir a temperatura da água com a ponta do pé. Preciso respirar fundo e cheirar o ar. Preciso verificar se trouxe grana para o táxi, se o cachorro tem água, se o recarregador do celular está na bolsa, se eu trouxe bloquinho e caneta. Preciso pensar para responder porque meus dois neuroninhos que não valem por um bifinho, Antão e Peixoto, precisam abrir arquivos e revirar fichas, singrando por mares de teias de aranha e oceanos de pó – nada em mim foi informatizado, nem naquela conexão discada, que dirá nesse esquema *wireless*. Demoro para confiar, demoro para me sentir à vontade, demoro para pensar numa boa resposta, demoro para comer, demoro para dormir, demoro para gozar, demoro para lembrar o número do telefone (quando eu me lembro), demoro para lembrar o nome das pessoas (rá, até parece que eu vou me lembrar), demoro – muito – para entender. Gente agoniada e nervosinha me dá nos nervos quase tanto quanto os condescendentes. E gente que quer a resposta agora? E gente que quer saber já? Não posso decidir nada agora, nem por e-mail, nem – que Deus me ajude – no gerenciador de mensagens, nem em lugar nenhum. Não posso responder nada agora. Eu penso em cada respostinha, ainda que, depois de tanto pensar, fale besteiras monumentais. Preciso de tempo, preciso me preparar e preciso pensar com que roupa eu vou e deixar tudo pronto no dia anterior, depois de escolhidos os sapatos e os brincos. Preciso de planejamento. E sim, sei melhor do que quase todo mundo, que tem coisa que não se planeja. Acredite, eu sei, soube em minhas mãos. Mas para quase tudo na vida, um mínimo de tempo é possível, e eu preciso de todo o tempo, espaço e vagar que puder obter, roubar, mendigar, ganhar, merecer. Tempo.

Dia 29

Sinto sua falta. Não vou falar sobre isso, mas sinto sua falta. Sinto falta da sua gargalhada, e da forma como você dirige, e dos seus caminhos, e da sua pele branquinha, e das suas histórias, e do seu cabelo tão curtinho, e do seu casaco que cheira a Armani, e do comprimento dos seus cílios. Não vou falar sobre isso, mas sinto mesmo a sua falta.

*

Porque, às vezes, eu começo a escrever e me dou conta, pura e simplesmente, de que não quero contar esta história.

*

O que é uma pena, porque esta é uma história que adora ser contada.

Dia 30

O que não conhecemos, o que não reconhecemos como parecido conosco, o que pode ou não pode ser uma ameaça, o que pode ou não pode querer o nosso mal, o que vai ou não vai usar tudo o que dissermos contra nós no tribunal, o que vai ou não vai desvendar nosso segredo, o que pode ou não pode gostar de nós, o que talvez – só talvez – possa rir de nossas fraquezas, o que é turvo, o que é límpido. Vamos matar a besta, *let's kill the beast*. O que deve ser morto, exterminado, ignorado e evitado, porque ousa ser qualquer coisa que não somos nós.

*

Antes de odiar, temer.

*

O que mora na torre do castelo, mas que, afinal, também vive dentro de nós e nós não conhecemos, não chamamos pelo nome, nunca vimos o rosto, não cobramos aluguel, não queremos nem saber.

*

O que gostamos de chamar de nosso ato de bravura e rebeldia, mas que não é, é puro medo, medo do novo, do desconhecido, do que pode revelar algo sobre nós e que nós – ah, definitivamente – não queremos conhecer. O que não assegura nossos passos, o que não nos dá garantias por escrito, o que não lavra a escritura, o que não checa documentos, o que não segura a nossa mão.

*

O que nos desafia, o que nos revela, o que pode ou não pode vir a nos machucar, o que ameaça nosso comodismo, o que perturba o *status quo*, o que tem sotaque, o que usa roupas esquisitas, o que tem um corte de cabelo estranho, o que cheira a *curry*, o que come coisas diferentes do que comemos, o que cheira dum jeito diferente, o que é, apenas, o que não é da nossa vila, do nosso bairro, da nossa lista de e-mails, do nosso pequeno mundo, do nosso quintal, da nossa família, de dentro de nós, de dentro de nós, de dentro de nós.

*

O que nos obriga a redefinir nossas fronteiras. Ou o que não está nem aí para nós e nossas fronteiras idiotas, mas estamos tão apavorados que nem percebemos. O que exige mudança de ritmo. O que imigra, o que emigra, o que permanece onde está, o que nos fornece um motivo, um mínimo motivo, seja ele qual for, venha ele de onde vier.

*

O que é velho demais, novo demais, bom demais, ruim demais, negro demais, branco demais, agudo demais, esquisito demais, diferente demais, sardento demais, gordo demais, franzino demais – o que é diferente demais da ideia que fazemos de nós.

*

O que é extremamente justo, o que é profundamente injusto, o que é muito amargo, o que é muito doce. O que lembra, o que esquece, o que nos deixa, o que permanece, o que incendeia, o que explica, o que exclui.

*

O que vive a sua vida e nem sabe nosso nome, o que nos espreita por frestas na janela, o que nos segue, o que fareja o medo. O nosso medo.

*

O que é extremamente leal, o que trai sem pensar. O que é puro ódio, o que é amor incondicional.

*

Vamos matar a besta, *let's kill the beast*, que sendo diferente e portanto distante de nós, merece ter a cabeça espetada na ponta de nossas lanças, o curvo de nossos porretes em sua nuca, nosso cuspe em seus olhos, nosso desprezo, nosso medo enorme, enorme.

*

O que é lento demais, rápido demais, o que requer exames, estatutos, análises, revisões, pareceres, menções honrosas, certidões, averbações, nada-consta variados, veredictos.

*

Morte instantânea a tudo o que não formos nós, os "estreitos nós" do Chico, morte a tudo o que vier de fora, a tudo o que for acrescentar, renovar, remexer, mudar, mexer, alterar, ainda que minimamente, o que nos é mais caro – não o que realmente nos cerca, mas o que queremos acreditar que está ali.

*

Morte imediata a tudo, tudo mesmo, que não entendemos.

*

Subimos a colina, atravessamos o fosso do castelo e, tochas em punho, exigimos que o Dr. Frankenstein nos entregue sua criatura, aquele que ousou – audácia, audácia – ser qualquer coisa que não fosse nós.

Maio

Dia 1
É raro, mas às vezes aparece um cliente que entende que tradutor não é revisor, que tradutor não é diagramador. Que são três cathigorias profissionais completamente diferentes.

*

Baco tem uma atração suicida por cães maiores que ele. Acho que, como eu, ele quer morrer e não tem coragem de se matar direito. Cedinho, corria solto pela avenida um labrador lindo, lindo, amarelo, com cara de bocó. E ainda bem que ele era mesmo um bocó, porque Baco investiu, babando de ódio. Algum dia a gente ainda vai se machucar no meio da rua. Da cachorrinha da vizinha, pequena e gordinha, que usa capinha cor-de-rosa no inverno, Baco tem pânico. Mas basta aparecer um pastorzão-alemão ou um doberman do tamanho dum boi prele se encher de ódio e ir para cima. Acho que esse ódio todo também é medo.
 Seja lá o que for, um dia vamos arrumar encrenca.

*

De: Eduardo
Para: mim
 Perigoso, mesmo, é escrever mentalmente debaixo do chuveiro. Sábado passado vosso *philosopho* estava no banho, cumprindo o ritual do sabonete antes do xampu, às voltas com o retoque de uma frase que acabara de registrar no computador.
 Retirado o sabonete das melenas, na hora do xampu, minha cabeça estava a mil por hora. Resultado: despejei toneladas de talco importado na bela cabeleira quase branca. Donde se conclui que escrever no chuveiro é perigo dos mais perigosos.

Dia 2
Estava frio. Eu estava dormindo. Eram duas e tanto da manhã. Vai daí que ouço no beiral "miu, miu, miu". Era Bolero. Tantos dias depois, ele achou o caminho para casa. E não sei quem é você, mas muito obrigada por cuidar tão bem e com tanto carinho do meu gatinho. Ele voltou gordinho, pelo lindo, sem nem um machucadinho, um arranhão, nada. Em perfeito estado de conservação e em maravilhosas condições de uso. Miu, miu, miu.

*

De: Silvana
Para: mim
Caminhei por duas horas seguidas, até arrebentar o joelho, para me distrair da outra dor e só posso te dizer que a maior invenção da humanidade foram os óculos escuros. Não sei se contei que na semana em que o meu pai morreu, senti que ele ia morrer durante a semana toda. Pois ontem eu acordei com a certeza absoluta de que, se não tivesse acontecido o que aconteceu, seria ontem que o meu bebê teria nascido. Nunca na vida me senti tão mal. Estou tão cansada.

Dia 3
Cheguei a uma idade que felicidade não é namorado novo, cabelo novo, roupa nova, batom novo: felicidade é chegar em casa e tirar a calça.

*

No gerenciador de mensagens
Thiago diz:
Me convidaram prum site de relacionamento de perguntas e respostas... era o que me faltava pro povo oficialmente se sentir à vontade pra invadir minha vida.

*

De: mim
Para: Naty
Mana, tenho pensado muito em você. Muito. Os dias têm sido uma confusão, horas curtíssimas mescladas a outras intermináveis e uma caixa postal que cospe e-mails nos meus olhos, o que me faz ainda mais cega do que já sou. E, uns dias atrás, véspera da entrega de um trabalho, rá – sou uma fraude, dona Naty –, tive um dia que, mesmo tendo começado bem, com café com leite numa caneca enorme, bolo de cenoura e abracinhos, rapidamente descambou para caixas de livros, móveis empilhados, prateleiras desabadas e, no meio disso tudo, eu ali, catando palavrinhas e aceitando sem vergonha ou pudor, ajuda de amigos de quatro cantos deste mundo, porque o prazo, o prazo. Cheguei em casa quase às dez da noite completamente imunda e podre, tomei banho e me acomodei na cama, com o computador no colo. Liguei a tevê para ter um barulhinho enquanto trabalhava, e lá estava ele, Dona Naty, nosso filme, *Little Miss Sunshine*. Nas horas em que o filme durou, fui um pouco de tudo, fui o tio viado que não conseguiu se matar, fui a mãe sobrecarregada e exausta e o menino que não quer falar e que não vê a hora de crescer. Fui o pai babacão e a meninazinha que chora na cama e fui o avô que consegue o que quer. E fui a kombi amarela também, grande e desajeitada, dando problema nas estradas e carregando seus mortos. Eu assisti, escrevi, um olho no peixe e o outro no gato, pensei em você, nas suas sacadas, na sua generosidade, na sua graça e nas nossas conversas quilométricas. Já antes, mas principalmente depois que ele morreu, sua doçura via Embratel e ao vivo, me redimiu, me salvou de mim mesma mais de uma vez, me amparou e me fez rir até sair Coca-Cola do meu nariz. E agora, aqui, ainda no texto cujo prazo vence à meia-noite – mas quem é que está contando? –, com um olho no trabalho e outro no Mr. Monk, ainda penso em você. Espero que você tenha uma boa semana. E que perdoe minha ausência, não é trabalho de mais, é organização de menos. Sigo, não graças ao meu caráter estoico, à minha "força" ou a qualquer

outra bobagem dessas, nas quais você sabe que eu não acredito, eu sigo, cá entre nós, porque só há uma direção. Se houvesse outra eu a escolheria. O futuro me paralisa, as providências práticas me embaralham, a preocupação com grana ainda faz a nuvenzinha cinza estacionar sobre a minha cabeça, a gratuidade das coisas, a crueldade das pessoas "espiritualizadas" (repare que um contingente enorme dos "espiritualizados" possui uma filha da putice que não condiz com criaturas que realmente acreditam que a vida é uma "passagem" e "em coisas como "resgate" e "aprendizado". Nunca entenderei.) ainda me deixam sem ar, de modos que eu vou indo, Mana. Aliás, seguimos juntos, Antão, Peixoto, meus neuroninhos capengas, e eu. Juntos não geramos nem 70 pontos de QI (os gatos dão de dez a zero em nós e vivem nos levando na conversa), mas a ignorância é uma bênção, ainda que disfarçada. Amor, sempre.

Eu

PS: Só mais uma coisiquita, mana: em verdade vos digo, não existe nada, nada mais doce do que descer dum avião horroroso, num dezembro pavoroso por si só e dar de cara com você, usando sandálias lindas e um sorriso esplendoroso, sendo doce e me fazendo respirar. Penso sempre naquilo. Obrigada.

*

No gerenciador de mensagens
Mim diz:
Mas não tava rolando o maior sentimento?
Paola diz:
Ah, fia, tava, do verbo não tá mais.

*

De: Naty
Para: mim
Ô meu amor, você sabe que eu te quero tanto... Eu me esbudeguei de chorar na *Miss Sunshine* porque durante pelo menos 27 anos da minha vidinha nunca houve ninguém pra subir no palco junto comigo e me defender. Agora eu tenho o Marcelo, e tenho você. E vou ter a Emma, mas aí a decisão é dela, ela não é obriga-

da a subir no palco por mim. Eu estou morrendo de saudade sua, e esta semana, se der tudo certo, tamos aí na quinta, que amanhã o Marcelo tem um troço importante lá na Microsoft o dia inteiro, e eu vou lá subir no palco por ele. Eu e a Emma, enquanto eu ainda mando alguma coisa por aqui. Eu também, Mana, só vou para frente porque só existe o para frente. Não tem saída pela direita, nem pela esquerda, nem o helicóptero do filme do Wolverine que eu vi ontem vai aparecer para me puxar por um cabo de aço. Mas enfim. E vai ter *Star Treck* novo, algum dia, algum ano, você soube? Emma vai aprender a fazer aquele cumprimento vulcano, assim que tiver controle sobre os dedinhos. Me dei conta de que este vai ser meu último ano com um Dia das Mães sem alguém me chamando de mãe. E o meu primeiro presentinho de mãe humana, e não canina, foi você quem deu. Não vou esquecer nunca, nunca. Te amo, Mana, muito. E eu tou aqui, você sabe, pra subir no palco por você. Beijos de amor. Naty

Dia 4
Leio umas coisas que me deixam arrepiada. Se o seu editor precisa explicar que a sua é uma família "sofisticada", é porque não é tanto assim, né? Mas o mundo está tão assustador que sei lá, o povo dá um jeito de explicar no currículo que "aprendeu logo cedo a usar os talheres". Tem dó.

*

Nova tentativa de lavar o carro. Nova crise de choro na frente de estranhos. Sou patética e alimento a minha dor. Vou brindar a isso.

*

No gerenciador de mensagens
Ângela diz:
Cara, tenho que me mudar de casa. Você tem noção da roubada? Chove no apartamento da vizinha de baixo, vai ter que quebrar os banheiros da casa; ou seja, obra geral. E isso quer dizer só uma coisa: mudança.

Mim diz:
Meu, que Deus me defenda de mudança. Já avisei minha mãe que ela pode tirar o cavalinho da chuva, daqui eu só saio morta.
Ângela diz:
Porra, nem fala, prefiro incêndio, "a nível de" desgraça pessoal, hahaha!
Mim diz:
Hahahaha! Também tem furúnculo.
Ângela diz:
E conjuntivite.
Mim diz:
E sogra socióloga.
Ângela diz:
Apelou.

Dia 5
Tive que tirar o carro da garagem para o moço entrar com os bujões de gás. Daí, tranquei a chave dentro do carro. Daí, veio o namorado da vizinha que tem o dom do arrombamento, abriu meu carro, amém. Daí, o moço entrou com os bujões e eu botei o carro no lugar de novo. Daí, eu tranquei o carro com a chave dentro.

*
No gerenciador de mensagens
Beta diz:
Ai, sabe do que é que eu preciso? De um namorado virtual.
Mim diz:
Mas, criatura, não bastam os problemas que os de verdade dão?
Beta diz:
Ai, problema, quanto mais, melhor.
Mim diz:
Juuuuura?
Beta diz:
É, uai!

Mim diz:
Anota aí meu CPF, faisi favô?
Beta diz:
HAHAHA!

Dia 6
A Inara me disse hoje que você faz uma falta enorme. A Inara tem sempre razão.

*

Não, nunca está tudo bem. É só procurar que você encontra as tretas. Bingo.

*

Vivo encostando o carro para chorar porque, né?, tenho medo mortal de bater o carro. Só que hoje, quando encostei o carro no meio da crise de choro, veio um porteiro dum prédio com um copinho daqueles petiticos de café, perguntar se eu estava com alguma dor. Fiquei com tanta vergonha, eu ia dizer o quê? *Tudo nimim dói, moço, e eu só quero morrer?* Agradeci, tomei o café, disse que estava tudo bem e fui chorar noutra calçada.

Dia 7
Comprei o CD *Carioca*, do Chico Buarque. Adoro esse CD, ouvi com a Ana Laura quando voltamos de Caxambu, em setembro. Mas entendo quem não gosta. Ele é difícil de entender e, se entendido, difícil de digerir. O que aprendi de carona no carro da Ana Linda Laura – no pior de todos os setembros – enquanto voltava para o lugar que nunca mais seria nosso de novo – a estrada seca refletindo a minha falta de água, de ar e de qualquer outro elemento que não fosse o pó vermelho – é que, ahá! Você precisa estar com o coração em frangalhos, a alma miúda e com dor em

todos os poros para entender esse CD. Você precisa ter perdido tudo e, pior, saber que é irrecuperável esse tudo que lhe falta, que não tem clichê babaca do tipo "a gente trabalha e compra outro" que restitua o que se foi em sua alma. Você precisa ouvir cada uma das músicas cinco, seis vezes, os dedos nos botõezinhos do som do carro, as lágrimas secando no vento dos cem quilômetros por hora, as placas que passam, que passam, a Ana que vê seu peito sacudindo de soluços e que olha para frente, quieta, dirigindo, percebendo as curvas, as paradas, as placas, os caminhões de trezentas rodas, o mundo que não para de girar, a dor que não para de girar, o que nunca mais será, o que não pode mais escolher, as placas, os desvios, o final. Entendo quem não goste desse CD. Quem não gosta desse CD deveria dar graças a Deus por não entendê-lo, por não ter a mais remota ideia do que é que o Chico diz ali.

*

A inviabilidade da minha vida sempre me surpreende. E o que me mata é que eu sei melhor que ninguém o quão implacável é a natureza.

Dia 8
O Mauro, marido da Luci, morreu no último dia 24. Exatamente como você, sem aviso, em casa, os dois sozinhos. Morreu nos braços dela e quando ela me contou e olhou para mim, ela viu que eu sabia. Eu sei. Sei exatamente em qual momento a mão dela, pousada no rosto dele, sentiu que a pele dele não era a mesma de segundos atrás. Não pude fazer nada a não ser abraçá-la, mas eu sei, nós sabemos. E ela deu todos os telefonemas coerentes (ou mais ou menos coerentes, se bem me lembro), e chamou quem deveria chamar, e contou para a filha, e providenciou papéis, e recebeu abraços e flores e fez tudo o que deveria. Mas eu sei e ela sabe. E ainda que ela tenha tido a imensa sorte de ter uma Carina ao lado dela nessa pior hora da vida, como eu tive (espero que ela tenha tido essa sorte), ainda assim, eu sei, ela sabe.

*

De: Ticcia
Para: mim
Querida, só para dizer que, infelizmente, eu também entendi o CD. Quero crer que, por ironia, não por coincidência, esse CD foi o último presente que ganhei do Chico (o outro Chico), na vez em que ele veio para o Brasil e disse que deveríamos preparar as coisas legais para casar e eu ir para Portugal. Um mês depois (mês que eu passei vendo papelada, venda dos móveis e do carro, distribuindo mentalmente as coisas entre a parentada e pensando no vestido), babaus, tchau, nem bênção, quanto mais explicação. Só fui ouvir o CD alguns meses depois (quase ano). Tinha medo, muito, muito medo. Quando ouvi, descobri que eram todos, todos, todos eles bem fundados. E, então, passei algumas semanas ouvindo e entendendo o que tu também entendeste. Que tinha perdido coisas, sim. Coisas boas. Mas que o pior mesmo era ter perdido aquela de mim, aquela lá, e saber (como sabe o Chico – o nosso, o de verdade) que aquela "eu" não volta mais. Então, beijo para ti, desta aqui que sobrou. Menos feliz, menos crédula, menos pura, menos ela mesma e mais outra que eu pensava que não seria jamais. Vamos sobrevivendo.
Te amo *muitão*. Ticci

*

De: mim
Para: Ticcia
A ignorância é uma benção, digam o que disserem. O número de coisas que eu gostaria de não saber é abissal. Amor, eu.

Dia 9

Amado, meu dia hoje foi surreal. Quer dizer, todos os meus dias são surreais, mas hoje foi uma espécie de recorde mundial.
– Qual o motivo do cancelamento da linha, senhora?
– Falecimento do assinante.

— Senhora, no caso, apenas o assinante pode efetuar o cancelamento.
Juro por Deus, juro por Deus, juro por Deus!

*

A Nave-Mãe... Tenho pensado nela. Não estava na hora de ela vir me buscar e me levar para casa? Pô, que Nave-Mãe sem graça.

*

De: Nina
Para: mim
Também reformei a casa. Tirei todas as cores de paredes escolhidas, uma a uma. Ficou tudo branco. Troquei o piso da sala, porque ele vivia tropeçando nos tacos soltos. Como se ele fosse pisar naquela sala de novo. Eu também encaixotei minha vida. Em caixas de ene tamanhos: de fósforos a caixas de tevê 42". Aos poucos, bem aos poucos, estou abrindo-as para ocupar as prateleiras. Tem caixas que abro, vejo o que tem dentro e fecho de volta. Outras, vão direto para o lixo – com tudo dentro. Traça e bicho-papão têm em todas, assim como aromas e objetos que só você sabe reconhecer como tesouros. Nina

Dia 10
Aqui, querido. Confundindo ação com produtividade.

*

Bisteca está muito, muito mal. O fígado dele, segundo indicam os exames, parou. Estamos numa onda de comidinha especial, remédios a cada poucas horas e colinho quentinho. O pobrezinho do seu gato só quer ficar no colo da Maliu. A veterinária pegou na minha mão para dizer que ela só vê esse quadro em animais muito, muito, muito deprimidos, e perguntou se ele havia passado por alguma grande perda, mudança ou dor. Eu disse a ela para sentar e pegar um lencinho que a história era longa.

*

"*Como você se sentiria se esquecesse todo o seu passado? E se vivesse num mundo onde ninguém te conhece?*"

Essa é a chamada duma série da tevê a cabo. E eu sempre respondo para a televisão que isso seria uma bênção dos céus.

*

No gerenciador de mensagens
L. diz:
O que você gosta de fazer? Quais são seus planos para dominar o mundo?
Mim diz:
Escrever.
Mim diz:
Ou seja, nunca vou dominar o mundo.

*

De: Ângela
Para: mim
Você me pegou de péssimo humor. Ou eu tô prenha sem poder estar, ou esta merda de DIU está acabando com o resto de saúde que tenho. Fiquei mais de uma hora no telefone com o atendimento da companhia – você é muito importante para nós, não desligue – para saber que meu pedido de internet banda larga não havia sido feito corretamente pela zebra que me atendeu duas semanas atrás. O que significa mais 15 dias úteis de espera. E com o maior feriado de todos os tempos no meio. Eu detesto falsos defeitos. Sabe, gente que para se "depreciar" fala que é tímido ou que é perfeccionista? Ou "o meu maior defeito é que eu me preocupo demais com os outros e não cuido de mim"? SE FUDÊ! Quem é assim não fala, ô seus merdas. Receba meu amor.
Ângela – torcendo que isso seja TPM

*

De: Naty
Para: mim
Sobre a mudança de casa, querida, já empacotei o marido, já arrumei hospedagem para os cachorros no dia, já mandei desligar o telefone, já mudei todos os endereços, já mudei o seguro do carro, já agendei a NET e o Vírtua para serem instalados no dia da mudança, já confirmei o caminhão, já empacotei os cristais, já contestei o laudo de vistoria, já reconheci quinhentas firmas, já gastei uma grana na Leroy Merlin. Ainda falta: me autoempacotar, ir dar treinamento num cliente em São José dos Campos, na véspera (rá) empacotar umas miudezas e preciosidades, e depois entrar em coma. Beijos de amor, Naty.

Dia 11
Dia das Mães. Dei uns brinquinhos para a mamãe. Tudo tão triste. Tentei ligar para a sua mãe. Durante o dia, tentei cinco vezes. Foram cinco tentativas, cinco crises de choro. Eu sou uma covarde. Mas você já sabia disso.

*

Nunca diga que não pode piorar. Nunca, nunca, nunca, nunca. Mas nunca mesmo.

Dia 12
Não preciso de calças novas, nem de um batom da Lancôme. Não preciso de um gato. Não preciso de um rumo novo, silêncio de línguas cansadas, nem da esperança de óculos. Não preciso dum peito 44, nem de uma cintura 42. Não preciso de aparelhos nos dentes, nem de um terapeuta. Não preciso de ninguém se metendo na minha vida, obrigada. Não preciso de um marido. Não preciso de mais problemas, nem de creme de leite, nem de um *lifting*. Não preciso ir à reunião de condomínio. Não preciso men-

tir. Não preciso temer. Não preciso conjugar nenhum verbo. Não preciso do livro novo do Saramago. Não preciso de cobranças, nem de ser sobrecarregada de culpa porque a sua vida não deu certo. Ou a minha. Não preciso de emprego. Não preciso saber usar crase. Também não preciso marcar consulta no dermatologista, nem de convites para o camarote da Brahma, nem de paz interior. Não preciso de algum babaca me julgando o tempo todo. Não preciso de fotos velhas, de roupas velhas, de livros com mofo. Não preciso bater um bolo, nem telefonar para o meu tio. Não preciso fazer escolhas. Não preciso sentir o vento no meu rosto, nem molhar o pé na água salgada. Não preciso fazer exames. Não preciso ser sempre a adulta. Não preciso raspar a perna. Não preciso ter todas as respostas. Não preciso ouvir sempre a mesma canção. Não preciso me justificar. Não preciso ser sempre a vítima. Não preciso pagar o aluguel. Não preciso levantar às seis, não preciso falar com o advogado. Não preciso ir ao casamento da minha prima, nem ao velório da mãe da Carmem. Não preciso lavar a louça, nem levar o cachorro ao veterinário. Não preciso me comover com o rosto dele dormindo, quando a boquinha fica parecendo um coração. Não preciso ser lembrada das minhas muitas faltas. Não preciso ser boa, nem leal, nem educada. Não preciso de outra dose. Não preciso de mais problemas. Não preciso ver filmes de terror. Não preciso dizer "Eu não disse?". Não preciso ver o filme, ouvir a música, ler o livro. Não preciso comer fibras. Nem beber três litros de água por dia. Não preciso respeitar os mais velhos. Não preciso tirar brevê. Não preciso furar o farol. Nem usar cinto de segurança, nem pagar a conta de luz, nem visitar a filha dela no hospital. Não preciso pintar a casa. Não preciso decorar os afluentes do rio Amazonas, nem as capitais brasileiras, nem meu CIC. Não preciso de CIC. Não preciso ouvir meu choro, nem ver a minha dor.

Dia 13
Teve jogo de bola em algum lugar, viu, amor? Os meninos aqui da vizinhança urravam como animais. Sou voluntária para pagar a castração no momento em que as famílias desejarem.

*

"Pensando bem" – pensou ela melhor, que é mais-que-bem –, "não quero encontrar com ele não." Sábia decisão, garouta.

*

Não existe nada mais lindo do que chegar em casa e, ainda na calçada, ver os gatos dormitando ao sol, espalhadinhos no beiral, o cãozinho-vivo-mas-de-pelúcia emoldurado na porta-balcão do meu quarto, olhando a rua, chorando de saudade e aflição.

Dia 14
Tive uma reunião hoje com uma moça de um portal da internet. Clarissa. O tal portal fica na rua Amauri, pobre e metida a besta, e eu estava esperando me encontrar com uma executiva nojenta, cheia de laquê no cabelo, cheia de jargões de pseudo-administração e babaquices. O que apareceu foi uma meninazinha de calça xadrez, com cara de esquilinho, para quem eu não daria mais de 14 anos. Fiquei à vontade na hora. Quase adotei.

*

Mas a coisa toda começou comigo chegando a tal da rua Amauri e o manobrista do estacionamento dos ricos e famosos tendo um derrame ao se deparar com Torresmo, aquela viatura fenomenal, cheia de ferrugem, sacos de areia de gatos, brinquedos de cachorro... Preconceito do cara.

*

Depois do almoço, fiquei por ali para tomar café com a Helga. Ela trabalha nessa rua chique. Dava gosto ver Dona Helga de salto agulha e saia risca de giz, fazendo aquele bando de executivos bacanudos virarem a cabeça, encantados. E pude constatar aquilo de sempre: os ricos são mais bonitos que nós. A pele deles é boa, eles se vestem dum jeito diferente e o cabelo deles assenta melhor na cabeça. Sério.

Dia 15
Então, que eu dei uma geral nos DVDs aqui, enchi duas caixas e enderecei à sua mãe: todos os filminhos estão indo para ela, todos os filmes que você amava. Achei que ela ficaria feliz em tê-los. Num mundo perfeito, ela estaria lá em casa, para que juntas pudéssemos desfazer seu guarda-roupas, decidíssemos o destino de cada coisinha, chorássemos e ríssemos juntas por cada lembrança. Ah, o que é que eu estou dizendo, num mundo perfeito nada disso teria acontecido. Mas, enfim, moramos longe demais uma da outra; então, achei que ter seus filmes fosse um jeito gostoso de ter você por perto. E daí, o moço do correio pergunta se eu tenho nota fiscal deles. Nota fiscal de uns setenta filmes, comprados ao longo de oito anos de casamento? Daí o moço do correio me informa que, se der na louca da Receita Federal, eles podem abrir as caixas... caso suspeitem de "venda". E que, então, se isso acontecer, eles vão me chamar para "esclarecer". Como é mesmo que chama um Estado que abre a correspondência pessoal dos seus cidadãos na hora que bem entende? Ah, tá, então, foi isso mesmo que eu pensei. Então.

*

Mulher A diz:
Querida, tem cura?
Mulher B diz:
Rá, tem nada.

Mulher A diz:
Putz, será que nem apelando para o House?

Mulher B diz:
Bó, se o House aparecer, grosso, viciado, incapaz de amar, agressivo e cruel, uma tontona de verdade apaixona na hora.

Mulher A diz:
É duro ser burra.

Mulher B diz:
É um inferno.

Mulher A diz:
Então vamos fazer o aquele teu microssuicídio coletivo.

Mulher A diz:
Eu estou vivendo o ápice do meu maior momento burraldo da história.

Mulher B diz:
Ah, amore... e eu nem tenho nada para dizer, porque sou uma idiota... afaste-se de mim.

Mulher A diz:
Pior, até porque uma burralda nunca escuta o que dizem para ela, né?

Mulher B diz:
Não, somos surdas. Se ninguém me controlar, sou capaz de mandar recados no celular na base do "estou no bairro tal, lembrei de você". Juro. Sou ridícula a esse ponto.

Mulher A diz:
PQP! Eu acredito. Nem precisa jurar... por que será que a gente continua??

Mulher B diz:
Não seeeei. O que eu sei é que se ele me ligar HOJE, saio com ele abanando a cauda, de rímel, cabelo feito e calcinha combinando com o sutiã.

Mulher A diz:
Sabe aquela história de "migalhas dormidas do teu pão, raspas e restos me interessam"?

Mulher B diz:
Bléééééé.

*

De: Gigio
Para: mim
Desde que a Xuxa cantou a música do "basta acreditar", que as pessoas repetem isso em todas as conversas. Como se o refrão do "Lua de cristal" fosse arrumar a vida de alguém.
Gigio

Dia 16
Eu estou aqui. Você está aí?
Eu estou traduzindo. Você está traduzindo?
Sinto meus olhos arderem. Você sente seus olhos arderem?
Escrevo deitada de bruços na cama e tem um gatinho preto deitado na minha bunda. Você escreve deitado de bruços na cama e tem um gatinho preto deitado na sua bunda?
Meus pés estavam frios, mas eu entrei debaixo da manta verde. Seus pés estavam frios, mas você entrou debaixo da manta verde?
Estou de saco cheio, mas grata por ter este trabalho. Você está de saco cheio, mas grato por ter este trabalho?
Estou sendo mastigada pelo prazo. Você está sendo mastigado pelo prazo?
Eu derrubei café com leite no dicionário. Você derrubou café com leite no dicionário?
Eu estou com cheiro de pêssego. Você está com cheiro de pêssego?
Eu namoro as fotos da Cris. Você namora as fotos da Cris?
Eu sinto saudade de você. Você sente saudade de mim?
Eu recebi um e-mail bonito. Você recebeu um e-mail bonito?
Sinto vontade de chorar muitas vezes, então, eu ligo a tevê bem alto. Você sente vontade de chorar muitas vezes, então, você liga a tevê bem alto?

Eu sinto falta da Esther e da Ana Laura. Você sente falta da Esther e da Ana Laura? (Elas sentem a sua falta.)
Eu jantei rúcula com manga, compradas do tiozinho do orgânico. Você jantou rúcula com manga, compradas do tiozinho do orgânico?
Eu falo com a Silvinha no gerenciador de mensagens enquanto trabalho. Você fala com a Silvinha no gerenciador de mensagens enquanto trabalha?
Eu não ganhei na loteria. A Suzi não ganhou na loteria. Você ganhou na loteria?
Eu vesti o pijama ainda quente da secadora. Você vestiu o pijama ainda quente da secadora?
Eu coloquei o lixo para fora. Você colocou o lixo para fora?
Eu sou muito só. Você é muito só?
Eu sinto falta da chuva. Você sente falta da chuva?
Eu morava no oitavo andar. Você ainda mora no oitavo andar?
Eu tenho um segredo. Você tem um segredo?
Eu ainda estou aqui. Você ainda está aí?
Eu vou virar a noite trabalhando. Você quer que eu faça um queijo quente para você?

Dia 17
Às vezes, a gente recebe um e-mail que é como um abraço, ou uma tigela de mingau, ou a calda de geleia de maçã que cai, morna, em cima da torta, ou ficar sentado debaixo daquele solzinho bem magrinho de inverno. Às vezes.

*

Ah, preciso contar! Cheiro de gasolina no carro. Já fazia uns dias. E eu ali, feito uma tontona, dirigindo, achando tudo lindo. Então, que o Rodrigo está fazendo meu carro, né? Tem miles de coisas pra fazer nele. Então que, devagar, cada vez que eu junto um dinheirinho, dou o carro na mão do Rodrigo prele consertar mais uma coisinha. Mandei Torresmo fazer os freios ontem.

E hoje o Rodrigo veio contar, rindo muito, que uma borrachinha de cinco reais tinha estourado e estava lavando meu motor de gasolina enquanto eu dirigia por aí. Por isso que eu estava gastando tanta gasolina. Fora o detalhe delicioso que eu podia ter explodido. Agora você imagine Torresmo e eu carbonizados, o Datena-voz-de-trovão na televisão explicando que, por nossa causa, o trânsito da cidade tava pior ainda, que da explosão só tinha sobrado um sapato e o Claudim Luiz vendo aquilo na tevê e dizendo: "Uai, mas eu conheço aquele sapato verde ali de algum lugar..." Aiai, você faz falta em diversos setores, amor.

*

No gerenciador de mensagens
Vivian diz:
Ai, querida, você não é a única procrastinadora do mundo. Ando procrastinando a vida de um jeito que acho que vou acabar voltando pro mês passado.

Dia 18

Algumas das suas coisas, eu dei. Dos seus três cachecóis chilenos, fiquei com um. Dei um para a Vera e um para a Silvana. A Silvana me escreve quando usa o cachecol, o ateísmo dela é parecido com o meu, e ela se sente protegida por você quando usa. Seus pesos de papel foram para várias pessoas, um ou dois para cada. Dei seu cachimbo marrom-escuro para Frei João e o avermelhado fica na prateleira dos livros de viagem, ao lado das suas bússolas, seu cinzeiro, seu bule pequeno de chá, os poucos pesos de papel que ficaram, sua caixinha, sua caneca cinza (a outra, dei para a sua mãe). Suas coisas, tão familiares, aqui ao lado, prontas para serem usadas de novo. Elas não serão, eu sei, mas elas estão prontas.

*

Sinto dor nos quartos, feito aquela personagem da televisão.

De: mim
Para: Helena
Amorzinha, o invisível se move em todas as direções.

*

De: mim
Para: Vera
Verinha, se eu tivesse só dois dias pra ficar em Lisboa, como você terá nessa viagem, passaria um dia todinho ali nos Jerónimos, Torre de Belém, pasteizinhos do pecado e Museu da Marinha, dando uma escapadela pro Museu dos Coches. Mais tarde, hotel, banho e fado no Mesquita, onde, depois de garrafa e meia de vinho verde, meu velho pai subia ao palco e cantava "Ronda", "Praça Clóvis", "Ouça" e demais pérolas do cancioneiro popular. Amo cada azulejinho branco e azul daquele lugar e, se você for pedir um vinho, bota na conta do Nelsão, por favor. Meu segundo dia, passaria todinho ele na Alfama, com suas ladeiras infernais, garçons solícitos e gatos gigantes. E no Castelo de São Jorge. Talvez então, Vera, se você se comportar, o fantasma do meu velho apareça por lá, e estenda um lenço (ele sempre tinha muito lenços de pano bonitos, nos quais minha santa mãe bordava as iniciais dele: *N.V.*) enquanto você olha para o horizonte e chora feito uma patinha, como já fiz tantas vezes. Não devo ter mais chance de voltar lá, então, você aproveite quando, com o mesmo velho cigarro no canto da boca e malha cor de vinho e olhos cinzentos, o fantasma declamar pra você, num sotaque que nem Camões poria reparo, enquanto beija a sua cabeça:

"O céu fere com gritos nisto a gente,
Com súbito temor e desacordo,
Que, no romper da vela, a nau pendente
Toma grã suma d'água pelo bordo:
Alija, disse o mestre rijamente,

Alija tudo ao mar; não falte acordo.
Vão outros dar à bomba, não cessando;
A bomba, que nos imos alagando!"

Ele vai declamar isso aos gritos, o que, invariavelmente, atrairá aplausos dos turistas alemães. Seu rosto vai arder e ficar vermelho, mas fique firme. E aplauda também. Divirta-se muito, aproveite cada pedacinho. Seja feliz em Portugal, Vera, porque aquilo é terra da gente ser feliz pra vida toda e mais seis meses. Sinto uma inveja nada cristã neste momento. Amo você. Prometo melhorar sua carta. Boa viagem.

Dia 19

Ah, sim, a prefeitura mandou a gente mudar o número da casa. *Celto.* Mudamos. Agora, correspondência nenhuma chega, porque os correios dizem que esse número não existe. Juro por Deus.

*

Entreguei trabalho hoje e já tem trabalho novo me esperando. Ainda bem. O alívio que sinto cada vez que uma editora me dá trabalho é quase imoral.

*

De: Cláudio Luiz
Para: mim
Eu aqui sonhando com um casamento monogâmico, aliança no dedo e filho. Nesta altura não mais, pois já não seria filho e sim, neto. Não dá nem pra ir a um bar com alguém tomar cerveja, e eu querendo um casamento com amor romântico do século XIX. Força aí, querida. C.L.

Dia 20

E gente que fala "Eu só quero te dar um toque"? E gente que fala "Sabia que cigarro faz mal?" (esses, eu, particularmente, sempre mando pro inferno, mesmo quando não é comigo, porque à babaquice devem ser dados limites claros).

E gente que fala "Bem que eu te avisei"?

E gente que fala "Eu sabia que não ia dar certo, só não quis te falar na hora porque...".

E gente que diz que "O seu rosto é lindo"? (Donde está implícito que o resto de você é um pavor.)

E gente que diz "Não, deixa pra lá, estou acostumada"?

E gente?

*

No gerenciador de mensagens
Max diz:
Eu tô até chateado, mas tenho que te dar a notícia. Pisada de bola enorme, desculpa aí.
Mim diz:
Que foi, meu Deus?
Max diz:
Saiu o resultado da loteria. Não ganhei os 114 milhões de dólares. Então, refreia aí o impulso de mandar todo esse povo à merda. Amanhã eu tento de novo. O prêmio agora vai ser de 136 milhões. Prometo não te decepcionar desta vez.
Mim diz:
Santa incompetência, Batman. Jura? Você não serve pra nada. A Denise já sabe disso?
Max diz:
Não, ela ainda não chegou.

Mim diz:
Faz a coitada sentar antes de dar a notícia. Sabe a Suzi? Também não ganhou na loteria. Vocês não servem para nada. Já vi que se quiser esse negócio bem-feito, vou ter que jogar.
Max diz:
Vou dormir na casinha do cachorro esta noite... e nem temos cachorro...
Mim diz:
Olha, Max, vai ser bem feito.

Dia 21
Dentre as qualidades da minha mãe (são várias), está a de não me puxar. Minha mãe não me puxa. Dá para entender? Além de me acolher aqui, cuidar de mim e me tratar com infinita bondade, ela me deixa quieta. Ela não fica me cutucando, ela não fica falando, falando, falando, ela entende que eu preciso ficar bem, bem, bem quieta. Acho isso tão legal da parte dela. Tão elegante. Saber deixar os deprimidos em paz é uma arte que poucos dominam. Nego, com boas intenções (a maior parte do tempo), não cala a boca, não te deixa em paz. Deus sabe como é que eu fui acabar assim, tendo uma mãezinha tão chique. Está certo que ela fica cantando a musiquinha irritante da *Noviça rebelde*, só que adaptada: "*I'm sixty, going on seventy.*" Morro de rir e a idiota também. E, quando reclamo, ela ameaça dançar, daí eu calo a boca ligeiro.

*

De: Tati
Para: grupo de amigas
Advinha quem fez progressiva e o tempo virou? Uma chance? Maestro Zezinho, qual é a música para quem fez progressiva e está ferrada porque o cabelo não pode nem com chuva, nem com sereno, nem com garoa por três dias? Com quatro notas, por favor.
Tati

De: Ava
Para: Endrigo
Querido, ao contrário de Leminski, nunca fui eterna. Acho que é isso que separa os gênios da gente. A coluna, como está? Beijos, eu mesma, Ava das candongas.

Dia 22
Olha, tradutor não dá jeito em texto ruim. Tem tradução ruim. Mas quando o texto é ruim, ele é ruim. Aí você traduz e o cliente escreve para dizer que "não era isso que ele queria". Não, não era mesmo o que ele queria, ele queria um texto bom. Conta para mim o que pode um pobre tradutor fazer sobre isso? Nada salva um texto ruim. Ok, talvez a Ryta Vinagre. Mas é só. E mesmo Dona Ryta, se estivesse cara a cara com a jeba que eu estou agasalhando, talvez tremesse um pouco. Só um pouco.

*

O frio em São Paulo pede um tinto na hora do almoço, mas, daí, quem trabalha depois?

*

Cada vez mais me surpreendo com a dificuldade das pessoas com o termo "ficção". Ninguém brincou de faz de conta quando era criança, acho. Principalmente quando o assunto é cinema, mas também no campo da literatura, o que mais vejo é gente dizendo "é impossível acontecer o que o autor/cineasta mostrou". Gente, ficção é ficção. Tomando café no domingo, ouvi moço chatíssimo explicando para a mãe, na mesa ao lado da minha, porque o filme tal não podia ter um vilão que fazia isto ou aquilo, que tudo que existia no laboratório do vilão era uma impossibilidade científica. O moço gesticulava, falava alto, nervoso, muito nervoso com a possibilidade da ficção ser exatamente o que ela é: uma não realidade. Criatura de Deus, relaxa. É um filme. É para você se divertir, viajar numa vida que não é a sua, numa realidade que não pertence a nenhum de nós. É aí que está a graça, a beleza da coisa.

Dia 23

Quando eu ficava gripada ou tinha dores de ouvido fulminantes, meu pai dizia: "está às portas da morte certa?", e eu dizia que estava. Era nossa piada, que eu passei a fazer também com você, quando nos casamos. Agora, eu estou às portas da morte certa, mas ninguém entende a piada e eu fico tendo que me justificar e explicar. Ninguém diz isso, a gente não lê em lugar nenhum, mas se tem uma coisa que se aprende é que, quando os caras que a gente ama morrem, todas as piadas e gracinhas e apelidos fofos para as coisas (tipo chamar frango de frangolino; ou seu pai entrar em casa gritando: "Menineia e Garoteia, com o papai não se bobeia") vão junto com eles; nossas referências, inclusive as de humor – que são tão importantes –, mudam ou desaparecem – e a gente se sente desamparado. Hoje em dia, passo grande parte do meu tempo explicando as minhas piadas, ou desistindo de explicar e abanando a cabeça. É isso. Fazia muitos anos que eu não ficava doente sem ter quem cuidasse de mim. Claro que é draminha, você esperava o quê? Mas, ui, é verdade: eu preciso me autossalvar a mim mesma (como diz a Alline). Eu preciso aprender a tirar minha temperatura, a fazer meu próprio chocolate quente e a, no escuro, dizer para mim mesma: "Coitadinha, coitadinha, tá dodói, mas vai sarar." Eu era muito, muito mimada por você. *The break is over*. Os dias, meu bem, os dias.

Dia 24

Vivo pralgumas poucas coisas: escrever, lembrar de você, escrever sobre você, ler, comer doces, traduzir, dirigir de madrugada, ler, conversar com as meninas, ouvir o Chico Buarque, e o Vinicius de Moraes, e o Tom Jobim, ler, criar gato, cuidar de Baquinho, falar no telefone com o R. e o Tavo, escolher móveis com Paulo Henrique, fazer blog, escrever, escrever, escrever, tomar café de pé na cozinha com a mamãe e ler.

*

De: Elaine
Para: mim
Querida, esta semana trabalhei tanto, que nem MSN estou acessando. Mas coisas me alfinetam e preciso da sua palavra sábia. É a mesma velha história, eu te disse, estou embarcando. Lá vou eu de novo, exercitar meu masoquismo. O que nos leva a fazer isso? É inato isso? A gente já nasce com o gene da insistência? Ou será que o dia a dia, a rotina, são tão engolidores que precisamos sair, subir para respirar, nem que seja só um pouquinho? E isso acontece com todo mundo ou sou só eu que sou doida varrida? É, porque eu fico pensando, deve até ter gente que pensa: "puxa, eu bem que podia ir ali e fazer isso", mas fica só nisso, *wondering*; eu não, vou lá e faço mesmo; será que eu vou para o inferno? E ai, acho o céu tão monótono. Lembra que eu te disse que ia sair correndo e gritando e você gostou da ideia? É hora, colega. Vamos sair correndo e gritando porque ou a gente põe a intensidade no volume máximo ou vai pro churrasco do Freitas da Contabilidade amanhã. Folgo em saber que você e o Torresmo não explodiram, apesar das explosões metafóricas que, eu tenho certeza, estão ocorrendo *as we speak*. Beijo. Laine

*

De: mim
Para: Elaine
Beibe, fazer o quê? Vai lá. Se doer, você volta correndo, aqui sempre tem torta, e Coca-Cola, e colo e filme. Vai, dá a cara a tapa (ui, delícia), daí você volta. Ou não. Mas se você não voltar, favor deixar documento passando a Gio pro meu nome, sim? Amor, nem todo mundo é assim, você sabe. A maioria de nós é covarde demais. Sempre covardes. Você, como você mesma disse, vai lá e vê qualé. Eu só vejo vantagens em ser assim, acho você do cacete. Deus nos livre do churrasco do Freitas da Contabilidade, com os adoráveis pequeninos sobrinhos do Freitas gritando e jogando a tartaruga na piscina, com as encantadoras cunhadas grávidas do

Freitas falando de bebês enquanto os machos tostam o pau na grelha, falam de carros (eu posso falar do meu, porque o meu quase explodiu) e das tetas da Bruna, do Departamento de Pessoal. Querida, que Deus nos defenda dessa vida, do Freitas e, já que falamos nisso, do Departamento de Contabilidade também. Acho sim, que a gente paga um preço alto demais, acho mesmo, mas a consciência – Maliu, Lyrão e eu chegamos a esta conclusão – é um caminho sem volta. Talvez seja arrogância falar isso. Tudo bem, é arrogância. Mas quer saber? Dane-se. Vai doer, você sabe. Mas você sabe, então, diabos, você também sabe que vai doer se você não for. A vida, minha pequenina e hippie Laine, a vida dói. Dói em quem vai e em quem não vai. Nós, que escolhemos enxergar a dor, temos mais sorte do que esse bando de leitor de bestseller, "Ai, que lindo, o filho da Sarajane tá um rapazinho", levadores de criança em shopping. Não gosto nada desta música (embora R. me faça cantá-la para ele quase toda semana), mas a imagem é linda: fala sobre colocar os pés no riacho e ter a sensação de que nunca mais os tirou de lá. Nós colocamos os pés no riacho. Vai doer e não tem volta, não tem volta, não tem volta. Não tem volta nunca mais. Amém. Amo você.

Dia 25
Não é que esta seja uma obra de ficção. Toda obra é de ficção.
*

Carta que ninguém enviou: "Eu nunca sonhei com você e nunca, nunca fui ao cinema. Não gosto mesmo de samba, não vou a Ipanema e quando eu lhe telefonei, foi engano, seu nome eu não sei, só me lembro do nome do Tom Jobim. E apesar da piada e do clima festivo e do quais-quais-quais e do absurdo e do 'repete, pelamor de Deus, que eu não entendi', doeu. Muito. *As usual*."

Dia 26

Natália, a bela, e eu fomos ao sacolão com este tempo. Levantar às sete horas para ir comprar alface é muito amor pela salada, eu digo.

*

E eu, que há mais de um ano não cozinho nada, nada, vi aqueles vôngoles lindos, com cor de vôngole de verdade, com cara e cheiro de vôngole de verdade, vôngoles que tiveram prazer em ser tirados do mar, e fiquei tão tentada.

*

Eu já fui boa nisso. Numa outra vida, já fui mesmo muito boa nisso.

*

Na minha vida com você, a única vida de verdade. Não um arremedo de vida, mas uma vida.

*

E, ao ver os vôngoles, meus olhos imediatamente procuraram couve, porque você adorava meus vôngoles com couve, eu inventei para você e você adorava, você comia de olhos fechados, respirando perto do prato, respirando curto, você adorava.

*

Lembro exatamente da primeira vez que eu cozinhei para você. Lasanha. "Lasanha-baixa", você chamava aquele tipo de lasanha, porque ela ficava baixinha, rente à forma, quase um crepe. Ovo por ovo, na farinha com sal, a sova, você boquiaberto com a massa que aparecia bem diante dos seus olhos, sovada, sovada, sovada, sua mão tirando o cabelo do meu rosto. O rolo, as tiras grossas, a massa, a massa. Eu me lembro de reduzir o vinho, de cozer a carne naquele vinho escuro, de desfiar a carne. Minhas mãos tremiam, estava calor e minhas mãos tremiam.

*

Lembro do vermelho dos tomates, as sementes em minhas mãos, das colheres de pau e dos panelões, porque nunca na minha vida fui capaz de cozinhar em panela pequena. Você, tão impressionado porque eu começava o molho de tomate do zero, lembra? Você era tão fofo e tão ingênuo, tão fácil de impressionar. Você ficou encantado porque o molho não era de latinha e eu achei aquilo tão bonito, sua felicidade de menino porque a comida era toda feita ali na sua frente.

*

O queijo quase mole de tão cremoso, o molho branco, que nunca empelotava. "Meu molho branco nunca empelota", eu disse para você e você riu e me achou arrogante, e eu sou mesmo, nunca empelotava, nunca ficava com gosto de farinha, nunca ficava com manteiga demais, nunca fazia "aguinha". Eu não cozinho mais, querido, nem para mim, nem para ninguém neste mundo.

*

No começo do ano, mesmo com aquele calor abissal, eu quis fazer um risoto para as meninas, mas, incapaz, desmarquei. Sou incapaz de cozinhar sem você do outro lado do prato, da mesa, da cama. Eu sou incapaz sem você de um monte de formas, por um monte de motivos. Sou incapaz daquela vida, daqueles sins, daquelas verdades. Sou incapaz das correntes que arrasto, das letras que esqueci, do caderninho de receita que nunca fiz.

*

Eu não posso mais tantas, tantas vezes por dia, por tantos motivos, por tantas latas de molho, e pudins medíocres, e massas metidas a besta, e pelos mares de mágoa, de destruição, de decadência. Mas eu trago nossa lasanha perfeita, sou capaz de me lembrar do vinho na taça gorducha, sou capaz de lembrar da louça branca, do queijo ralado grosso, sou capaz de lembrar dos seus olhos castanhos, da sua risada franca, do seu cabelo em minhas mãos, do escuro, das possibilidades, do forno quente, do dia quente, do gozo, da janela de madeira, do Yo-Yo Ma tocando na sala, dos guardanapos cor de goiaba.

Dia 27
Fui assaltada na saída da papelaria. Dois meninos, minha bolsa vermelha, o telefone, a carteira. Suspiro.

*

A nossa mortalidade nos assombra, assim como a dos outros, de modos que achamos providencial dividir com nossos semelhantes cada pedacinho desta realidade. Fico impressionada como as pessoas adoram descrever desgraças, achaques, contar dos exames e daquela verruguinha *que nasceu bem aqui, ó*. Impressionada e um pouco enojada. Hoje fui brindada com inúmeras descrições sobre estados de saúde de várias pessoas e meus olhos ainda estão arregalados.

*

Quando uma pessoa de bem não se choca com canalhice, é hora de rever o termo pessoa de bem.

*

Telefone
— E tu vais ao encontro de 20 anos de formatura?
— Eu? Eu não, querido. E você?
— Mulher, acompanhe meu raciocínio: nestes 20 anos não me casei, não tive filhos, não fiquei nem mais belo e nem mais atraente e tenho um emprego de merda. Vou lá contar vantagem do quê?
— Exatamente o meu caso. Adicione um carro velho e fracasso emocional e financeiro, e esta sou eu.
— Pois, quem não tem do que se jactar não se mete nessas encrencas.

– Você deveria ir, só pra conjugar o verbo jactar na frente deles.
– A modéstia me impede.
– Hahaha!

*

De: Helena
Para: Pedrão, mim
Queridos, lendo um jornal de Boituva por estes dias, vi que a prefeitura de lá tem planos de asfaltar uma rua que se chama "Rafael Vitiello", que fica no bairro Chácara Vitiello! Não é o sobrenome da família de vocês? É parente? Achei um barato. Beijão. Helena

*

De: mim
Para: Helena, Pedrão
Queridíssima, imigrante miserável, o velho Nuncciato Vitiello veio de navio, lá da Calábria, na Itália, século XIX, "fazer a América" ou, pelo menos, tentar não morrer de fome. E, mesmo assim, quase não vinha, o pobre. Ele andou quilômetros até o navio na costa, com sua caixa de engraxate nas costas, para ser alertado, pelo capitão do navio, que os contratantes, fazendeiros brasileiros, só recebiam rapazes casados em suas propriedades. O moço ficou desolado e o capitão, com pena, arrumou um encontro dele com a filha solteirona de um amigo. A tal da solteirona se chamava Carolina, tinha 16 anos e seria nossa bisavó. Aqui, muitos filhos, todos com pouco estudo, criados no cabo da enxada, só tiraram os documentos (ou "fizeram os papéis", como dizia nosso avô, o Velho Affonso) já adultos, cada um num canto. Como saber qual Vitiello nos pertence, querida Helena? Gosto de pensar que somos todos primos, que temos todos um passado em comum, o mesmo nariz, o mesmo gosto para embutidos e som de oboé, mas quem é que sabe? De qualquer forma, um viva pra o bom e velho primo Rafael, nome de rua e rua asfaltada em breve, ainda por cima. Adoro você. Beijos muitos.

PS: Existe, aqui em São Paulo, uma praça chamada Pedro Vitiello! O Pedrão foi lá uma vez e acabou conhecendo o velho Pedro Vitiello. Eles bateram papo e puxaram pela memória, mas não conseguiram encontrar nenhum ancestral em comum.

*

De: Ava
Para: Endrigo
Endrigo, chove *ni* mim e no cachorro, chove nas calçadas do Brócolis Paulista e na nossa livraria (amo a gente ter uma livraria em São Paulo), chove nos meus álbuns de fotos, chove no meu Toddy morno, chove na minha história, chove no imperativo, nunca houve um inverno tão molhado na história mundial. Foi tão bom falar com você. Adorei você dizendo que não tem porra nenhuma e que seus exames, terça-feira, estarão todos bons. Acho você forte pacas, ainda que você não se ache. Amor, Ava.

*

No gerenciador de mensagens
Mim diz:
Nega, o Brócolis Paulista precisa de suas bênçãos, suas palavras inspiradoras, seu axé.
Inara diz:
Meu, quem é o Brócolis Paulista? (Não vale dizer que é um vegetal nascido em SP.) Posso comê-lo com limão e sal?
Mim diz:
É o Brooklyn Paulista, frô, o bairro.
Inara diz:
Explicar piada é de amargar, né não? Pise na minha rosa vermelha invocando os poderes de Grayskull em sinal de vingança.
Mim diz:
Hahaha, que saudade de você.

Dia 28
Tem uns dias em que você chora até dormir. Sem filosofia, sem grandes explicações, sem blá-blá-blá. Pode ser de tristeza, de medo, de alívio. Provavelmente é de cansaço. *Who cares?* Você chora até dormir, depois você acorda, sai e vai resolver o que dá. E se na volta você chorar de novo, tudo bem.

*

Não, eu definitivamente não quero discutir a relação, analisar as variáveis, reavaliar as estratégias, sondar o terreno, pedir uma segunda opinião, deixar a massa adrede preparada, controlar danos, ajustar expectativas, listar dados, fechar poros, conter despesas, partir para o ataque, poupar o mensageiro, abraçar minha criança interior, adotar uma tecnologia, aparar arestas, ouvir o outro lado, traçar rotas de fuga, vivenciar papéis, transar aquele lance, esperar cinco minutinhos, rever os conceitos, justificar as escolhas, passar um cafezinho, dominar os jargões, mudar os paradigmas, agir estrategicamente, agregar valor, inicializar um processo, respeitar os limites, instalar o equipamento, tentar só mais um pouquinho, ser uma boa menina.

*

De: Juliana
Para: mim
Amore, você pode, por favor, imprescindivelmente hoje, sem falta, copiar em caneta amarelo-canário toda a obra de Machado de Assis e me enviar por motoboy, até as quatro da tarde? Djudju

*

De: Felipe
Para: mim
Oi fofis... falei com sr. Elísio/Endrigo ontem de noite, expliquei a ele que você está sem celular. Ele tava num bar do Jardim

Botânico, já bastante embalado de chope. Disse que tinha morrido, mas que agora tava de volta. Que não foi fácil. Que às vezes não suporta. E eu me lamentei um bocadinho aqui do meu lado. Que um bom número dos da minha geração, de quando no Rio morei, hoje são famosos, nas novelas da Globo, ou publicando por grandes editoras, ou isso e aquilo, enquanto eu permaneço num exílio cinza. Dão o Él disse "Mas você tá escrevendo, e isso é que é importante, porque tudo na vida é efêmero, menos a literatura". Aí eu disse "Não sei, não sei, acho que era importante que eu tivesse aí no Rio, pra ver de perto, pra nunca esquecer (e eu venho esquecendo) e constatar, como já aconteceu outrora, que os mitos são em sua maioria um grande monte de merda; mas também é importante estar em Curitiba, pra não esquecer (e isso já aconteceu alguma vez) das minhas origens". Pois é, querida, coisas muito, muito, muito sérias, mas ainda assim coisiquinhas do ego frágil. No final, o Él me disse o quanto gosta da gente. O quanto te considera. O quanto tudo isso é importante. O quanto a arte o ajuda a suportar.
Amor.
Meninolobodospinheirais

*

De: mim
Para: Gui
Gui, você também está traduzindo nesta madrugada fria? Me diz, *embodiment* é transformar em bode? Rarará.

Dia 29
Faz mais de quinze anos que não tenho aquário mas de vez em quando me assusto pensando "Será que alimentei os peixinhos?". Estou gagá, claro.

*

No gerenciador de mensagens
Silvia diz:
Ih, meu Deus, que a ala dissidente está me querendo... a ala maluca da dissidência, melhor dizendo.
Mim diz:
Isso é algum sinal que a gente emite e que só os doidos captam. Ou, então, eles nos reconhecem como iguais, pode ser isso.
Silvia diz:
Sei lá, amore. A pessoa me escreve: "Vamos combinar de nos encontrar? Talvez num bar, talvez numa livraria, não sei bem... para conversar não sei o quê..." *Spare me.*

Dia 30
Eu ia mesmo dormir. Eu ia. Estava na cama, prontinha pra dormir, as vozes da minha cabeça quase quietas, Antão e Peixoto dormindo no paninho do Baco, Baco dormindo no próprio paninho, os gatos dormindo, menos Bolero, que enlouqueceu e tá dando pau num gatinho preto de rua, uma judiação, mas enfim, eu ia mesmo dormir. E daí começou *Hannibal*. Antônio de chapeuzim, chique de tudo, transformando em patê aquele ator italiano que eu acho um negócio. Tem gente que pura e simplesmente envelhece bem. O camarada era um tipo aos 40, um pão (buuu, *veeeia*) aos 50 e aos 60 está pecaminoso, como é que pode? Esse ator italiano é assim (a Carol, certeza, vai me contar o nome dele). O livro é melhor, como quase sempre, mas no livro não tem Antônio. Ah, Antônio. Antônio é caso à parte.

*

Se me fosse dada a graça de reformar sozinha o *código* penal, como eu dizia para a camarada Carol, Hamurabi seria considerado um liberal de esquerda. As pessoas haveriam de dizer: "Ah, o velho Hamu... bons tempos que não voltam mais."

*

Fomos seguidos por meio quarteirão hoje. Um cachorrão peludo e marrom. Como acordei tarde (quase 6:20), Baco não estava solto, estava de coleira. Ainda bem. Porque o cachorrão era um simpático e Baco é um cretino. Então, Baco odiou o cachorrão e ficou tentando matar o fofo e quase se enforcando no processo. Mas daí, meio quarteirão de farra (para mim), ódio eterno (para o Baco) e tentativas fofas de fazer amizade (do cachorrão), uma dona vai pro meio da rua e se põe a urrar. "ROGEEER! ROGEEER!" Eram 6:40 da manhã. Mas tudo bem. O desespero por um cachorro sumido justifica a histeria e os vizinhos que se danem. O cachorrão boboca e marrom e grande parou, mas ficou na dúvida se atendia o grito primal de sua mamãe ou se seguia com aquela dupla tão simpática. Mas daí a mamãe berrou "ROGER! VOLTA AQUI IMEDIATAMENTE!", e qualquer mamífero que se preze, gente ou cachorro, sabe que quando a mãe usa a palavra "imediatamente", o melhor que se pode fazer é obedecer. Imediatamente. Daí ele foi embora. E Baco, segundos depois, arrumou um novo *inimingo*, o guarda de um condomínio aqui de perto. O coraçãozinho de Baco é tão volúvel. Ele muda de *inimingos* com facilidade.

*

Era o que faltava, os empresários ativos e beligerantes que participam das atividades ilegais do bairro, arrumaram apitos para os seus... ah... distribuidores. Que sobem e descem nossa rua de bicicleta e lambreta (hahaha, juro), apitando desvairadamente, quase matando Baco do coração e me tirando do prumo no trabalho. Coisa linda.

*

De: Suzi
Para: mim
Querida, a Xu está cuidando da parte turístico-gastronômica da sua estadia aqui em Curitiba. Ela já fazia alarde do famosíssimo X-Picanha e agora acaba de descobrir um acepipe digno de apre-

sentar à Maliu: o X-Montanha. A iguaria consiste em botar de um tudo no meio de dois pães, inclusive um rissole. E ela avisa que você pode escolher o sabor. Do rissole, claro.
Amor.
Suzi

Dia 31
Trabalhei como um adultinho até agora, e por isso eu mereço ir beber vodca com meu amigo. Ah, como eu adoro não ter que dirigir.

*

Quando você se despedia de mim de manhã, eu dizia: "Não vai, não vai, eu não posso ficar sem a supervisão de um adultinho." Tanta saudade.

*

De: mim
Para: Luci
Queridíssima, assim como você, também sinto falta das cartas. O papel bonito, os envelopes bem preenchidos. Sinto falta delas. A minha letra é razoável e eu gosto de escrever à mão. Todas as vezes que ensaio um retorno ao mundo epistolar, alguma coisa acontece e não dá muito certo. Na falta das cartas, os e-mails quebram um galho. Gosto de e-mails. E-mails com fotos anexadas, das férias, das crianças, dos cãezinhos. E-mails malvados, às vezes, engraçados, quase sempre. E-mails com fofocas, com confissões, escritos no meio duns minutins roubados do trabalho, com sorrisos. E-mails que sussurram, gosto muito (há os que gritam, mas não quero mais nenhum grito nesta vida). E-mails que quase fazem chorar, mas estamos no trabalho, então, não dá. E-mails que avisam que um bebê nasceu. E-mails que dão esperança sobre o projeto que ainda não saiu. Alguns e-mails chegam como um bolinho doce e quentinho no meio de um dia frio. Eles pura e simplesmente salvam o dia, a semana, salvam você de você mes-

mo, salvam seu coração. E-mails que pedem orçamentos, e-mails que são puro ódio envelhecido em tonéis de carvalho, e-mails que convidam pra um café, e-mails que chamam pra briga, e-mails que botam panos quentes, e-mails que são um soprinho de vida no meio dum dia morto. Gosto mesmo de e-mails. E de você, e de falar com você através deles. Amor, todo. Eu

Junho

Dia 1
Como este meu hábito nojento de roer unhas e minha voz estridente, quase tudo em mim tem me irritado cada vez mais. E ainda falo sozinha sem perceber. Sei que fiz de novo quando noto as risadas no carro ao lado ou caras de susto no supermercado – e aí eu me pergunto que tipo de velha serei.

*

De: Endrigo
Para: Ava
Amore mio, a Maira Parula é das nossas, né? Senti o nosso clima ali, belo livro, sou muito grato. Beijos fortíssimos.

Dia 2
A minha cama é a coisa mais gelada da América do Sul neste inverno. Não consigo mais me esquentar como antes, meu motorzinho, eu não consigo.

*

A editora vai fazer meu livro. Você não está aqui para ver, e a editora vai fazer meu livro. O livro que escrevi ao seu lado, deitada na nossa cama, enquanto você via o futebol e os documentários de armas e os filmes-cabeça, o livro no qual você batizou as personagens e escolheu, entre três finais, o que o encantou. A editora vai mesmo fazer o livro. Como é que eu vou enfrentar isso sem você?

Dia 3
Só os fortes de espírito e bem construídos de caráter passeiam Baco na avenida às cinco da manhã, eu digo.

*

Não entendi bulhufas e achei que estivesse sendo punida com um pesadelo-castigo-de-Deus por causa de toda aquela vodca com suco de laranja ao ver o Francisco Milani cabeludo, oferecendo maionese de peixe pro Stephan Nercessian e, pouco depois, o próprio Stephan embrulhado numa toalha vermelha, de chapeuzinho de festa e soprando numa língua de sogra, dentro dum elevador cheio de freiras. Mas não, me dei conta que eu tinha acordado, estava de ressaca e que tinha dormido com a tevê ligada no Canal Brasil, e que o filme, salvo engano ou coma alcoólico, chama-se *O padre que queria pecar*. O Leandro disse que viu um ator (não lembro qual) dizendo numa entrevista: "Canal Brasil. Quem deve paga."

*

De: Ava
Para: Endrigo

Querido Endrigo. Ainda há os que gostam de uma boa capa de livro, de um bom livro, os que creem numa vida melhor, num mundo melhor, numa outra verdade. Ainda há os que arregalam os olhos no melhor da história e tocam no outro durante a conversa, as mãos se encontram, os olhos não se afastam, as risadas são várias e contam sobre o filme e o outro jantar e "aquela parada lá" e com quem se encontraram, não para esnobar, mas para tornar tudo mais suculento. Ainda há os que imediatamente se reconhecem como irmãos, como iguais, como da mesma tribo, da mesma facção criminosa, e ainda que se provoquem sobre Chico ou Caetano, ainda que tenham vidas diferentes, são da mesma geração, a mesma mãe, o mesmo pai, irmãos de um mesmo sangue, para todos os efeitos deste mundo. Cabelos cinzentos, olhos castanhos, nariz de ator francês dos anos 1960, risadas e lágrimas, Quintana e Proust. Ainda que não saibam tudo um sobre o outro e que um prefira assim, enquanto o outro prefere decorar a geografia emocional e o final das histórias, são a mesma coisa e não são não, têm vidas diferentes mas iguais e finais parecidos, mas distantes. Ainda que houvesse a pressa, o vento frio nas costas que entra pelas frestas das janelas e a urgência de se dizer tudo, tudo, tudo o que não cabe em duas horas, houve unhas cor de vinho, e polenta, e fofoca, e cumplicidade, certo pré-entendimento tácito, algum acordo sub-reptício, de continuidade, de fluidez, de "isso não acaba aqui de jeito nenhum" que dá um calorzinho e coragem pra continuar a caminhada. E o casaco cor de uva cheira a pinho, ainda. Amor. Ava.

PS: Você leu o livro novo do nosso Menino Lobo? Tão bonito, Endrigo, tão bonito.

Dia 4

Dia cheio de coisas sérias. O Pedrão veio para São Paulo só para a gente ir ao cartório resolver coisas do espólio do velho, coisas de gente grande, assinaturas, atestados de óbito para lá e para cá, procurações, contas, contas, carimba, assina, carimba, muitas contas, pagamos, devemos, vendemos, alugamos, opa, sim, não, é melhor aqui, é melhor dizer não, vamos combinar, qual era mesmo o telefone do advogado, carimba, assina, carimba, porra, o papai era um despinguelado fela da mãe, assina, rubrica, explica, olha, lê, viu as letras miúdas, ligou pro advogado?, mas isto aqui é cessão ou sessão, vai ter lucro imobiliário, gente, este espólio não acaba mais, reconhece a firma, faz mais uma via, pede um recibo, e agora eu mando a carta de crédito pronde, assina, elimina, termina, recomeça, liga para o contador, assina, carimba, assina, leva um lero com a tabeliã, entrega a papelada, assina, respira, respira.

*

E nós andamos de mãos dadas pelas ruas, e foi tão bom ter minha mão dentro da mão do meu irmão.

Dia 5
Enquanto todo mundo tem gripe, euzinha tenho a maior infecção de ouvido já vista no hemisfério – no mínimo. Até meu cérebro está infeccionado. Daí, lembro que meu pai nessas horas, abanava a cabeça e me dizia, nem como crítica, nem com raiva, mas com muita pena: "Minha filha, você é uma pessoa complicada."

*

Vai daí que passa o documentário do Monkey World, e lá eles criam tudo quanto é primata, lêmures inclusive, e uma das lêmures, a Alice, está com câncer na boca e vai ser sacrificada, e a família dos gibões está linda, e eles querem resgatar um bebezinho de chimpanzé em Serra Leoa, mas o governo não quer entregar o macaco, e uma chimpanzé teve um bebê, mas não quis criar, e o tratador cria o bebezinho no alojamento dele (o cara tem uma incubadora no quarto, é sensacional), e eu? Chorando feito uma vaca, lógico.

*

"Escova inteligente, edifício inteligente, tecido inteligente, janela inteligente. Só falta inventarem gente inteligente."
Eduardo Almeida Reis no *Estado de Minas*.

Dia 6
Hoje faríamos nove anos de casados. Fui entregar um trabalho para um cliente que não pode ouvir não, porque nunca foi nada além de um santo comigo. E meus planos para depois eram ir sozinha ao meu novo lugar favorito na Terra, onde eu posso fumar e beber café, e trabalhar, e pensar (para desespero de Antão e Peixoto, meus dois neuroninhos que não valem por um bifinho) e ver a vida passando.

*

Mas hoje nós faríamos nove anos de casados e uma asma emocional me acometeu e eu não conseguia respirar. E essa asma emocional juntou com a tristezinha e a molezinha que carrego há dias (me odeio nesse estado porque me torno mais grudenta e molenga do que já sou costumeiramente, e me dependuro em pessoas que não estão neste mundo para aturar gente mole e, depois que passa, morro de vergonha).

*

Então, desisti de ir pensar e tomar café e fui fazer coisas que agradam a Antão e Peixoto, coisas nas quais eles não têm que se envolver, como comprar areia de gato, procurar tinta para o cabelo (essa é outra aventura que começou há uma semana e que ontem teve o aval de Naty – a mais poderosa de todas as meninas) e uma coisinha aqui e outra coisinha ali... no final de coisinhas e mais coisinhas, apontei Torresmo, meu carrinho ancião, para a USP, e para lá rumei.

*

Faríamos nove anos de casados hoje e, depois de emendar um chorinho no carro (já emendado com o chorinho de ontem), afinal comemorei na beiradinha de um Cachorro-Quente Inspiracional, tão amargo, mas também tão doce. Comemorei a ideia de ficar nove anos casada com você com mostarda e requeijão, quase feliz, quase esquecida das coisas todas, quase salva.

Dia 7
De: mim
Para: Tito
Salve, Tito. Novidades no *front*? Como não?
Quinta-feira a prefeitura veio cortar uma árvore do outro lado da rua, em frente à nossa casa. Para arrancar a árvore do chão, eles usam britadeira para quebrar a calçada. A britadeira detonou um ponto de distribuição de água. Ganha um doce se acertar qual foi a única casa que ficou sem água desde sábado, com as duas mora-

doras imbecis tomando banho nos vizinhos e cheias de roupa e de louça acumulada pra lavar. Pois fomos. Eu ia levar minha mãe para um hotel hoje, mas eis que desponta no horizonte valoroso caminhão dos não menos valorosos garotos da SABESP! Sim, sim, sim. Eles quebraram tudo, a calçada do ladilá, a calçada do ladicá, o meio da rua, tudo. E furaram um cano. Outro. Há, literalmente, uma coluna d'água no meio da rua. Que bacana. Minha câmera está baleada e eu não consigo passar imagens do celular pro computador, senão batia uma chapa procê; é coisa de se ver. O cachorro enlouqueceu, late sem parar, se debate na janela. Bonito isso. Agora, além de não termos água, não temos calçada; há um fosso em volta de nosso castelo. E não podemos ir para o tal hotel, porque há chances dos moços quebrarem a nossa garagem. Onde, aliás, há uma caveira de burro enterrada, tenho certeza. Seja bem-vindo a 1221, que a Idade Média, e não o Havaí, seja aqui. Beijo grande, Eu.

PS: Como você já deve ter percebido, sou a pior digitadora do planeta. É pegar ou largar.

*

De: Tito
Para: mim
Eu pego. E esse seu e-mail é uma crônica pronta.
Corram para as montanhas (mas cubram as cabeças).
T.

*

De: mim
Para: Tito
A quebradeira continua. A terra que cobre a rua é dum vermelho quase roxo. Os gatos estão apavorados com o barulho, debaixo da minha cama (meu quarto dá pra rua). O Baco desistiu de latir pra os *inimingos* e foi dormir. Minha mãe declarou enxaqueca salvadora e foi pra cama. E se alguém algum dia me disse que seria fácil, mentiu. Eu faria nove anos de casada ontem, bela comemoração. Afinal, no que tanto você trabalha em pleno sábado? Tradutor não tem feriado, final de semana, nada. Nós trabalha-

mos todos os dias, sempre, sempre. Mas altos executivos chiques e engravatados deveriam estar em suas belíssimas casas de praia, vendo suas esposas-troféu passarem óleo de bronzear nas amigas e planejando passeios de lancha pra logo mais. Você me decepciona profundamente. Beijo, eu.

*

De: Tito
Para: mim
Se você quiser de fato usar nossa correspondência, que o faça, mas, por favor, não se esqueça de adicionar detalhes sórdidos e/ou comprometedores. Sobre seu casamento, não tenho palavras, apenas um inútil cafuné. Sobre meu trabalho, ah, quando eu era nova, me prometeram tudo isso. Hoje, puta velha, percebo que me enganaram. Ou tudo talvez seja culpa minha mesmo, afinal nunca soube dar nó em gravatas direito. Mas pelo menos nunca tive um emprego de verdade.
Beijo, Tito.

Dia 8
Querido Mundo, como vai? Venho por meio desta informar que, a partir da presente data, gostaria de ser poupada das seguintes palavras e/ou expressões: Escrete canarinho; reunião; reunião de condomínio; equipe vencedora; a polêmica é válida; inserido no contexto; discutindo a negritude; com larga experiência em projetos no setor privado e público, inclusive internacional; energia que flui; troca de energias; fronha; fluência de energia de *chi*; trabalhar os sentimentos; eu sou *risk manager*; ioga; eu sou *price manager*; fazer um *follow up*; aberto a novas possibilidades; *feng shui*; vamos a um churrasco; vamos comemorar com churrasco; vai ter um churrasco lá em casa; churrasco de aniversário; churrasco de confraternização; antenado; sarado; *biofeedback*; ih, meu amor, mas isso é porque eu sou áries com escorpião; a nível de; é hexa, Brasil!; assertividade; você tem um rosto lindo; implementação

das novas diretrizes curriculares; com certeza; verde e amarelo; discutir a relação; um lance assim de energia cósmica que rola, entende?; teatro experimental; teatro de resistência; mais valia; diferenciação fundamental; menos é mais; o foco da polêmica; tais medidas possibilitam a obtenção de informações que subsidiarão a adoção de medidas que superem as deficiências detectadas; sobreposição de ações; vovó finalmente descansou/desencarnou/ virou luz ou qualquer outro eufemismo babaca para morreu.
Antecipadamente, agradeço.
Sua, sempre, eu.

*

De: Lauro
Para: mim
Como sou o mais atrasado da face da terra, só agora fui ver aquele filme com o Clooney, aquele que é baseado no filme que o Frank Sinatra fez, *Ocean's Eleven*. Numa das primeiras cenas, o Brad Pitt faz aquele gesto que eu já vi você fazer cinco mil vezes, de encostar o copo no rosto. Achei tão engraçado, você e o Brad Pitt ligados por um gesto. Quando a Patrícia morreu, eu me lembrava dos menores gestos dela, da forma como ela ficava com as mãos na cintura esperando a água do café ferver, o jeito que ela tinha de roer a tampa da caneta enquanto falava no telefone. Isso acontece com você?

*

De: mim
Para: Lauro
Ele sentado na cama depois de acordar, esperando terminar o *download* do cérebro pra ir tomar banho; ele chegando do trabalho, tocando a campainha duas vezes antes de enfiar a chave na porta e assobiando depois de fechá-la; ele de pé na beirada da cama escutando enquanto o cachorro contava pra ele sobre o dia que tinha tido e as malvadezas dos gatos (e Deus sabe, o Baco falava mesmo com ele); ele esvaziando os bolsos, enfileirando as coisas no criado-mudo, fazendo as mesmas perguntas, na mesma ordem;

ele sentado à mesa da sala, o tabuleiro de xadrez na frente, a mesma expressão no rosto, a mão no queixo, jogando contra si mesmo, e quando eu perguntava como tava o jogo, ele dizia "Minha linda, tou ganhando!". Eu me lembro de tudo, Lauro, o tempo todo, como um filminho em super 8.

Dia 9

Eu ainda choro. Ainda choro tanto, querido. Com as músicas da Ana Laura, e com as fotos que ela manda da Cecília.

*

Choro ouvindo a música que a Ana Laura ouvia durante o tempo em que passei na casa delas, choro com a cara de bicho de pelúcia que o Baco tem, com as suas camisas empilhadinhas no meu armário (fiquei com as suas camisas e uso todas, e seus casacos, uso todos, menos seu favorito, que dei para a sua mãe), choro com suas fotos, com a lembrança de seu sorriso, com suas piadas, com sua incomensurável bondade, sua delicadeza que ainda está aqui, com o lado frio da cama, com o silêncio da madrugada.

*

Choro por tudo, tudo que eu disse.

*

Choro porque houve tanto que deixei para dizer depois e o depois nunca mais virá.

*

Choro, choro, choro até sair do meu corpo e fazer o que o poeta diz e ficar com dó de mim. Choro quando escrevo e-mails, quando encontro papéis com a sua letra, quando assino documentos. Eu choro, choro, choro quando a voz da Esther diz que me ama ao telefone, quando encontro um livro com dedicatória sua (e são tantos, meu bem), quando saio cedo para andar com Baco e nós andamos mais e mais, só mais um quarteirão, só mais vinte passos, só até aquela árvore, só mais dez minutos, só mais um pouquinho, só até um carro amarelo passar, só.

*

Choro quando penso na Lígia, no tanto em que você a amou, no tanto em que eu amei vocês dois e vocês dois foram embora e eu me sinto tão só. Choro desbragadamente com cada linha que a Nina escreve, choro por ela e por mim, choro com os nomes dos peixes do filhinho dela, choro porque sei que nunca vou ser como ela. Choro todos os dias, todos os dias. Choro quando a Marli faz café na cafeteira que foi nossa, quando tento levar o carro para lavar (você morreu em agosto, estamos em junho e eu não consegui lavar o carro ainda. Tentei há algumas semanas, tive uma crise de choro no lava rápido, todos os moços bonzinhos ficaram passados e eu fui embora me sentindo uma tola). Choro quando vejo propaganda dos programas dos quais você gostava na tevê, embora eu não assista mais a nenhum deles.

*

Choro com o João em cafeterias espalhadas pela cidade e o deixo constrangido e sem saber para onde olhar, e sinto meu rosto arder de vergonha. Choro dirigindo de madrugada sem ter para onde ir. Eu choro porque não tenho para onde ir.

*

Choro em livrarias e em sebos, às vezes, baixinho; às vezes, de dar vexame. Choro de medo, de dor, de desamparo, de medo, de medo. Choro quando a Tati vai à Bahia e se lembra de mim, choro quando o Otávio volta para o Brasil e me leva para jantar fora e aperta minha mão quando eu choro e diz "shhhhhh", bem baixinho, sem tirar os olhos de mim.

*

Choro de passar mal quando o R. liga e ele mesmo chora sem conseguir parar. Choro porque este é um mundo tão grande e nada, nem ninguém, precisa de mim, choro porque eu não amo mais ninguém como amei você, porque ninguém me ama como você me amou, porque a solidão é a cada passo, a cada meneio de cabeça, a cada centímetro de calçada, a cada acorde, cada acorde, cada acorde.

Dia 10
Hoje aprendi que, se o refrigerante que você estiver tomando estiver muito, muito gostoso, fazendo você muito, muito feliz, dê uma olhada no rótulo, pois são grandes as chances desse troço aí não ser diet. Ahá, eu sabia. Bem-vindo ao meu mundo. Depois de dois copos de guaraná, toda feliz porque "nossa, como melhoraram este veneno". Hahahaha, claro, né, tonta, além de toda a química, meio quilo de xarope de açúcar. Aiai.

*

O que me lembra a frase do meu professor de matemática: *pessimismo é usar cinto e suspensório.*

*

Terapia hoje. Tantas neuroses, tão pouco tempo.

*

De: mim
Para: A.C.
Aqueles anos foram duros, sem dúvida, mas nada como uma crise pra gente poder, de forma inequívoca, separar o joio do trigo. Saber, não exatamente quem são as pessoas (acho que isso ninguém sabe), mas quem é você na vida delas. Dói um pouco, mas é tão bom! Você foi uma educação para mim.

*

De: Ângela
Para: mim
Num dia, "Bom-dia, Ângela, sua idiota". No outro dia sou acordada com "Ângela, sua vida é uma merda".
Ângela, entre as dez piores do Sargentelli.

*

De: mim
Para: amigos
Queridos, enfrentei a loja LOTADA da operadora e refiz meu celular, o que é a carência duma pessoa, não? De modos que estou na área. O número continua o mesmo. Mas se alguém mandou, durante a semana passada, pedido de casamento, convite de passeio ao luar, xingos variados, declarações de amor & ódio, fofocas, fotos autografadas de si mesmo vestido *maiozim* vermelho na ilha de *Caras*, é favor remandar, porque só os ladrões viram. Sem mais para o *momeinto*. Mim.

Dia 11
Os gatos estão com a macaca. Quebrando, derrubando, batendo nos irmãozinhos e me enlouquecendo.

*

Várias vezes por dia desejo não amar mais você, porque eu não aguento mais sofrer.

*

No gerenciador de mensagens
Silvana diz:
Querida, já é junho e Porto Alegre conta com 28 graus. Ninguém faz nada. As autoridades não se manifestam. Não aguento mais.

*

De: Vera
Para: Monca, Cláudio Luiz, Helena C, Renata, Dedeia, Ana, mim
Ai, gente, coerência não é nosso forte, né *mess*?

Dia 12
Eu devia dar graças a Deus por tudo o que tivemos, todo o riso, todo o gozo, toda a graça, você me ensinando a entender piadas e a cuidar da casa, você tentando me ensinar a fazer contas e escandalizado porque eu uso os dedos para contar; eu devia dar graças a Deus porque eu tive oito anos, oito, oito anos maravilhosos, redondos, inesquecíveis. Mas não posso. Fico aqui, noite após noite, jantando biscoitos com suco de laranja e com pena de mim, porque eu queria jantar comida quente, mas não quero mexer numa cozinha que não é minha, mas que está cheia de coisas que foram nossas, numa casa que não é minha, embora eu more aqui, numa vida que eu absolutamente não quero, nunca quis.

Dia 13
Tirei o dia para perambular pela casa. Com alguma culpa, vero, mas perambulando, mesmo assim. Não fiz coisa alguma, zapeei, procrastinei, não pensei em mais nada, estado de negação profunda e irrevogável.

*

De: Endrigo
Para: Ava
Amor, como eu tenho sido egoísta com você. Só falo de mim, como se eu fosse alguma coisa que preste. Como eu gostaria de te deixar contente. O que eu poderia fazer para te alegrar? Levar seu sapato no sapateiro para trocar o saltinho? Fazer a *supersena* com os números que sei que você vai gostar? Lavar seu cabelo com massagem bem suavezinha na nuca e ouvir você contar aquela história que você já me contou inúmeras vezes como se fosse a primeira e no meio dizer "não acredito"? Dizer que bicho-papão não existe, e que tudo vai dar certo, com aquele nosso grito de antiguerra:

"Porra, amor, nós não precisamos desses caras pra nada"? Ou recitar Quintana começando com "Carreto": "Amar é mudar a alma de casa"? AHHH sim, querida, eu poderia estar fazendo alguma coisa por você e não estou: estou aqui com meus pecados, abrindo caixas-pretas do passado pra não ir, ir, ir adiante. Amor, eu me orgulho tanto de você. E te beijo. Anexo fotos da viagem, água-viva, cisnes que se alimentam de beterrabas e meninos indo para a escola de barco. Outro beijo. Endrigo

Dia 14
O quê, amado? O quê? Se eu não tenho trabalho, muito trabalho, e um prazo maluco, tarefa supergincana para cumprir? Tenho, uai, tenho. Mas estamos neste exato momento gravando o Programa Leseira e a Ana Laura me saca um "se tudo passa, talvez você passe por aqui e me faça esquecer tudo o que eu vi". A Ana Laura não colabora. É anos 1980 demais para o meu sábado, então, permita-me um pouco de vadiagem, uma certa dose de reminiscências e alguma dor. Alguma dor.

*

De: Mário
Para: mim
Lindona, o editor do caderno do jornal precisa que você escreva uma apresentação, algo que situe o leitor sobre quem você é.

*

De: mim
Para: Mário
Um dia, o homem que eu amava e que, miraculosamente, me amava também – escreveu a letra de "Blue Moon" e me deu. O homem que me amava tinha a letra linda, linda, caligrafia treinada com os padres. O homem que me amava cantava essa música no meu ouvido quando estávamos na cama e eu chorava. Guardo o papel na minha carteira e nunca mais tive coragem de desdo-

brar e ler. Quando troco de carteira (faço isso com certa frequência), troco de lugar o papel com a caligrafia do homem que me amava, mas não abro, não leio. E tem mais. Tem muito mais. Gosto de chupar limão. Quando estou agitada, envergonhada, ou animada com o quer que seja, espirro. Você entendeu bem. Quando eu ainda transava, na hora daquela aflição, de blusas sendo tiradas de qualquer jeito, sapatos jogados longe, botões arrancados, eu derrubava o clima espirrando duas, três vezes. Hoje, minhas atividades românticas se resumem a cafés em livrarias, longas conversas em restaurantes falsos italianos (ao envelhecer tive que concordar com minha mãe, ninguém mais sabe ferver macarrão do jeito certo), porres amistosos seguidos de ressacas mortais, cinema-às-vezes, e continua sendo comum que eu brinde o amigo que estiver comigo com uma fileira de espirros quando ele passa a mão pelo meu ombro, coloca o biscoitinho do café expresso dele no meu pires, segura em meu braço para atravessarmos a rua ou beija meus cabelos. Fui a um alergista certa vez, expliquei o que se passava e ele teve um ataque de riso. Gosto de brincos, gosto de colares, uso anéis enormes e costumo perder essas coisas pela casa. Não gosto muito de vinho, tenho pavor a cerveja e não ligo mesmo para nada alcoólico, a não ser vodca, que misturo com suco de fruta em copos longos, cheios de gelo, e flano pela casa com eles na mão como se eu fosse uma diva dos anos 1930 e não uma bêbada, decadente, subempregada e solitária de 40 anos. Acho o Caetano um chato e o Gil outro. Meu ódio por futebol é figadal e esperar de mim participação em discussões sobre o time, o campeonato, o centroavante ou a barriga do Ronaldinho, assim como esperar de mim entusiasmo sobre o carro, a marca do carro, o preço do carro, ou consumo de gasolina *versus* quilometragem por parte de um homem, faz com que ele perca minha atenção para todo o sempre, amém. Aliás, por parte de mulheres também. Minha atração pelo abismo é assustadora até para mim. Eu não voto. Odeio amarelo. Adoro frio. Leio três livros por semana. Dois, se a semana foi fraca. Detesto folclore. Gosto de comer e de cozinhar, mas não cozinho há anos (café, miojo, arroz de panela elétrica, lasanha congelada, sopa de pacotinho e pudim-diet-instantâneo não contam, tenha dó). Gosto de camarões mais do que gosto de mim mesma – o que nem é tão difícil. Não acredito em Deus, em outra vida, em seres etéreos, no Bem, em fantasmas, em almas doutro mundo, em cartas psicografadas, em nada disso, e tenho muito pouca paciência com quem me pergunta sobre meu signo ou usa o próprio signo para justificar falta de caráter, começando frases com "É que eu sou virgem com sagitário e...". Apesar de tudo isso, por conta de uma avó extremamente católica a quem amei muitíssimo e de um marido que passou boa parte da vida às voltas com um mosteiro, tenho o maior encantamento com os católicos, suas liturgias, suas novenas e seu papa de sapatinhos vermelhos. Não acredito em nada daquilo, mas acho lindo. Mas eu acredito no Mal. Não tente me entender. Quero torcer o pescoço de quem gosta (e anuncia isso aos berros para o mundo todo se assombrar) de Copa do Mundo, de Olimpíadas, e de missa cantada, grita "uhu" em shows e usa a palavra "cidadania"... mas, passado o primeiro momento de irritação, caio em mim e vejo que a mediocridade alheia me irrita tanto porque cutuca a minha, então calo a boca. Quase sempre. Homens bem-humorados ganham meu coração em questão de minutos, ainda que não mereçam. Adoro ovo frito, rosas brancas, cheiro de jasmim, lavar a cabeça, chocolate, filme de *serial killer*, queijo, Coca-Cola gelada, creme de leite, cheiro de baunilha, Paulo Francis, pão com requeijão, Meryl Streep, bolinho de arroz e figo. Escrevo por todos os meus livros, grifo, faço comentários à caneta nas margens, anoto o telefone do açougueiro na contracapa e desenhos gatinhos e arco-íris por toda parte. Tenho um amigo livreiro que passa a mão pelas lombadas e geme baixinho de desgosto, acho que pensando na tragédia que encontrará por dentro deles quando eu morrer e no prejuízo que meus sobrinhos terão ao tentar vender minha biblioteca. Adoro e decoro tudo o que o Eduardo Almeida Reis escreve. Gosto de ver filmes dublados, o que, nos tempos que correm, é pecado venial. As vozes familiares e bem moduladas dos dubladores me acalmam e me levam prum lugar mais seguro e simples. Meu cabelo é pouco, ralo e sem a menor graça, mas tenho orgulho dele, nunca entendi por quê. Passo creme nas mãos o dia todo, faço as unhas toda semana, adoro minhas mãos. Elas não são nada bonitas, minhas unhas nunca estão todas do mesmo tamanho e eu tenho dedos gordos como salsichas, mas mesmo assim eu gosto delas. Pinto as unhas de cor de uva. Ou de rosinha. Adoro gosto de menta. *Qualquer coisa* com gosto de menta e quando era pequena, comia pasta de dente até passar mal.

*

De: Mário
Para: mim
Hahaha, querida, não sei bem se era isso que o editor tinha em mente. Mas ele amou. Aguarde a edição de sábado.

Dia 15
– Eu não aguento mais ser vilã – diz ela para o terapeuta.
– Então, por que você se coloca sempre nesse papel? – responde o terapeuta.

Euzinha de Sousa. Há 37 anos perdendo boas oportunidades de calar a boca.

*

Engraçado esse povo obcecado pelos outros, não é não? A pessoa odeia a outra, não suporta e tale e cousa, então, para comemorar, entra no blog dela, no blog dos amigos, joga o nome dela no Google e lê tudo o que puder, futuca em toda e qualquer coisa na qual o seu objeto de desejo mais profundo aparecer. Perseguição mesmo, e deixa recados meigos ou desaforados, dependendo do remédio que faz efeito no momento. Jamais entenderei essa coisa doente. E perigosa. Mas não deixa de ser... eu ia dizer engraçado, mas só se você entender o "engraçado" como patético.

*

Nunca se sabe, nunca mesmo, nunca, nunca, nunca se sabe que comentário infantil e desavisado vai te fazer sofrer, vai ser como uma pedrada, vai pegar bem alizinho no seu ponto fraco, como um soco, como se o fim do mundo estivesse roçando nos seus ombros. Nunca se sabe.

Dia 16
Não sei como funciona para as outras pessoas, mas, para mim, racionalizar é viver. Preciso que Freud, Marx (o Groucho, geralmente), Melville e/ou Robert Frost expliquem tudo para mim. Tim-tim por tim-tim.

*

Saiu uma nova edição do *Moby Dick*. Enorme, suculenta, cheias de ensaios sobre a obra, você iria amar. Impliquei um pouco porque a tradução trocou *spleen* por "nostalgia", mas sou mesmo uma implicante. Comprei agora. Algumas amigas me deram, de aniversário, um vale-livro de valor absurdo. Que sim, deixei para usar só agora, com ele quase vencendo. Depois é que eu fui entender, no divã, que deixei para usá-lo perto do nosso aniversário de casamento e, sendo assim, ganhei presente de casamento este ano, portanto. Livros. Que era, sempre, o que você me dava. Muitos, muitos livros. Bom, mas o fato é que tínhamos e temos pelo menos seis edições do *Moby Dick*. Um destinado ao professor Idelber, outro que vai para a Claudia, o que você encheu de citações da Bíblia fica para mim e... quem resiste, meu Deus, a essa nova edição? Eu é que não. Sucumbi. Comprei. Meu romance preferido, meu século preferido, o mundo ao qual pertenço – isto aqui, tudo o que vivo, é um enorme equívoco –, minha época preferida, com todos os defeitos que ela possa ter – e qual época não os tem? Foi uma época que deu em coisas tão diferentes e maravilhosas e sensacionais quanto Tchecov, e M. Twain, e Eça de Queirós, e Darwin, e Dickens, e Mallarmé – como definir esse homem? –, e Hawthorn, e

Poe, e Whitman e, forçando um pouco a mão e o calendário, Beatrix Potter. Vou sentir falta do *spleen*, mas vou sobreviver. É uma edição maravilhosa.

*

De: mim
Para: Carina
Maria Catarina, em verdade vos digo, o cliente é aquele cara que não experimentou a roupa no provador da loja e depois, no dia da festa, veste a roupa em casa e se emputece porque nada cai bem, porque o zíper emperra, porque as ombreiras são cafonas, porque a barra da calça não foi feita como ele queria.

Dia 17
No gerenciador de mensagens
Inara diz:
Minha internet é tão imprevisível.
Inara diz:
Eu sou tão imprevisível.
Inara diz:
Eu sou a internet?

*

De: mim
Para: Luiz Felipe
Lobinho achei a solução de todos os nossos problemas. Esse pai de santo oferece o Milk Sheik da Graça, Pipocas da Felicidade e Caramelos da Euforia. Ele lê a sorte em folhas de chá de saquinho, traz a pessoa amada de qualquer lugar do mundo em até cinco horas (donde só se pode entender que ele tem um teletransportador do *Jornada nas estrelas*) e, ele não disse, mas deve ler o futuro nas entranhas dum cágado como os velhos sacerdotes etruscos. Prepara uma mochila. Tou indo aí te buscar. Vamos nos internar nesse spa do pai de santo.

*
De: Luiz Felipe
Para: mim
Você é clarividente. Exatamente o que eu tava precisando. Tô te esperando, querida. Beijo enorme. Lobinho

Dia 18
Mamãe anda pela casa cantando a música do *Hawai 5.0* para o cachorro. Quando eles estão na cozinha, ela finge que está em cima duma prancha de surf e ele late e corre em volta dela, animadíssimo.

*
Serotonina nossa que estais nos céus, rogai por nós deprimidos, agora e na hora de comer outro Sensação, amém.

*
Eu vivo me espantando com a óbvia constatação: humor não é para os burros. Eles não entendem, não gostam e falam mal (se possível, solapando a sua carreira, um brinde). E não adianta, inteligência ou a criatura tem, ou não tem.

Dia 19
Tenho dormido cada vez menos e de forma cada vez mais sincopada. Tenho dormido mal, um sono leve, vagabundo, um sono que não conta. Tenho dormido pouco e mal; tenho dormido só; frio nos pés, meias coloridas e fofas, meias que eu realmente não mereço usar, as meias engraçadinhas que a Naty me ensinou a comprar; tenho dormido encolhida na cama grande; vários travesseiros, gatos, edredom; tenho dormido só; tenho dormido mal.

Dia 20
De: mim
Para: Endrigo
Frio aqui. Eu sei, eu digo que gosto do frio. E eu gosto mesmo. Mas não é aquele frio de céu azul, é frio de céu cor de chumbo, um frio estranho, que entra pela meia, que aperta o coração. Saí cedo pra andar com o Baco, voltamos, esperei amanhecer ouvindo rádio. Daí, fui comprar queijo, esponjas, sabão de roupa líquido, tomates, espinafre e leite de soja. Depois, tomei café sentada na garagem, o Baco com a cabeça no meu colo, tudo tão cinza, um vento fininho, tudo tão real. Quando foi exatamente, Endrigo, que a vida ficou tão real? Ela sempre foi assim, real e irreal, ou era eu? Vim para a máquina. E-mails para enviar, trabalho, pesquisa, expressões. O mais gostoso deste trabalho é que eu aprendo tanto. O mais gostoso neste trabalho, também, é que eu me perco nas palavras, nas palavras dos outros. Adoro as palavras dos outros, outros mundos, outros sentimentos, outras ações. Calcei um par extra de meias, florzinhas amarelas.

Dia 21
O que é o João Nogueira cantando "O boteco do Arlindo"?? Pelo amor de Deus, o cara chama fígado de figueiredo. Adouro.
*
Ou tinha vodca no meu café com leite, ou o Datena está mesmo lá no programa dele cantando "Que país é este"?
*
Recomeçou *24 Horas*. Adoro essa série. Não entendo 90% do que se passa. São homens suados e estranhos, correndo para lá e para cá durante uma hora (em momento NENHUM eles recarregam o celular... sei que cada episódio retrata só uma hora da

vida do cara, a Cris Carriconde teve a delicadeza de me explicar isso, porque eu, palavra de honra, não tinha entendido, mas se você ficar falando no celular o dia TODO, a bateria acaba antes do dia). Eles estão envolvidos em operações de nomes esquisitos como "Cavalo Alado", "Monte Flamejante", "Jupira Escarlate", "Urso Depilado", sei lá. Repito, não entendo bulhufas, não sei do que eles estão falando, a tela está quase sempre dividida e tela divida é a morte pruma pessoa lenta como eu que não atina nada daquilo, mas a hora, a minha e a do Jack Bauer, passa num suspiro. E as minhas horas têm levado tempo demais para passar nesses dias, então adoro o "Jequisbáuer".

*

A tranquilidade das pessoas me encanta. E não, eu não estou sendo irônica. O cara dá uma facada certeira e, pouquíssimo tempo depois, encontra e abraça você, liga para saber como você está, manda beijos, bate os papos mais casuais, sem mencionar absolutamente nada do que se passou. Cicatriz? Qual? Mas então, discutindo cintura império com a camarada Renata, pensando com ela o quanto mudam nosso olhar, nossos padrões, como mudamos todos, sou capaz até mesmo de sorrir. Dar as costas jamais, nunca mais fico sozinha com criatura tão hábil no uso de armas brancas, mas sorrir? Tudo bem. Estou craque em sorrir.

*

Voltando ao Jequisbáuer, incrível como a aventura o persegue. Amo. Ele ia só acolá resolver umas paradas e pimba, os mais perigosos assassinos/saqueadores/facínoras/legendários pokemons/agentes federais/informantes/esquilos sem grilo/colunistas sociais/terroristas/bucaneiros/psicopatas/*ultrasevens/serial killers*/aqualoucos/atiradores/milicos/carimbadores malucos/estrategistas governamentais/harrys potters/punguistas/lanceiros (oi Paulo Vanzolini)/cientistas malucos/super mouses/tocadores de oboé/foras da lei/piratas da perna de pau/*bookmakers* vingativos/teletubies roxinhos desabam sobre a vida dele e começa *mór* correria. Adouro.

Dia 22
No gerenciador de mensagens
Silvia diz:
Como diz meu pai: "Eu *ca minhas culpa* e *cumadi ca* dela."

*

Curitiba, 22 de junho de 2008
É só para mandar beijo.
Geleia de laranja para comer com tudo e com nada.
Suzi

Dia 23
E então que, quase três da manhã, eu quase com sono, mas antes de tentar dormir de novo, fiz a última ronda pelos canais e descobri que, na TNT, *O reencontro* tinha acabado de começar; aquele, em que o Kevin Kline corre de tênis e a Glenn Close chora no chuveiro, e o W. Hurt esconde as drogas na parte debaixo do carro e daí, sucumbi, claro, e, mais de cinco da manhã, estou eu lá, pilotando a cafeteira e falando com o cachorro.

*

Eu queria uma camiseta rosa romã.

*

Eu queria que você estivesse aqui.

Dia 24
Fiquei sentadinha numa sala de espera, esperando enquanto minha boa mãe trabalhava. Livro tem uma hora que cansa, revista de fofoca também, mas então, a recepcionista gente boa, ligou a tevê e, ahá!, estava passando *Bridget Jones*. O que seria de nós,

velhas, gordas, infelizes e sem perspectiva nenhuma, se nem ao menos pudéssemos ver o Firth sendo a mesma delícia de sempre? Esse povo que fala mal de comédia romântica, na minha modestíssima opinião, pode ir lavar o pé. Para nós, que não temos mais nada, a Jones de calçola se agarrando com o Mr. Darcy no meio da rua, na neve, é tudo o que temos, se é que eu me faço entender.

Dia 25
Sinto falta de enfrentar os imbecis do mundo e suas opiniões inacreditáveis ao seu lado. Você sussurrava em meu ouvido "minha linda, 'tudo o que é legal, também é bacana', nunca se esqueça", e eu me dobrava de rir.

*

Como me disse o Paulo, certa vez: "Deixa eu voltar para o meu reino, onde são todos bem-educados." Não tenho o menor interesse em lidar com gente que não quer ser chamada de meu amor e de meu bem, que não entende delicadeza e/ou boa educação e/ou gentileza.

*

No gerenciador de mensagens
Mim diz:
Sil, aquele simbolozinho que marca sei-la-eu-o-quê no Word, que parece o número pi? Acaba de surgir do nada na minha tela, como eu faço pra fazer desaparecer?
Silvana diz:
Vai na barra de ferramenta e desabilita.
Mim diz:
Ele não tá visível na barra de ferramenta.
Silvana diz:
Como não?
Mim diz:
Já puxei flechinha, já abri tudo, já emacumbei, nada.

Silvana diz:
Ele apareceu do nada?
Mim diz:
Foi.
Silvana diz:
Sabe quem colocou ele lá?
Silvana diz:
Satanás. O Word não é uma coisa de Deus.
Mim diz:
Cê acha que eu tou na unha do Canhoto?
Silvana diz:
Não resta dúvida. Pega uma Olivetti, amore. Portátil e manual. Internet não é de Jesus e eletricidade também é coisa do Demo.
Mim diz:
Rararará!!

*

De: mim
Para: Tito
Numa vida de tantas coisas, às vezes é uma ausência que define você.

Dia 26
Céu azul, logo de manhã, por incrível que pareça.
Céu azul e frio, meu segundo tipo de tempo preferido.

*

Agora já está tudo nublado.
Nublado e frio, meu primeiro tipo de tempo preferido.

*

Cheguei da rua. Abri o documento. O Word disse que tinha encontrado uma treta e fechou o documento. Reabri o documento. As últimas 17 páginas do meu trabalho sumiram. Simples assim. Liguei para a Naty e disse "Não venha pra cá, porque estou tendo uma crise de nervos". Desliguei o telefone e tive uma crise de nervos. Mesmo. Liguei de novo pra Naty e disse "Desculpe, eu já tive uma crise de nervos, pode vir". E a santa ainda fala comigo por motivos que a ciência não explica. A Silvana tem razão, preciso de uma Olivetti.

*

Ouvindo Adoniran cantar "No morro da casa verde", *non stop*. Ele diz os erres como meu avô José Menino dizia, "rrrrrraça". Hoje era madrugada de acordar o vô e ficar fumando na rampinha da garagem, ele contando de Taubaté e fingindo que não via que eu chorava sem fazer barulho.

*

De: Tito
Para: mim
Querida, na hora em que as coisas não tiverem mais jeito, faça a oração do Homer Simpson:
"Não sou um homem muito religioso e nem costumo rezar, mas se houver alguém aí em cima, me ajude, Superman!"
Tenho certeza que funciona.
Amor, Tito.

Dia 27
De repente, no meio do "me passa o café" e do "que delícia este pãozinho", a mamãe sai com esta:
— Isso tudo, no fundo, no fundo, é uma conspiração.
— Isso tudo o quê, mamãe? Você está falando do quê?
— Nada específico, isso tudo, quero dizer, tudo mesmo.
— Tudo?
— Tudo.
— Hããã... passa o Toddy?

*
De: mim
Para: Suzi
Eu poderia me viciar fácil na sua geleia de laranja, Suzi. Quando chegavam os potes de geleia lá em casa, ele espalhava camadas, digamos, "generosas" no pão, e me perguntava como eu me sentia sobre a poligamia, porque estava considerando seriamente a hipótese de mandar buscar a nega Suzi em Curitiba. Hoje em dia ele teria que disputar você no braço com o Ivan. Mas com a sorte que você e eu temos, no meio da briga eles iriam se apaixonar e fugiriam juntos para o Caribe.

Dia 28
No gerenciador de mensagens
Silvana diz:
Solidão é não ter nenhum nome pra colocar na agenda, naquele item: "Em caso de emergência avisar..."

Dia 29
Ouço o papo furadíssimo, as bobagens, as burrices, as chatices, as pequenas idiossincrasias, as grandes falhas de caráter, e sinto sua falta, sinto tanto a sua falta, sinto tanto a sua falta.
*
De: Ava
Para: Endrigo
Amor, amor, amor. Ninguém perdoa passado nenhum, nenhum deslize, nenhum tropeço, nenhum medo, nenhum, nenhum, nenhum erro. Nada. Eles vivem como se seus próprios passados fossem tão limpos, tão retos, ah, tão encantadores. Sempre. Um dos (muitos) motivos deu querer distância assim, do geral.
Sim, essa música é muito linda. E sua foto está sensacional.

Tenho usado bolsas enormes, você irá odiar minhas bolsonas. Cada vez que carrego um bolsão dum lado proutro, penso que você vai detestar. Tenho escrito pouco, me preocupado muito e feito mais um monte de coisas que você desaprovaria e que, por isso, nem vou contar. Perdoe a falta de notícias. Em minha defesa... ah, não há defesa. O frio aqui continua delicioso. É a melhor parte de meus dias, o frio. Gosto dele. Estou preparada para ele.

O Menino Lobo me ligou ontem, mas eu estava no trânsito, cercada de marronzinhos por todos os lados, não tinha como atender.

Como está sua coluna, seu joelhinho – dor de joelho geralmente passa se alguém que ama você der um beijinho e disser: "Quando casar, sara", experimente –, como está sua tomação de remédios? Falei tão sério aquele dia, e a seriedade e a gravidade do momento se perdem nesses telefoninhos ridículos que nós usamos: você tem uma casa em São Paulo (petitica, simples, de pobre para com pobre), mas nós cuidaríamos de você. Por favor, não se sinta sozinho, nem largado no mundo.

Andei o cachorro, tomei banho, fiz café, naveguei numa caneca gigante de café com leite, comecei a trabalhar. Seus amigos na editora são almas puras, esperam estes dois livros traduzidos pra o dia 19 de julho, sem falta. Aiai. Mais notícias idiotas no decorrer do período.

Dia 30
Viva. Mas não vamos exagerar. Coismailindadedeus é a Julianne Moore de boné do febeinho. Cabô de começar *Hannibal* no Space, canal 58 da Sky. Esse filme passa em todos os canais, todo o tempo. Não estou reclamando, adoro. Touqui, trabalhando e cuidando a tevê. Quem disse que seria fácil mentiu.

*
Não ser maioria é horrível. É isso aí, bicho, como diz o Dr. Reis.

*

    Alá, tou vendo tevê e Jequisbáuis desarmou o colete do perigoso terrorista. Jequisbáuis é macho pacas.

*

    Oh, Ahab! what shall be grand in thee, it must needs be plucked at from the skies, and dived for in the deep, and featured in the unbodied air!

    H. Melville, *Moby Dick*

Uma menina muito esquisita

Julho

Dia 1
Certas confusões alheias quase torço para a coisa virar pro meu lado. Eu ando procurando uma boa briga pra despejar minha frustração.
*
E quando eu acho que já vi de tudo recebo um e-mail sobre site de macumba on-line. Sensacional.

Dia 2
A tecla SAP ligou-se sozinha em mim, só Deus sabe como, e eu traduzo em velocidade vertiginosa, transatlântica, hercúlea, abissal.
*
Eu sei. De vez em quando. Mas só de vez em quando.
*
Sou malvada e mal-humorada. Fato da vida. Não estou com o menor saco para os que batem palma para urso dançar e adorando os *inadoráveis* deste mundo. Fato também. E não aguento mais escrever sobre isso. Fato, fato, fato. Não sei mesmo até onde é caridade cristã e até onde funciona a máxima que reza "semelhante atrai semelhante", mas é bom a gente nem ficar pensando muito nisso.

Dia 3
Minha mãe tem um lance esquisito com telefones tocando: ela atende. Meio da refeição, meio do filme, conversa, aflição pra fazer xixi, nada detém minha mãe ou a impede de, neuroticamente,

tirar aquela porra do gancho e mandar um "Oláááá!" (sim, ela atende o telefone assim). Não passa pela cabeça dela deixar aquele treco tocar até derreter. Oh, não, jamais. Ela tem que atender, é mais forte que ela. Eu? Pufffff. Na grande maioria das vezes, nem sei onde o telefone está. E não, nem me dou ao trabalho de olhar quem é no *visorzim cagueta*. Não quero atender. Quando eu estou ocupada, quando eu não estou ocupada, de noite, de dia, o fixo, o celular, o dos outros, no meio do trânsito, eu não quero atender. Nunca, ninguém. Não quero falar no telefone. Não quero falar. Simples assim.

Dia 4
Amor, lembra que há quase um mês eu contei num e-mail para o Tito sobre uns moços da prefeitura que vieram aqui na rua arrancar uma árvore e nos deixaram sem água? Pois hoje pela manhã, dois caras apareceram aqui na rua e começaram a serrar os galhos da árvore que fica em frente à minha janela. Nós nem nos mexemos: serviço de poda da prefeitura, tudo bem. De repente, um estrondo. Cheiro de queimado. E a energia elétrica foi pro beleléu. Fácil assim. Maliu saiu para falar com os caras, que foram supertruculentos com ela. Quando ela entrou para telefonar para a prefeitura, os caras fugiram. A companhia de fornecimento de eletricidade lavou as mãos. A prefeitura, também. O eletricista contratado orçou o serviço. Vai ficar entre dois e três mil reais. É claro que eu não tenho esse dinheiro.

*

Em poucos dias chega a data de entrega de tradução e só quero chorar. Como é que eu explico uma trapalhada dessas para o cliente? É a versão adulta de "o cachorro comeu a minha lição".

*

Minha mãe, ateia e comunista desde os 15 anos, quer que eu vá ao centro espírita da Célia tomar passe. Ela disse que nunca viu nada parecido.

*

Aliás, desde que eu me mudei para cá, noto que minha mãe ri de tudo que digo. Acho que é de nervoso.

*

"Um bom cortesão nunca se refere a verdades intragáveis. A vida de uma corte tem que ser sempre alegre."
Phillipa Gregory – *A irmã de Ana Bolena*

Dia 5
A Nave-Mãe, ao que tudo indica, não vem mesmo, né? Tenho pensado sobre alternativa menos digna.

*

"Uma dose não é necessariamente uma porção. As coisas que uma pessoa aprende."
Isabel, me ensinando o que eu ainda não sei.

*

São Paulo, 5 de julho de 2008
Então, Tavo, você vê.

Um dia – disto eu sei – esta será uma semana que nos fará rir. Sua simples menção num dos nossos vindouros cafés, daqui a muitos e muitos anos, fará com que nos apoiemos um no outro pra rir ruidosamente, até ficarmos sem fôlego, até o ar parecer irrecuperável. Lágrimas correrão de nossos olhos por nossos rostos vermelhos e sonoros tapas explodirão em nossas pernas e o café com leite sairá pelo meu nariz (ah, sim, possuo vários encantos que você desconhece) e os vizinhos das outras mesas, intoxicados com nossa alegria e nossa leve histeria, sorrirão, brindarão à nossa felicidade para depois começar a pedir, chateados: "Ri baixo aí, pô!" – mas deixa isso para lá, o futuro nos pertence tanto quanto o passado (ou será o contrário?). O que eu quero dizer é que, um dia, esta semana estará tão superada, tão superadamente superada, que ela nos parecerá risível, tola, vã e distante. Não vejo a hora. Não vejo. Esta semana tem sido um pesadelo (eu queria mesmo chamar essa semana de pesadelo kafkaniano, mas com tanto filisteu citando Kafka sem ler, perdi a coragem... tenho o maior cuidado de invocar o velho e bom Franz, tenho receio de parecer parte dessa matilha. Pertenço a outras matilhas, é claro, mas a essa? Jamais). Bem, mas o que eu dizia? Ah, a semana. A semana tem sido um pesadelo. Se eu notei que ainda estamos na terça-feira de manhã? Mas é claro, pois se eu vi o dia nascer com estes meus dois olhinhos castanhos! E por estarmos ainda na terça-feira é que eu posso afirmar com tanta certeza: esta é uma semana diabolicamente ruim. Ruim como o diabo. Há uma carga dolorosa que paira sobre esta semana, sobre a qual não quero falar – não, Tavo, nem com você, com quem falo sobre quase tudo. Mas há também uma parte que, depois de certo esforço, pode sim tornar-se engraçada, Tavo, de forma tal que num dia não muito distante, descreverei a você como foi que ontem a turma do setor de... Parques e Jardins, talvez, responsável pela poda das árvores da cidade, veio podar a árvore em frente à casa da mamãe (como ela fica bem enquadrada no janelão do meu quarto, eu a chamo de "minha árvore", mas ela não é minha, você sabe). Um dos membros mais entusiasmados da equipe (acho que nossas futuras gargalhadas vão começar por aqui) deu um golpe – só Deus sabe como – na caixa de entrada de energia elétrica da casa, o que gerou um curto-circuito pavoroso e nos deixou sem energia elétrica até o presente momento. Geladeira, freezer, computador, micro-ondas, televisão, máquina de lavar e de secar roupa, luz em todos os cômodos e banho quente – todas essas coisinhas que fazem do século XXI uma época tão encantadora para se viver – são apenas um sonho distante pra as senhouras do número 423. Isso, aliado à pane e recusa em trabalhar de meus dois computadores, e somado ainda ao prazo de entrega de dois trabalhos gigantes que se aproxima, promete ser a parte com maior potencial cômico da semana. Todo esse preâmbulo, como você deve ter notado, é uma tentativa de defesa. Você notou, Tavo? Estou aqui me defendendo, tacando a culpa nos outros antes de lhe pedir desculpas. Sou um ser abjeto, não sou? Desculpe. Devia ter postado seu presente de aniversário ontem, para que ele chegasse hoje às suas mãos. Mas perdi o rumo, a nau e o juízo, enredada que estava (e estou) em minha tchecoviana vida (Tchecov, nossos amigos que nada leem e tudo citam ainda não descobriram, estou liberada) e me esqueci. A verdade é uma só: eu me esqueci de ir ao correio ontem. A caixa estava pronta, o carro tinha gasolina e eu me esqueci completamente de ir. Vou hoje ao correio, vou agora, vou correndo e cheia de culpa, vou com o coração na mão, porque você não vai receber seu presente no dia certo. Quando você receber seu presente e este amontoado de bobagens no papel, hoje será amanhã — e ainda assim será hoje, preste bem atenção. Perdi o bonde da história — prerrogativa da qual lanço mão sempre que possível — vivo perigosa e temerariamente. Espero que tenha sido um aniversário feliz. Espero que você tenha feito doces desejos ao soprar as velinhas do bolo e espero que eles se realizem, Tavo. Espero que esta semana acabe logo, sem que sejam trazidos à praia mais corpos que o necessário. Amor, eu.

*

De: mim
Para: Vera, Cláudio Luiz, Monca, Renata, Dedeia, Helena C., Ana Bom, Veruca, você vê, sobre toda essa discussão aqui do nosso grupinho secreto, sobre ver ou não ver tevê, de busca de informações e tal, eu, que vejo televisão o dia todo (mas nada de telejornais, BBB, auditórios mis e tal... novela só pra render assunto no blog e mesmo disso eu desisti... no máximo um Datenão, quando tem helicóptero demais sobrevoando meu bairro... de resto só enlatado americano, documentário sobre escavação de dinossauro e navio cartaginês e D. Letterman), faço a mais absoluta questão de não saber nada. Quando a minha boa mãe entra no meu quarto dizendo "Você viu que...", imediatamente começo a ouvir aquele som que o Homer Simpson ouve quando a Marge fala com ele, aquele *nhom nhom nhom*, enquanto no cerebrinho dele ele dança tango com um macaco. Ao contrário da Monca, que busca a informa-

ção, vivo aqui, nessa bolha suspensa; *morreu, não sei, casou, ah?, ministro qual?, que terremoto?, foi?, eleição?.* Leio os mesmo livros, ouço Chico-Bach-Paulinho-Premê-Vanzolini, vejo o mesmo Henrique V e só sei quando descobrem um dinossauro novo ou um templo novo no Egito, porque meu irmãozinho – que sabe bem o monte de estrume que eu sou – faz os mais divertidos *clippings* do universo, e me abastece. *"Bi, o Vaticano comprou outro telescópio, aqueles cornos."* E o pior, eu nem quero debater. Nas minhas raras mesas de bar, começou aquele assuntinho "A visão do diretor", "A viagem de não-sei-quem pra Cuba", "A sociedade a nível de universo", pego meu copo e vou pro balcão. Quer dizer, velha, chata, inútil e alienada. E, para piorar tudo, ainda roubo e-mails de vocês pro livro novo. É uma calhordice sem fim, minha mãe tem razão.

Dia 6

Opa, depois de arrancar de mim cheques pré-datados que eu não faço a menor ideia de como irei honrar, o eletricista disse "Que se faça a luz", e ela se fez. Fácil assim.

*

E eu reclamo porque sou mesmo chata. Muito mesmo. Mas olha que bacana trabalhar em casa. Dormi das cinco da tarde às 9:30 da noite. E acordei, e jantei sopa com Maliu e agora posso passar a madrugada trabalhando. Isso é bom, é muito bom. O trabalho continua tendo que ser feito, né? Os duendinhos não vão fazê-lo para mim, mas ah, essa flexibilidade de horário é muito gostosa.

*

Bisteca viciado em canja, totalmente recuperado. A Maliu usou uns peitos de frango sarados na canja, você e a Naty iriam adorar.

*

Não posso com esse seu gato de narizinho cor de abóbora. A foto onde você beija a barriguinha dele fica na parede, pertinho de mim.

*
É oficial. Eu odeio *xópins*, estacionar o carro naquelas garagens gigantescas, a iluminação, o som ambiente. Até livraria de *xópim* é menos.

Dia 7
Sobre futebol, gostaria de declarar que este meu vizinho que sai para a rua urrando cada vez que o Corinthians faz alguma coisa que eu não sei o que é (claro, né, não vejo o jogo), apavorando meu cachorro, petrificando meus gatos e quase me matando do coração, deveria ser quimicamente castrado. Quimicamente no mínimo, *I mean*.

Dia 8
– O problema do gerenciador de mensagens – disse Carina, muito mais sábia que eu – é que tem gente ali para quem você pergunta "Como vai?", e a pessoa explica. Com detalhes.

*

No gerenciador de mensagens
Mani diz:
Ué, acabou de ver o filme?
Mim diz:
Quando chegou à metade foi que me toquei que já vi.
Mim diz:
Eu tou assim, preciso ver mais de uma hora de filme pra lembrar que já assisti ao trem.
Mani diz:
Bem-vinda à minha vida.
Mim diz:
E o Batmão se fode.

Dia 9
Aqui no mundo real, seis horas da manhã.
Frio, mas não tanto assim.
Passei a noite acordada e vi as cores da madrugada.
Não trabalhei, não vi tevê com atenção, não li, não, não nada.
Só fiquei acordada fumando uns mentolados, numa *vibe* "poeta maldito", que eu acho ridícula.

*

Passei um bom tempo às voltas com listas dos filmes que eu não vi, pilhas de livros não lidos se acumulando, cartas não respondidas, todos os velhos clichês acampados bem aqui, no apart-hotel do Conde Drácula. A minha enorme capacidade de me transformar no que mais temo ataca de novo. E dessa vez eu não tenho uma casquinha de proteção.

*

Nuvenzinhas de chuva da família Adams na minha cabeça.
E na frente dos meus olhos.
E, acho, nas minhas mãos.

*

De: mim
Para: Naty
Então, mana, que no TCM está passando *Sete noivas para sete irmãos*. E justo a cena do celeiro. E eu vos pergunto, o que é que o programador do TCM tem contra pobres tradutoras com prazos, prazos, muitos prazos? Prazos apertados, prazos irreais, prazos injustos, mesquinhos, maus, prazos e mais prazos? O trabalho está parado e os Pontipee Brothers estão dando um pau nos almofadinhas da cidade. Em breve o irmão mais lindo (o primeiro a se casar), vai cantar "When You're In Love" e eu vou chorar, e depois todos os irmãos vão cantar o "Lament" e fazer aquela incrível coreogra-

fia na neve cenográfica e eu vou chorar, e depois eles vão cantar a música das Sabinas e roubar as meninas e eu vou rir, mas daí a primavera chega e eles vão alimentar os patinhos cantando "Spring, Spring, Spring". E eu? Claro, claro, eu vou chorar de novo. Nada não. Era só pra reclamar.
Amor,
eu.

Dia 10
Acho graça nesse pessoal que vem falar comigo dizendo: "Você trabalha tanto, que ótimo, isso afasta sua cabeça dos problemas." Hahaha, jura por Deus que alguém acredita mesmo nisso? Com alguém funciona assim? Eu tenho os problemas *e* as dores na cabeça (e *de* cabeça) o tempo todo, com ou sem trabalho. Trabalho não "me distrai". O trabalho, quando tenho sorte, paga minhas contas.

*

No gerenciador de mensagens
Silvana diz:
Menina, estou tão sem grana que preciso de um cabeleireiro que atenda pelo SUS.
Mim diz:
Hahaha!

Dia 11
De: mim
Para: Elaine
Mana, eu de novo, remoendo *tudim* que você falou, Hum. Você tem só a ilusão de controle, mas acredite, é ilusão. Você não manda nada, não decide nada, não escolhe, não determina, *não inflói nem contribói*, diria Laura Góes, a dona do colégio onde estudei. Você é tão impotente quanto os caras de quem você tem pena. Não que você não possa algumas coisas. Você pode. Você

pode pagar muitas contas, algumas que nem suas são, pode chorar debaixo do chuveiro, pode respirar fundo mais uma vez e decidir não ter um ataque ainda, você pode sorrir e acenar como uma *miss*, você pode responder *hum-hum* quando o absurdo for grande demais, pode tecer doces delicadezas, coisinhas meiguinhas, recadinhos secretos e referências suaves que serão solenemente ignoradas, pode dizer todos os clichês do universo, pode fingir que não dói. A gerência agradece.

Dia 12
Baco e eu, eu e Baco. Nós somos uma equipe. Agora que cuido sozinha dele, eu o amo mais que antes. Aprendi a amá-lo ao longo deste quase um ano. Meu cachorro. Baco é meu agora, ainda que por vezes, eu ainda me refira a ele como "o cachorro do meu marido". Digo "marido", e não "falecido marido", veja. Faço isso todo o tempo. Chamo você de "meu marido" e falo de você no presente. Você gosta, você faz, você está. As pessoas ficam profundamente constrangidas, mas eu finjo que não percebo; eu fico profundamente constrangida, mas finjo que não fico. Mas enfim, Baco e eu, eu e Baco. Cavalgamos todas as manhãs pelas calçadas do Brooklyn.

*

De: mim
Para: Otávio
Semana passada foi uma lenha e esta também será. Mas eu estou aqui, você está aí e vai ficar tudo bem.

*

De: Endrigo
Para: Ava
Siga as instruções da bula, não passando os sintomas procure seu pai de santo porque a medicina não pode fazer nada mais por você.

Dia 13
Bisteca, sarado, recuperado e pronto para outra, aprendeu a escapulir pela janela do meu quarto, foi para a rua. Atropelado. Aquele seu gato burro e teimoso não morreu do fígado e deu um jeito de morrer atropelado. Passei quinze horas na cama, quase sem me mexer, chorei tanto, lembrei dele nenezico, você resgatando o tonto debaixo de um carro naquele posto de gasolina na Domingos de Moraes. Fiquei ali, deitada, chorando. E ele não estava deitado na minha barriga.

Dia 14
O povo não convida para o primeiro casamento, não convida para o segundo casamento e daí, quando convida para o batizado do filho, fica ofendido de morte se você diz que não vai, alegando compromisso inadiável. As pessoas, as pessoas.

*

De: Cé
Para: mim
Se eu pudesse aproveitar este mês de julho para fazer uma viagem, era o que eu faria. Eu iria para San Francisco, depois desceria até São Diego. De lá para Phoenix, Atlanta, terminando em Miami. Esqueceria o mês que fiquei sem gás, sem fogão e sem água quente no chuveiro. Esqueceria meu saldo negativo no banco. Deixaria a porta destrancada para que quem quisesse sair saísse. Quem quisesse entrar entrasse. Levaria só meu pijama e uma muda de roupa. Escova de dentes também. Não traria nada a não ser a lembrança de belas paisagens, de um pôr de sol e do cheiro de mar. Se pudesse traria também a lembrança de uma amizade momentânea. E quando voltasse seria uma outra pessoa, ou melhor, seria enfim a verdadeira pessoa que sou.

Dia 15
A santa da minha mãe fez cenoura em rodela com alho (mesmo doida de dor na costas, amor de mãe é amor de mãe), porque sabe que adoro. Então, são quase cinco da manhã e estou comendo cenoura com alho e queijo ralado, esperando que assim o inglês volte a habitar este corpo, porque esqueci o pouco que sabia.

Dia 16
Queria botar um papagaio no ombro, um tapa-olho e um lenço na cabeça, e, com uma faca na boca, sair pelos mares do sul. Com ou sem uma carta de corso, eu iria seguir içando velas, ordenando força total a bombordo, fazendo meus desafetos caminharem pela prancha, checando o barlavento, tencionando a adriça, bordejando pelas costas, lançando âncora, içando âncora, correndo atrás de sereias, arriando a mezena, deixando que a bandeira de nossa rainha tremule no mastro, esfolando os cães sarnentos da tripulação, saqueando, roubando, matando e estuprando, acionando o mordedor, enterrando dobrões espanhóis em ilhas de nomes engraçados, mandando inflar a bujarrona, mandando descer a bujarrona, mudando de amurada, rizando a mestra, sequestrando navios alemães, temendo os monstros marinhos e as bordas do fim do mundo, e cortando gargantas. Quer dizer, mais ou menos o que faço hoje. Só que de maneira mais profissional. E uma garrafa de rum. Hohoho.

Dia 17
Um cara que me diz "Tem noção de quanto custa o equipamento para..." perde, no ato, minha atenção. Preço de equipamento para o que quer que seja, preço de roupa, de carro, tenho horror dessa conversa de "sabe quanto eu paguei?".
E gente que *pergunta* quanto custou?

*

Fiquei um tempão na cama da mamãe, agora de noite; lembramos de todas as músicas que ela cantava para mim. Ela cantava tanto para mim. Eu fui uma menina que cresceu numa bolha de muitas e muitas formas, mas também porque a música que tocava lá fora só chegava aos meus ouvidos filtrada pela mamãe. Além disso, havia os bolerões do velho Nelson, que cantava também muito samba de breque e assobiava tangos (cara, ele fazia parto cantando bolero, eu juro por Deus. Aliás, mais de uma paciente dele me disse que, antes da peridural, a última coisa que elas ouviam era "Você prefere bolero ou samba-canção?". Ele dizia que aquele era o público ideal: ninguém que estava ali podia fugir).

*

As músicas da mamãe, as músicas que ela amava e ama, tornaram-se as músicas que amo, quase todas, quase tudo. Arrumei meus próprios astros de cinema, e filmes favoritos, e autores, e cidades, e cores, e comidas, e talentos, mas as minhas músicas são, basicamente, as músicas da mamãe.

*

"Ponteio" foi a primeira música cuja letra eu soube de cor. Fui mesmo uma meninazinha muito esquisita.

Dia 18
Ontem foi 17 de julho e eu, aproveitando que não fui dar aulas, tomei café da manhã com a mamãe, pendurei prateleiras, arrumei livros, preparei aula, li montes de coisas, almocei torta, jantei miojo, tomei muita Coca-Cola e vi bobagem na tevê. E só doía quando eu respirava. Esqueci quantos anos meu pai faria ontem.

Dia 19
Horário? Sete da manhã
Local? Beco do Piolho

Eu? Mudinha com calça e havaianas (meu Deus)
Quem mais na rua? Baco
Modelito? Peladinho
E quem mais? Célia
Blusa? Crepe madame creme, golas e punhos rendados
Calça? Pescador, preta
Sapatilha? Cru, ponta arredondada
Coque? Banana
Maquiagem? Completa
Prata? Toda, toda a prata do México tava naqueles pulsos e dedos, orelhas e pescoço.
Ela levantou cedo e foi (atenção) "Vistoriar a reforma da casinha". Juro. Se Claudio Luiz visse, ele ajoelhava e começava a agradecer a Deus no ato. É a glória na vida da pessoa ter uma vizinha dessas, viu? Vou reclamar, faz tempo que ela não faz o cabelo As Panteras.

*

De modo que só pode ser explicado como sobrenatural, entreguei a tradução na data para a editora. Eu sempre entrego na data, não importa o quê. Tenho orgulho de mim nessas horas.

*

A colocação de fios e quebração de paredes continua. O eletricista e os ajudantes dele já são quase da família.

Dia 20
— Tem certeza de que perdeu os óculos aqui, mamãe?
— Não, eu acho que perdi lá na sala.
— E por que a gente tá procurando aqui, então?
— Porque a iluminação daqui é melhor.

*

Sinto sua falta todo o tempo. E, um dos motivos principais é que eu não aguento mais explicar piada. Juro, juro. Eu passo meus dias dizendo "foi brincadeira", num aguento mais. Com você, eu nem precisava fazer a piada, levantava a sobrancelha, e você desabava de rir. Ou então, só dizia "É, minha linda...", com uma voz de desgosto, e eu já sabia toda a piada que ia fazer, toda. Daí que, para não me explicar, eu não falo. E quando falo, me arrependo, porque é fatal, eu vou ter que explicar.

*

"You are the music while the music lasts."
T. S. Eliot.

Dia 21
Mamãe entrou aqui no quarto. "Nossa vida não vai mesmo mudar, vamos turbinar a tevê a cabo?" Mulher sábia e coerente essa minha mãe.

*

De: mim
Para Endrigo
Endrigo, meu filho. Ouça essa canção. E prestenção em quem canta. Ná Ozzetti cantando Itamar Assumpção é a definição mais exata de alguma coisa que eu não sei o que é. Tive um trabalho uma vez que me ensinou um monte de coisas e me deu boas, boas coisas também. Uma delas foi poder conviver alguns dias com o Itamar Assumpção. Eu fiquei tão... eu ia todos os dias pro trabalho achando que ia morrer. Eu prendia o cabelo na frente do espelho pensando "Acho que hoje eu vou morrer", de tão fraca, de tão nada que me sentia. O cabelo dele tava quase todo branco e eu olhava praquele cabelo e sumia. Era como se eu não existisse. Foi durante esses dias que entendi essa expressão que desde então uso tanto "andar sobre flocos de algodão". Foram dias em que eu não existi, nada existiu e eu não sei bem como saiu show dele nas noites lá do meu trabalho. Graças a mim é que não foi, porque eu não conseguia fazer nada, nada. Eu só respirava perto dele e a única coisa que conseguia pensar era "Eu estou perto do Itamar

Assumpção. Ele falou comigo. Ele pediu água. Eu vou buscar água. O copo. Copo. Ele passou o som. Ele vai tirar uma soneca. O Claudião quer uma peça pra luz do show. Eu não sei que peça é. Eu não sei onde está o talão de cheques e o Claudião quer ir comprar a peça já. Ele falou comigo de novo, esqueci quem é o Claudião e quanto custa a peça. Ele está trocando as cordas do violão. Ele tem mesmo a voz mais linda do mundo, ele pede água e parece que está decretando a fundação de um novo país. Óculos. Dentes. A filha dele chegou. Ele falou comigo. Meu Deus, não sei o que ele falou comigo. Sacuda a cabeça. Isso. Finja que entendeu. Balance a cabeça de novo. Vá buscar mais água." Hoje penso que ele deve ter adorado o Piccollo empregar pessoas com problemas, ele deve ter pensado: "Que lindo esse programa de dar trabalho para pessoas com atraso mental." Foram dias em que eu sumi, não fiz nada, não pensei nada, fui incapaz de verbalizar meu amor profundo, de pedir autógrafo, de tocar nele, de dizer como ele era tão importante para mim, de como a vida tinha outra dimensão por causa da arte dele, de como meu olhar era novo e outro por causa das coisas que ele mostrava, de fazer qualquer coisa que não fosse andar para lá e para cá com cara de abobada. E ir buscar água.

Dia 22
Sabe por que os bebezinhos urram daquele jeito, com ódio, até ficarem roxinhos? Porque dor de ouvido é uma das dores mais alucinantes da história. Não dá nem para começar a explicar o que é sentir dor dentro da cabeça – não é dor de cabeça, é dor na cabeça, lá dentro – o dia todo. E cada novo otorrino, homeopata, curandeiro, pajé, benzedeira, sacode a cabeça pra dizer que nunca viu isso na vida. *Hello.* A semana nem começou e já começou cheia de nãos. O que não deixa de ser, hum, instrutivo.

*

Aqui, querido, crendo. Crendo para tentar ver.

Dia 23
As ideias mais mirabolantes. Como sempre, nada em prática, mas as ideias, meu amor, as ideias pululam.

*

E, enquanto como, *in front of my very eyes*, o delicioso Branagh dá descargas elétricas num sapinho morto. Que filme. Que filme. Que livro. Que história.

*

"A flying nun covers a multitude of sins."

Nora Ephron – *Heartburn*

Dia 24
Aiai, quantos sinônimos existem para a palavra paradigma? Nem queira saber. O tradutor é antes de tudo um forte.

*

No canal Universal, *O Sombra*, de novo. O único que sabe o mal que se esconde no coração dos homens. Adouro. Por mim podem reprisar todo dia. Traduzo o documento do cliente com a orelha em pé porque, quando chega a hora da pancadaria no museu, largo tudo.

*

Quer adivinhar quem mandou o recibo pro cliente sem assinar? Eu, claro. Trinta e sete anos de burradas homéricas.

*

Dei piti hoje no banco. Piti, piti mesmo, ataque histérico, quero o gerente aqui agora, vou fechar minha conta aqui, vou fazer B.O., blá-blá-bláááá. Me disse o Paulo: "É banco de pobre, saia de lá."

*

E como acaba de me dizer a linda Luci, nem dez segundos atrás, chuveiro foi feito pra gente chorar.

*

Por e-mail
O sol que te aquece é o que me destrói.

Dia 25
Comprei um pote de azeitonas pretas. Enormes, do tamanho de ameixas. Transgênicas? Não-tou-nem-aí. Suculentas. Deliciosas. Embebidas de vinho do porto. Nham.

*

De: mim
Para: Cáudio, Ana, Vera, Helena, Monca, Dedeia, Renata
Gentem. Vida real.

— Filha, que filme lindo estou vendo, acho que o Al Pacino fez esse filme na linha daquele do De Niro, que ele é um ex-presidiário cozinheiro que namora a tigresa.

— Mãe, naquele filme é o Pacino, e a moça é a mulher-gato. O filme desse mesmo estilo com o De Niro ele faz com a Jane Fonda e o filme tem, sei lá eu, uns 30 anos. E esse aí é o Dustin Hoffman.

*

De: Ana
Para: mim, Cláudio, Vera, Helena, Monca, Dedeia, Renata
Bom, segundo o Décio, Pacino e De Niro são a mesma pessoa. E há espaço para achar que Dustin Hoffman é o terceiro gêmeo da dupla (se é que isso faz sentido). Assim como Glenn Close e Meryl Streep, que ele também sempre confunde. De modos que sua mãe não tá de todo errada.

Dia 26

Claro que eu já fui apaixonada por um menino que tocava violão, o que você esperava de mim? Ele era uns três anos mais velho que eu, chamava-se Victor e, em minha defesa, quero dizer que ele tinha olhos castanhos salpicados de dourado (momento Barbara Cartland, mas tudo bem), cabelo comprido e mãos finas e brancas. Este menino estabeleceu um padrão, mais um padrão na minha vida – e não, não foi o padrão de amar violonistas, até porque acho que nunca mais conheci um homem que tocasse violão, embora eu reconheça que há mesmo algo num homem que toca violão, sim. Há algo no formato feito com os braços, no rosto deles enquanto tocam, na respiração deles, há algo ali, convenhamos –, mas enfim, o padrão estabelecido ali, foi, claro, meu adorável padrão de amar quem não me ama. Mais velha, bem mais velha, quebrei esse padrão com você (aliás, um grande músico – você e suas improvisações ao piano, que faziam a Lígia chorar e apertar a minha mão, você e seu virtuosismo, você e seu ouvido absoluto), o único homem que amei e me amou de volta.

*

No gerenciador de mensagens
Silvia diz:
Minha vida tá parecendo aqueles filmes malucos, tipo *24 horas*, *48 horas*, sabe? Você pensa que vai conseguir descansar, mas acontece alguma coisa e a solução fica para a próxima temporada.
Mim diz:
Olha, Sil, a minha vida parece aquele filme que os zumbis comedores de carne humana querem invadir o *xópim*, então, não reclame.
Silvia diz:
Hahahaha!

Dia 27
Passei a noite de ontem sendo bem tratada na casa da Vanessa, amiga do Tavo, passei boa parte da noite ouvindo Simone fazer música.

*

Simone é uma mulher grande, de pele escura, nascida e criada no México e ela tocou piano na sala da casa da Vanessa, tocou o mesmo Villa-Lobos que tocava o menino que amei quando eu era uma menina, o mesmíssimo Villa-Lobos que você fazia vibrar ao piano, o mesmo Villa-Lobos de sempre. Porque mudo eu, muda o Natal, mas o velho Villa está lá, divino.

*

Passei a noite sentada no chão, com a cabeça jogada num sofá, bebendo vodca num copo donde a luz voltava azul (há uma certa atração do humano que há em nós pelo que brilha em azul, não há? Eu me lembro sempre do Vinicius de Moraes dizendo que em Paris, no outono de 73, estava no bar, escrevendo para dizer que era a mesma taça e a mesma luz brilhando no champanhe em vários tons de azul.

– salvo melhor juízo, porque estou voando por instrumentos, sem a menor condição de ir vasculhar o Google), copo, aliás, abastecido com frequência pelo Tomás, marido da Vanessa, que, como você, não bebe e encontra realização embebedando os outros.

*

Passei a noite pensando também, hábito nocivo que procuro evitar a todo custo e que todo mundo deveria largar imediatamente. Cheguei a conclusões óbvias e idiotas, sempre as mesmas.

*

Sozinha, ali, no tapete, levemente truviscada, ouvindo aquela coisa divina, tomei os mesmo sustos, me dei as mesmas broncas, ri das mesmas piadas particulares, refiz cada passo, caí nos mesmo buracos e me doeram as mesmas dores. E, depois, eu cantei.

*

Culpo a vodca, o Tavo que me levou e que me encorajou porque gosta de me ver passar vexame em público, e a Simone, que começou a tocar lindamente "Joana Francesa".

*

Cantei bem, cantei todas as músicas bem, não brilhantemente, mas bem, ainda canto bastante bem, mesmo depois de tanto, das dores, dos buracos, dos copos quase azuis, dos 3/4 duma garrafa de vodca, de ser atraída sempre para o mesmo abismo e acabar caindo em mim tantas vezes, tantas vezes.

Dia 28
De: Pipa
Para: mim
Eu fui lá ler o blog e estou despedaçada. Eu sempre fico assim quando você fala dele. Você deve ter percebido que me faltou o fôlego quando você falou dele naquele dia, né? Eu sabia que ia ser agridoce quando a gente se visse e ele não estivesse lá. Eu sabia, mas não tava preparada, não tem preparação para essas coisas. Me sinto assim, procurando sua mão no escuro, incapaz de dizer qualquer coisa. Minha querida, como é duro te ver sofrer assim. Te amo, te amo, te amo. Pipa

Dia 29
Nunca deixarei de ficar perturbada com a capacidade deste povo de ser cruel, cruel de verdade e depois vir com beijos e "ois querida", como se nada houvesse. Sei que já deixei de ser ingênua e caí no pedregulhoso campo da debiloidice, mas... eu sei, eu sei.

Dia 30
No gerenciador de mensagens
Mim diz:
 Ai, Denize, já cliquei em tudo, já atualizei o antivírus, já tentei tudo, que desespero, meu teclado desconfigurou, e eu tenho prazo, e eu não paro de chorar.
Denize diz:
 Tu já apertou a tecla Num Lock?
Mim diz:
 AAAHH, arrumou!
Mim diz:
 O que é a sabedoria, o que é a inteligência de uma pessoa, Denize. Eu jamais, jamais apertaria isso. Obrigada. Meu problema é que eu não acordo para vencer.
Denize diz:
 Acorda sim, é só que você não sabe. De hoje em diante, você acorda para apertar o Num Lock.

Dia 31
 Eu me despedi de meu amigo. Meu amigo bonito, que tem olhos castanhos. Olhos bons, porque refletem sua bondade infindável, mas bons também porque olham o mundo com bondade, com tolerância, com amor.

*

 Eu me despedi de meu amigo depois de muitos e muitos cafés, depois de muitos cigarros, depois do tanto que foi dito, do tanto que não foi. Porque meu amigo e eu não dizemos tudo, nós nunca dizemos tudo, nunca, como num filme, como num filme, como num filme, há o que, por não ser dito, cresce ou se fortalece, meu amigo e eu nunca dizemos tudo.

*

Meu amigo me permite silêncios, o silêncio ao lado de quem se ama é tão necessário – e revelador – quanto a conversa, as gargalhadas, meus pequenos rituais para acender e apagar o cigarro, o meio sorriso que entorta sua boca enquanto me debato: "Ele gostou, ele não gostou, ele está com sono, ele está de saco cheio." Eu me despedi de meu amigo moreno, seus doces olhos castanhos, sua boina parisiense, boa demais para esta cidade suja, e embarquei no meu carrinho velho, baço, barulhentinho, senti o volante com as mãos e me esqueci de para onde eu deveria ir. Eu deveria ir. Eu deveria mesmo ir.

*

Eu ia para casa. A minha casa que já não existe, as prateleiras que já não tenho, o jardim que nunca fizemos, os quartos, as portas, paredes derrubadas e erguidas, os prédios que já eram outra cidade vistos da janela de nossa sala, as coisas que iríamos fazer. Nunca vou me perdoar por ter me permitido tanta segurança, tantas certezas. Quero a bondade de meu amigo e acreditar no poeta que ele ama, que esta é a vida que você, sonhando, inventa para mim. Mas, você sabe, não sou boa, nunca pude ser, e se amo o mesmo poeta que meu amigo, não posso acreditar no que ele acredita. Eu não posso. Eu não posso. Mesmo. Eu não posso.

*

Eu me despedi de meu amigo, fiquei com vergonha de chamá-lo para minha aventura de dirigir a esmo, fiquei com vergonha de ser tão banal, tão jeca e de gostar de passear de carro sem destino, tão tola. Tive vergonha de meu amigo, de contar para ele que sou tão dispensável – não tenho para quem ou para quê voltar. Tive vergonha de dizer isso a ele.

*

Entrei no carro e não tinha para onde ir. Naveguei pela avenida tão velha, tão iluminada, pensei tanto em você enquanto chorava na avenida Paulista ontem de noite, as luzes acesas, todo mundo tão bonito, e eu dirigindo a esmo, sabe, eu ali, sem ter para onde ir. Dirigi pela Lapa, por Perdizes, subi, desci a Vila Madalena e Pinheiros, subi e desci pelas Marginais, queimei uma gasolina louca, falei muito sozinha, cantei um monte de vezes a mesma música, pensei na minha amiga Silvana, ela vai gostar dessa música, eu pensei, e pensei em você, em como passou tudo tão rápido, em como tudo acabou e no tanto que já dissemos, em tanto que dividimos.

*

Meu amigo havia me perguntado onde eu gostaria de viver se tempo, dor, dinheiro e governo não fossem um problema, e eu não soube responder. Eu não soube. Eu não soube dizer se gosto de casa, de apartamento, se de campo, se de mar, se dum *resort*, se *dum* submarino, se do castelo prometido pela revista ou dum sobrado no Brooklyn. Eu não gosto de nada, disse a ele, eu não gosto de nada e não quero ir a lugar nenhum. Meu amigo, que além de bom, ainda é, ele mesmo, um poeta, disse que isso é porque eu e meu coração não estamos no mesmo lugar.

*

E quando foi que estivemos, quando?, quando foi que tive meu coração e a mim mesma na mesma sala, no mesmo espaço, no mesmo mundo? Só quando pude, só quando pude, só quando pude encostar meu ombro ao seu, olhar na mesma direção, beber suas palavras, aprender seus códigos, entender suas piadas, olhar a vida através de suas lentes, cantar as suas notas, viver do seu sonho e inventariar suas sardas, meu bem, meu bem, meu bem.

*

De: Byo
Para: mim
Amor meu, amor meu! Coisa boa te conhecer! Ver que você existe de verdade! (risos)

Minha mãe conta que, quando criança, eu ia para trás da tevê ver os convidados do programa do Chacrinha porque achava que o camarim ficava atrás do aparelho de imagem... rs. Foi mais ou menos assim que eu me senti. Como eu lhe disse, foi um presente de aniversário tê-la conhecido, obrigada! Pena que o tempo foi curto pra gente conversar um pouco... enfim. Bem, meu bem, você falou que hoje vai estar no bar... me liga e me diz o lugar exato e o horário... eu trabalho pertinho, pertinho, e assim posso dar uma passada lá, nem que seja para te deixar um beijo carinhoso. No aguardo, sua amiga, Byo.

Quanto tempo dura a dor

Agosto de novo

Dia 1

Então, foi marcado o lançamento oficial do livro, embora ele já esteja em algumas livrarias. Dia 2 de setembro. Você me faz tanta falta, tanta. E eu vou estar lá sem você. Há um senso de humor cruel, muito cruel, que rege o universo, mais forte que qualquer lei da física.

*

São suas fotos de menino que mais me comovem. Mais que suas fotos na faculdade, nossas fotos juntos. Você com uns três anos, um menino pequeno e de cabelos escuros, com a boca em formato de coração, na escada da casa velha, cercado por todos os brinquedos, usando sapatos e meias. Você abraçado ao seu urso favorito ou pilotando uma *tonquinha*, você dormindo embrulhadinho no cobertor azul e vermelho. Você em Serra Negra com sua mãe, a praça cheia de pombos, você de calça marrom. Você e suas irmãs na praia, você fazendo careta com Aurélio, você bebê, erguido nos braços de seu pai, que olhava para você com adoração. O menino que você foi sempre me intrigará, será sempre inalcançável. O menino que você foi, que inventou o homem que conheci, vive escapando pelos meus dedos, não consigo alcançá-lo. Quanto tempo eu ainda vou chorar por você? Quanto tempo dura a dor, quanto tempo dura a dor?

*

De: mim
Para: Helena, Vera, Ana, Cláudio, Monca, Renata, Dedeia
Queridos, desejo a todos um bom dia e lanço tema pra debate: Por que Baco precisa tentar lamber a minha boca às 3:30 da manhã?

Acordei parecendo um zumbi de filme B.

Já acordei a mamãe dizendo "cé-rebro, cé-rebro" e ela já me deu um tapa na testa. Já arrumei as gavetas e separei coisas para dar, mais filmes para mandar para Mabele e roupas para doar (minha casa, ou melhor, este quartão que ocupo, parece estar esvaziando. Tem sobrado cada vez mais espaço). No final de semana, Maliu entrou aqui e perguntou "Como é que sempre cabe mais livro nas suas estantes?". Não sei, mas o espaço se multiplica. Já arrumei mais DVDs, já recoloquei todos os livros que estavam soltos (vou pegando os livros pra estudar e empilhando até a coisa virar uma massa crítica com necessidade de intervenção da ONU), arrumei minha mesinha de trabalho, tampei canetas, assisti a uma deliciosa biografia do tio Darwin, DVD que me foi ofertado por um leitor de Curitiba, cuja noiva trampa na distribuidora de filmes (Deus conserve), já fiz café, daí amanhecia, andei com Baco exatamente até a avenida Santo Amaro (nós somos uns gordos atletas, benza-nos Deus), voltamos, Baco foi dormir debaixo do meu edredom (deixei porque hoje muda-se a roupa de cama), fui tomar banho (segundo a filosofia "não vai usar, mas guarda limpo"), tirei as roupas da secadora, dobrei, guardei, passei filtro solar, mas sem grandes esperanças de mudança, já sou um pergaminho humano e não me parece ser possível um retorno. Daí que agora estou aqui com vocês, e vou assistir à reprise do Letterman, enquanto penso:
a) na vida.
b) na coluna da internet.
c) em transformar Baco numa barra de sabão.
Sigo com vocês sempre em meu coração
Eu. *Cé-rebro, cé-rebro.*

Dia 2

As palavras mais perigosas do nosso idioma são "na hora pareceu uma boa ideia".

*

Preciso acreditar no que diz a Mani, que me proteger é sinal de sanidade. Só me resta isso, depois de tanto, tanto tempo.

*

E já que falamos de frases, minha professora de latim, Dona Nair, dizia: "Cada um dá o que tem." Racionalizar é viver, é o que eu sempre digo.

*

De: mim
Para: Adelson
Ô Adelson, na quinta-feira em que você toma uma porrada emocional, não seria o caso do seu seriado favorito vir com uma plaquinha, antes de começar, que dissesse:
"Hoje, em seu seriado favorito, um cachorrinho vai morrer. Se você, telespectador amigo, escolher continuar assistindo, siga por sua conta e risco."
Juro, Adelson, eu não teria continuado. Beijo, beijo.

*

De: Ava
Para: Endrigo
Tás tão sumidinho, criança.

*

De: Endrigo
Para: Ava
Mercenário, tratante, safado, chineiro, ladrão de galinha, atravessador, agiota, cafetão, assistente de produção, malandro de praia, caso perdido, comedor de meleca, vá lá. Sumidinho? Jamais. Ainda não melhorei, mas aceito tudo com a resignação de uma missionária na Amazônia. Um caixão tem seis alças, gostaria que você ficasse com a esquerda superior, aquela onde seus dedos estariam bem pertinho do meu coração, e também dos meus lábios frios e calados para sempre. Amor e drama, Endrigo.

*

De: Helena
Para: Cláudio, mim, Ana, Vera, Dedeia, Monca, Renata
Gente, aqui tudo bem. Mas a saga da babá continua.

*

De: mim
Para: Helena, Cláudio, Ana, Vera, Dedeia, Monca, Renata
Ai, Helena, chega. Resolvo já esse lance. Tira essa menina da escola, que escola não adianta pra nada, bota dentro dum ônibus e manda pra mim. Monca, se você quiser, faça o mesmo com o Vítor. Vivendo com a titia essas crianças aprenderão como fazer blog; como fazer brigadeiro (micro-ondas – nível básico, panela de teflon – nível avançado, panela de alumínio – nível bistrô francês); a escolher abacaxi, mamão e melão; a fazer miojo com requeijão; e ainda treinarão suas habilidades físicas e cognitivas andando Baco no escuro, às cinco da manhã, desviando da puliça, dos buracos, das árvores caídas e dos traficantes: é uma atividade física que fortalece o caráter e impede a criança de virar um mané. Aulas extras: Como surfar para o cachorro no tapete da cozinha cantando a música do *Havai 5.0* e como valsar pro cachorro cantando *I'm, sixty going on seventy* (hahahaha), com minha mãe; Esse leite está podre? – tomando contato com o maravilhoso mundo das bactérias com a Tia Carina (curso por correspondência); e Como fazer cabelo As Panteras e dar bronca em PM folgado com a Célia. Pós-graduação: Aprender todos os nomes dos Barbapapas e os respectivos episódios; Como engraxar sapatos, essa arte perdida; e Trocando a areia dos gatos – a aventura ao alcance de todos.
  Essas crianças de hoje em dia não sabem fazer nada que preste. Não estão preparadas para o porvir. Podem mandar.

Dia 3
  Ligo sempre para você. Seu celular desligado há tanto tempo, mas eu ligo. Há algo de confortador no masoquista gesto de ligar

para um celular que sabe-se, há muito, desligado. Ligo, ouço a gravação que diz ser impossível completar a chamada, e algo em mim se aninha. Às vezes, a gravação encerra por ali, o que dói; às vezes, ela cutuca mais a dor, estranhamente, oferecendo uma caixa postal que não deveria mais existir, na minha modesta opinião, afinal, para que caixa postal se você não vai ligar de volta? Mas, mesmo assim, deixo recados, longos, longos recados.

*

A Grande Pirâmide já tinha 2500 anos quando Cleópatra a mostrou para Julio César.

Dia 4

Às vezes, eu me sinto só. E quem não se sente assim, de quando em vez? Às vezes, eu me sinto só. E morar com a mamãe é bom, e Baco e eu somos praticamente um casal. Mas, às vezes, mesmo assim, eu me sinto só. E pego o carro às duas da manhã, e me largo ali na Nobel da Águas Espraiadas, e tomo café com leite. Nem triste, nem com raiva, nem com medo. Só. Uma solidão tão funda que não me deixa dormir, tão funda. Não há o que fazer ou dizer, não há o quê. São só os dias, e as horas, e a vida e eu. Outro café, a madrugada tão fria, tão fria, a avenida *vaziinha*, o livro comprado num momento de fraqueza (eu sempre tenho uma desculpa para as minhas calhordices), o papinho furado e engraçadíssimo com a moça que faz o café (as pessoas são engraçadas e simpáticas por ali) e eu estou só. Muito mesmo.

*

De: Ana
Para: mim
Querida, acabo de descobrir uma nova pelanca no meu corpo. Beijos, Ana.

Dia 5
– O futuro – dizia meu velho e saudoso pai, plagiando Paul Valéry – não é mais o que costumava ser.

*

Mas papai tinha razão ("Como sempre", assopra o fantasma dele, que eu espanto agitando meu lenço). O futuro nunca é o que esperamos, o que queremos, o que projetamos.

*

É da natureza do futuro nos surpreender, para o bem e para o mal ("Mais para o mal", sussurra o fantasma, insistente).

*

Medo do futuro. Do que seremos. Do que faremos conosco, com os outros, com nossa história.

*

Tenho tanto medo. Do que virá. Do que não virá. Especialmente do que virá. E do que não serei capaz de fazer, ser ou entender.

*

Os leitores de autoajuda e adoradores dum clichê espiritual iriam adorar pular no meu pescoço exatamente agora, para dizer que o futuro nem chegou, que eu não devo me preocupar, que devo vibrar positivamente e mentalizar sei lá eu o quê, amortecidos que estão pelas palavrinhas de ordem, palestras motivadoras e por seus próprios medos. Nem respondo, você sabe, balanço a cabeça de modo vago e deixo essa gente escorregar para fora da vida da forma mais suave que consigo.

*

Medo da biografia. Da minha.

*

Medo do ridículo, por que não?

*

O velho e bom Gladstone (olha a *íntima* que eu tenho com o velho?) disse que o futuro está do nosso lado. Sei não. E, de qualquer maneira, ele disse isso em 1866, de modos que ainda que o futuro estivesse do nosso lado, já deve ter mudado de ideia.

*

Quando concordamos com o Chico Buarque, "Vida, minha vida, olha o que é que eu fiz", falamos do passado. E do presente, que é onde constatamos as burradas que fizemos. Mas implicamos o futuro nessa equação. Ou não?

*

Tive um professor que dizia que fé é confiança absoluta. O caminhar para o futuro também é? Afinal, o que é que nos permite seguir, passo atrás de passo, para o desconhecido absoluto? Posso chamar isso de fé?

*

Mas, se for fé (ai, que horror, que frase pavorosa eu cometi), é fé em quê?

*

"Não é fé", acaba de me dizer o filosófico R., "é esperança."

Dia 6

Ninguém entende as minhas piadas. Já reclamei disso, né? Deixe que eu reclame de novo: ninguém entende as minhas piadas. E, sem a Carina aqui, piorou. A falta que ela me faz dói. Dói. Se um dia alguém me dissesse que ela ia viver NOUTRO CONTINENTE, eu não acreditaria. Espero sinceramente que o alemão (hahaha, mamãe e eu chamamos o marido australiano dela de "alemão") trate a Carina como ela merece.

*

No gerenciador de mensagens
Silvana diz:
Preciso de umas músicas para caminhar, sábado eu fui ouvindo Lupicínio pela trilha do parque e quase me joguei no lago.

Dia 7
Então, sigo por aqui revirando gavetas, as de verdade e as nem tanto, procurando por pistas, lembranças, fatos e certezas. De vez em quando, no meio dos clipes, dos fósforos sem caixa, e das fotos antigas, há alguma dor polvilhada, alguns sins e uns nãos bem claros. Minha mãe, a pessoa mais inteligente que eu conheço, diz que a consciência é um caminho sem volta. E eu, nem tão inteligente assim, nunca vou deixar de tentar encontrar sentido.

*

De: Endrigo
Para: Ava
Ava, Flaubert diz que passeou pelo bosque em um dia de outono, sentindo que era o homem e sua amante, e as folhas que pisava, o vento e as palavras. Amor, outros beijos.

*

O dia? Começou às quatro da manhã de ontem. Nem pergunte. *Diazim* comprido, *siô*.

*

De: mim
Para: Ana Laura
Concordar com o Abujamra, reconhecendo que a vida é mesmo uma causa perdida, não significa, em momento nenhum, que a doçura vai deixar de existir, para mim e para você. Na hora em que falamos nisso, eu não soube me explicar, mas eu (e só eu) acho que concordar com o Abujamra só significa que foi feita uma opção, se houve a coragem de olhar o caos de frente. Aceitar o que nos

machuca profundamente, o inexorável, o que é, ao mesmo tempo, brutal e natural, não nos torna, necessariamente, mais brutos. Só mais lúcidos. A brutalidade, você e eu aprendemos isso ao longo da vida, pode ou não vir acompanhada de boa dose de realismo.

Dia 8
Um vermelho quase laranja, uma dor quase conhecida. Mas ainda procuro os telefones num velho catálogo de 1989, e me espanto quando lá não mora ninguém com esse nome.

*

Cocada, disse o sensacional Wandi numa música engraçadíssima, "cocada não se come com colher". De quando em vez acho que esqueci disso, mas daí, *zup!*, lembro ligeiro.

*

Por e-mail
Eu nunca tive tanta certeza na minha vida. E nem tanto medo.

Dia 9
Rua escura, chuvisco, café, roupa na máquina, cama feita, crônica do Eduardo Almeida Reis, mais café, leite de verdade (na casa de mamãe o leite vem em quatro encantadores categorias: leite de verdade, leite de caixinha, leite em pó e truque-master-patifaria-blaster-plus-gordos-safados-ativar, que é leite condensado no café), pão de verdade, geleia de morango do supermercado, geleia de laranja da Suzi, queijo branco que o moço traz de Minas. Teve Sônia no café da manhã. E a ladeira? E-n-o-r-m-e. Força na subida.

*

De: Silvia
Para: mim
Amorzinha, inspira por uma orelha e deixa sair pela outra que vai dar tudo certo, viu? Amor, Silvia.

*

De: Rafaela
Para: Virgínia
Virgínia, amore, você consegue achar pitanga aí nessa cidade selvagem? Taca vodca no suco de pitanga! É mil vezes melhor que laranja e maracujá JUNTOS! Beijos, Rafaela.

Dia 10
Três da manhã, toca o celular:
– Trabalhando, filhota?
– Tou, Gui, e você?
– Mais ou menos.
– Fazendo o quê, Guilherme?
– Procurando namorado na rede.
– Hum?
– Filha, namorar é mais complicado que trabalhar em multinacional, só que a ginástica laboral das quintas-feiras é mais divertida.
– É, e o Freitas da Contabilidade não vem relando em você.
– Deixa de ser burra! Quem você acha que está na rede às três da manhã? Só tem eu e o Freitas da Contabilidade. Eu quero mais é que ele rele em mim.
– Guilherme, vamos desligar este telefone antes que o satélite exploda.

Dia 11
A espera, a espera, a espera, sou só eu ou as semanas não estão mesmo passando? O calor é insuportável e eu não vou a lugar nenhum.

*

A mesma praça, o mesmo banco, as mesmas dores, o mesmo jardim. Onde está o Ronnie Von quando precisamos dele?

Dia 12
De: mim
Para: Cristiane

Só posso entender quem não tem mais saco para me ouvir sofrer. Eu não me aguento mais sofrendo, então, imagino quem está em volta. Tem dias que você se pergunta: Mas, porra!, de onde vem tanta dor? Faz quase um ano; essa droga de dor não deveria estar diminuindo? Choro todos os dias, lembro todos os dias, nas coisas pequenas e nas grandes. Meu peito dói, todos os dias. Entendo as fofocas paralelas das felizes profissionais "ai, lá vem ela de novo". E, juro por Deus, eu me controlo o mais que eu posso. Pelo menos por e-mails e ao vivo. No blog não, porque o blog é meu, lê quem quer, quem gosta. Mas entendo as reviradas de olho, as bufadas, os "não fique assim", que na verdade querem dizer "não fique assim perto de mim, porque eu estou de saco cheio". Só que no meio disso tudo, tem me feito arregalar os olhos gente que bota data para você parar de sofrer. A moçada tem prazo. Para você cumprir. Que tenham prazo pra aturar a gente, certíssimos, faz muito tempo, é um saco, recue. Mas botar data para o sofrimento alheio acabar, causa-me espécie. Daí que fico muda. Falo aqui e na terapia, mas a terapia não dá conta da dor, que só alivia quando a gente fala sobre. Mando pouco e-mail, falo pouco e, geralmente, do tempo. Quando você vira um chato profissa, você acaba não tendo com quem conversar, a verdade é essa. Ou você ouve um "para de sofrer" ou uma edificante lição de vida. Um soprinho no rosto ninguém mais tem saco. Afinal, faz tanto tempo, já ouvimos todas as histórias. *Back off.*

*

Todo mundo neste país é crítico literário, meu benzinho. E eu me divirto com isso. Às vezes.

Dia 13
Você precisa sorrir o tempo todo. Mudar a dose, o remédio, o médico. Há que existir uma química que cure essa tristeza, que espante a dor, que tape a ausência, que faça você feliz, radiante, luminosa, como nós, como nós, como nós. Quando digo que você morreu e que, infelizmente, não há química que resolva, as pessoas sacodem a cabeça e se afastam. É tristeza demais, dor demais, onde já se viu, é inaceitável que minha tristeza cutuque a dor que eles escondem há tanto tempo, de forma tão eficiente. O mundo desaba, o leite transborda, o grande amor não era exatamente isso, nem a maternidade, nem o emprego, mas esperamos que você tome sua tarja preta, faça as unhas, perca algum peso, engula o choro e sorria. Você está mesmo sendo filmado.

*

De: mim
Para: Tito
Sou a última mulher do planeta a usar anáguas e enrubescer. Sou jurássica e, graças a Deus, estou em extinção.

Dia 14
De: M.
Para: mim
Li há pouco no livro de visitas do seu blog sobre a primeira aparição pública do seu livro na Bienal, com a autora. Que notícia legal. Acho que todo mundo que gosta de você sente uma mistura de tudo: alegria pura pela amiga, pontinha de orgulho porque convive das mais diversas formas com a amiga, enfim, sei lá. E eu, confesso, além do acima e de mais, uma enorme ponta de envai-

decimento – guardado a sete chaves – porque tenho – e agora, como é que eu chamo? Veio pela internet e não dá para chamar de manuscrito; tá guardadinho o que imprimi e salvo o que chegou; como consegue-se autógrafos digitais para serem anexados? Não importa, o autógrafo está na memória – as provas do livro. Só posso comentar com você, então, deixa repetir: muito obrigado. Queria só te desejar muito boa sorte. Muito, muito boa sorte. Você já deve estar para lá de tarimbada, mas acho que no fundo é que nem mães e pais que têm, sei lá, seu quinto filho. Sempre dá um frio na barriga – imagino que dê; comigo, no quarto filho, deu – e pode ser contigo também. Que tudo te corra bem. Ah, quer um conselho de profissional? Pede pra alguém te levar vendada até o estande da editora e tirar você de lá idem. Cara, por favor, não vai me gastar os direitos autorais todos nos outros estandes ou até mesmo no próprio estande. Você está lá a serviço, meu bem, hahahaha. *Bonne chance!* Todo mundo que não vai estar lá, lá estará contigo das dez ao meio-dia (com a vantagem que a gente pode fumar, hehe). Beijo, M.

Dia 15

Bienal. Eu na Bienal. Andei por lá, meu livro exposto. Conheci a mãe da Fer, uma amiga nova, que você nem conheceu (é tão estranho ter amigos que você não conhece, me relacionar com pessoas que nunca viram você). Vi o livro do cachorrinho, o George, que traduzi. Capa linda. Conheci pessoas da editora, a Ana, a Vivian, o Paulo. A Marli e a Sônia foram comigo e eu chorei escondida no banheiro uma vez só.

*

Seguindo a lógica do M., minha mãe também deveria ter sido vendada. Ela estava animadíssima, correndo pelas cabaninhas das editoras, gastando o dinheiro da minha *vódega* com generosidade e descomedimento.

*

De: Ângela
Para: mim
Alma, querida. Quem disse que eu aprendo? Porrada sempre é bobagem. Quanto mais a gente leva, acho que mais a gente se acostuma, sabe? Mentirosos os que afirmam que aprendemos com a experiência, que aprendemos a evitar as roubadas. Nada disso, se aprendemos alguma coisa é fazer doer mais fundo, mais doído, mais sem cura.

Dia 16
No meio de uma papeladinha, achei outro RG do Corinthians, amor meu. Quantos RGs do Corinthians um homem pode ter?

*

Enviei seus livros sobre futebol para o Professor Idelber. Ele gosta desses livros de menino. E também seu Melville favorito.

*

Os livros de xadrez, mandei para o Pedrão.

*

Fiquei com seu dicionário de física, dei seu livro favorito da tese para sua mãe, fiquei com sua biografia do Brando e seu livro sobre Fellini.

*

"*Caesar: Doth not Brutus bootless kneel?*"

Shakespeare, *Julius Caesar*.

Dia 17
Dedicatória num livro enviado para a Nanne: "Nanne, minha fada. Fui passear num sebo hoje – por vários motivos, mas também porque sonhei com você e A. andando de bicicleta. Vocês estavam

morenos e felizes, tão livres, e eu acordei comovida. Ele amava você tanto, tanto. Então, quis dar este livro para você, que eu também amo tanto, tanto."

*

De: Adelson
Para: mim
Meu irmão me contou uma história muito linda: todo o pessoal da empresa dele estava jogando bola. A equipe dele estava perdendo de 5 x 1, faltava pouco tempo e, mesmo assim, um chileno que trabalha com eles e era desse time, só dizia: "*Vamos equipo! Todavia, tenemos chance! Arriba equipo!!*" Não é um primor? Dá pra adotar como lema de vida. Sempre: *Todavia, tenemos chance!*
Beijo. Adelson

Dia 18
A melhor parte das Olimpíadas (ou, como você chamaria, *Olimpínhadas*) é ouvir o que a mamãe tem a dizer sobre os Jogos, em geral, e sobre a China, em particular. Sensacional. Que bom que ela é minha mãe. Quando vejo que ela está entrando no quarto, boto ligeiro no canal de esportes, só pra ouvir os resmungos dela.

*

Telefone
– Oi!
– Oi, Ana Paula!
– Seguinte, adorei seu livro e já pensei na escalação para o filme.
– Hahahaha!
– A Rosi Campos seria a Alma nos dias atuais, a mãe seria a Marília Pera e o Fagundes faria o padrasto.
– Hahahaha, sei.
– O Caloni seria o pai.
– Hum.
– Para de rir!

— Não consigo.
— Não sei quem seria a Viola, mas a filhinha dela podia ser aquela menininha da novela, sabe quem?
— Não.
— Não faz mal, eu discuto isso com o Valtinho.
— Ah?
— Escalei o Valtinho para ser o diretor.
— Hahaha!
— Não ria, é sério.
— Tá, e o seu Lurdiano?
— Que que tem?
— Quem vai fazer?
— Olha, eu pensei bem e decidi que eu quero o Morgan Freeman no papel.
— HAHAHAHA!
— Acho que ele tem cara de seu Lurdiano.
— Bom, temos que checar o orçamento com o Valtinho. Mas uns cinquenta, cem reais eu posso interar do meu bolso. Levo fé no seu projeto.
— Bestona.

Dia 19
De: mim
Para: Otávio
Hoje, Baco tosou geral. Passou *Os Simpsons* praticamente o dia todo e a noite toda na FOX – pelo menos hoje, graças a Deus, foi assim. Ganhei balas belgas de menta com chocolate hoje, pelo correio, o que tornou o trabalho literal e figurativamente mais doce, pelo que sou muito grata; você foi muito delicado. O cachorro comeu meu *pen drive* de florzinha. Eu hoje vi um gatinho recém-nascido e fiz carinho nele com um dedo, a barriguinha cor-de-rosa, a boquinha quase branca. Levei duas cotoveladas na boca e eu não merecia, eu sei que não. Comprei um scanner/impressora, perdi exatamente quatro horas tentando instalar o que qualquer imbe-

cil instala em 10 minutos, roí todas as minhas unhas no processo até elas sangrarem e agora meus dedos doem enquanto eu digito. Não instalei, não trabalhei o que deveria e quase tive um treco. Eu sinto falta dele e do casamento – aquelas coisas bobas, a conversa enquanto o outro toma banho, dele lavar meu cabelo toda santa noite com o maior cuidado, o *pesto* imbatível que ele fazia, os pequenos códigos, os olhares, a risada dele vendo as coisas mais idiotas na tevê, trepar com ele, tomar café nas canecas cor de laranja, de pé na varandinha, reclamar dos vizinhos, ouvir sobre as coisas que ele viu na rua, encostar meus pés nos dele no meio da madruga, a cabeça dele raspada, a barba por fazer, a cara séria, tecer teorias da conspiração sensacionais, escutar ele cantando feito o João Gilberto, as sardas dele. Mas hoje eu senti falta de ter alguém que instalasse esse maldito scanner para mim, só porque me ama e quer me ver com o equipamento funcionando e não quer me ver tendo crise de choro, de sacudir. Só. O gatinho preto e mau roubou o golfinho *petitico* de Marli, que era um chaveiro, enfiou no prato de água e de comidinha e roeu as barbataninhas, e Marli está putíssima da vida. A bala gruda no céu da minha boca. O ventilador não dá conta do calor. No gerenciador de mensagens, Silvana me disse que tomou sorvete de creme para espantar a tristeza, e eu, no meio do trampo, não tive o cuidado de saber o que estava acontecendo, e agora ela está *off*. Minha calça mostarda sumiu. Tá com sono? *Mim estar.*

Dia 20

Os sons na rua, cães, tiros, gritos, gatos, carros; a luz da rua; a televisão; a sombra dos livros; as sombras que não alcanço, as sombras que me cobrem junto com o edredom; eu tenho dormido tão só; tenho dormido durante o choro, no meio do soluço, no meio do pensamento, no meio do nada; tenho dormido com medo; tenho acordado sem ar; tenho dormido tão mal.

Dia 21
Querido corpo:
Oi meu bem. Boa-noite. Quer dizer, bom-dia.
Querido corpo, escrevo para dizer que eu sei, querido. Sei que foram semanas de tensão infernal. E sei que outra maratona está prestes a começar. Mas queridíssimo corpo, você precisa dormir. Você entende? Você já passou dos 20, querido corpo. Sejamos francos, faz séculos que você passou até mesmo dos 30. Meu bem, você precisa dormir. Por favor, tente entrar em acordo com a nossa também querida amiga mente, sim? Peço que você fale com ela, porque de nossa querida amiga mente eu já desisti. Fale com ela, explique que vocês já não são mais crianças e que, portanto, dormir hora e meia, duas horas, há tantos dias, não é certo. Não é justo comigo, querido corpo.

Por favor, o que passou, passou. E antes que nova onda inacreditável de trabalho nos derrube da prancha, vamos dormir um pouquinho, nós três, juntos, agarradinhos a Baco e aos gatinhos, na nossa coberta de peixinhos, sim?

Obrigada, querido corpo. Agora apague a luz e venha para a cama.

*

De: Gigio
Para: mim
Comprei hoje o teu livro. Não sabia se chorava, se pegava o dinheiro, se pegava um exemplar, se ligava pra Carla, se sentava na cadeira e começava a ler, se tirava uma foto. Saquei o celular do bolso e tirei essa foto que tá em anexo.

Eu ainda estou no trabalho, eu só tive tempo de folhear. Mas eu estou todo bobo. O livro é seu e eu estou todo bobo. Enfim, meu amor, eu só vim aqui compartilhar da alegria que você me causou. Teu Gigio.

*

De: Pedrão
Para: mim
Não aguento mais gente que leu seu livro ficar me perguntando se meu pai era alcoólatra. ÊÊÊ vingança, hein? Hahahaha!
Pedrão

Dia 22
Tijuca, Rio de Janeiro, 22 de agosto de 2008
(...) mas tudo isso é verborragia da emoção, de ter seu livro aqui comigo. Passei numa livraria pra matar tempo. E quando o moço trouxe e elogiou a capa, peguei teu livro como um recém-nascido. Fiz carinho na capa e disse, envergonhada e feliz: foi minha irmã quem escreveu. Tela

Dia 23
Bienal de novo. Mais gente desta vez. Algumas das meninas foram lá. Foi menos estranho, e eu não chorei. Pensei em você o tempo todo, você iria adorar tudo aquilo, o livro empilhadinho como maçãs, as pessoas passando e pegando e folheando. A capa ficou linda, linda, chama atenção, as pessoas são meio que atraídas por ela. É tudo tão lindo, tão lindo. Sinto sua falta.

*

Quem apareceu na Bienal foi a Nina. A mesma cara boa, a mesma beleza, a mesma doçura, a mesma voz. Momento "fortes emoções". E lá se vão 20 anos. Não, minto: mais de 20. O engraçado (não para mim) é que eu estou velha. A Nina está um broto.

Dia 24
Ah, eu fiz minha primeira dedicatória profissa ontem na Bienal, prum moço chamado Pedro Roque, muito simpático e gentil.

*

De: Maria Cininha
Para: mim

Em uma grande livraria, procurando pelas gôndolas, vi seu livro e achei o título diferente, depois foi só pegar, ler as orelhas e levá-lo para casa. Acho que aquela história de que os livros que precisamos ler se jogam em cima da gente é mesmo verdade. Acabei de ler seu livro, me emocionei, me diverti, sublinhei, escrevi nas margens das folhas e me encantei com seu jeito peculiar de escrever. Em algumas páginas reconheci histórias ouvidas no meio de minha família. E, nos agradecimentos, descobri que nós já nos conhecemos, aliás somos da mesma família, que seu pai foi meu médico por 27 anos e mais que um médico era um querido e inesquecível amigo, e que passei com seu avô Affonso muitos fins de semana no sítio da minha sogra, jogando carta e me divertindo com suas histórias. Como fiquei feliz de saber que você é a filha da Marli e do Nelson, primo do meu marido Afonso, neta do Affonso e da Antonietta, com quem passei domingos felizes jogando cartas na casa da minha sogra. Será que você sabe quem sou? Mas não importa, o importante é ter te encontrado. Um abraço, e mande um beijo para Marli e diga a ela que também já sou avó de um garotinho. Ah, vou te acompanhar pelo blog, não te perco mais de vista.
Maria Cininha

Dia 25
De: Cristiane
Para: mim

"Eu posso entender quem não tem mais saco pra me ouvir sofrer." Fiquei repetindo a frase. Internamente, né? Que não vou pagar de louca nesta redação; já me basta ser considerada chata porque não abrevio porra nenhuma. As pessoas cansam, né? Acham que a gente é imbecil, que a gente não se esforça, que a gente quer sentir o peito rachadinho, que acha bonito sofrer e aquele verso de "um homem com uma dor é muito mais elegante". Pau no cu. Cu, este, sem acento, como sempre foi. É mentira isso que certas dores diminuam, que o tempo cura de tudo e que gim não dá ressaca. Às vezes, a dor só aumenta e não sei explicar por quê, se uma hora tudo some de uma só vez. Não sei. Entendo as pessoas cansarem. Tanta coisa pra fazer neste mundo, a fila anda. Foi embora? Morreu? Tem outro ali ó. *Cadum, cadum*, já dizia meu vô João Bigode. Entre nós aqui, vamos ser de verdade. O tempo não tem poderes curativos. E, às vezes, a dor não passa. Sabe o que acontece, o que é verdade mesmo? A gente se acostuma. E, então, vivemos. Apesar de. E é isto. Um abraço imenso, de urso. Cris

Dia 26
Ando tão fora do jogo que minhas fantasias eróticas são com o Professor Snape, do *Réris Pótis*, e o segurança do *Artemis Fowl*.

*

De: Cassandra
Para: mim
Estou escrevendo só para te mandar um beijo. Eu sei que amanhã será um dia duro e imagino que esteja sendo difícil. Só pra dizer que eu estou lembrando de ti e te desejando muito amor, e que os amigos certos estejam ao teu lado para te ajudar a lidar com este momento. Que tenhas todo o conforto e todo o carinho que tu precisares. Que os clientes esqueçam os prazos e te convidem para um café. E que o dia passe logo, e a tua dor se transforme só em saudade e boas lembranças.
Um beijo. Cassandra

*

De: Elaine
Para: mim
Eu não sei o que dizer, nem o que fazer. Quer que eu te ligue? Quer que eu vá aí? Quer que eu fique quieta? Você quer falar ou

quer trabalhar e fingir que nada está acontecendo (às vezes, funciona)? O que quiser, grite.

*

Campinas, 26 de agosto de 2008
Querida minha.
Li o livro novo, mais uma vez. Chorei de novo, por motivos diferentes. Acho que é por isso que posso te dizer, com toda a certeza, que não tem nada de nhe-nhe-nhem no seu livro. O dia passou e estou mais passada ainda do que ontem. Refiz o meu ano também, junto com o seu. E percebi que tenho que mudar muita coisa na minha vida. Não é fácil morar longe de você, viu? No dia em que ele morreu, fiquei tão paralisada que não consegui escrever, *malemal* te ligar. Liguei e nem sei o que falei, acho que nem falei nada que prestasse. Lembrei do dia, meses antes, em que eu estava com você no gerenciador de mensagens e você recebeu aquele trote ridículo, dizendo que ele tinha sido atropelado e morrido na rua. E me assustei tanto, tanto... Eu também morria de medo. Medo de que te acontecesse o pior, medo de que eu não estivesse perto pra ajudar. Aí aconteceu. E eu estava aqui desesperada e com um trabalho que era a promessa de me salvar do buraco para terminar. A *plotter* parou e precisava de uma peça. Implorei ao Celso para a gente ir buscar a bendita peça e ir ao velório e a gente saiu tarde daqui, choveu, deu tudo errado e era tarde já e travamos na Marginal. Foi tão ruim. Queria tanto ter estado com você, em cada minuto, eu sabia que era o momento mais importante para estar ao seu lado. Só não me sinto pior porque você foi tão bem amparada, e eu percebi isso no sábado, quando eu fui te ver. E fiquei com raiva por ter sido tão fácil pegar o carro e dirigir, e eu não conseguir fazer isso com mais frequência, por ter sido obrigada a abrir mão de você e ter que tocar a minha vidinha patética aqui. Mas você teve a Telinha, teve a Lígia e, nossa!, isso foi o certo. Pelo menos é o que me parece, olhando agora. Acho que a Dona Nair está coberta de razão mesmo, e eu não podia te dar o que eu não tinha. Eu ainda estou em maio de 2007, quando a minha avó

morreu. Algumas vezes, eu achei que o tempo tinha andado, mas não. A morte repentina de uma pessoa que amava tanto a vida, a despedida dolorosa da casa dela e todas as coisas e memórias que eu trouxe, o adeus definitivo à minha infância (é, aos 33 anos), a fragilidade do meu pai, as minhas péssimas escolhas profissionais, minha instabilidade emocional. Nenhum progresso foi feito. Só fez piorar. O que melhorou um pouco foi ter te visto com um pouco mais de frequência, ter ido ao casamento da PC, estar mais perto das meninas, também. Ainda não sei o que fazer com o meu tumor. Estou fingindo que eu não tenho nada e, assim, espero que ele fique quieto e não me dê trabalho. Que este novo tempo, começando com o lançamento do *Minúsculos*, seja mais bondoso com a gente, não é, querida? A minha amiga Denise me deu o *Fazes-me falta*, da Inês Pedrosa, e eu estava lendo mais ou menos na época em que ele se foi. E eu pensei mais ainda em você, em vocês. É um livro doloroso também, mas lindo. E sem *mimimi*. Você já leu? Ai, olha como tá foda... faz horas que comecei a escrever e ainda não consegui terminar. O que importa mesmo é que você saiba sempre que eu te amo muito e estou aqui. Beijos enormes, Silvia.

Dia 27

Um ano. Um ano todo, 12 meses inescapáveis. Quando as pessoas se admiram com quem segue a vida e usam palavras como "coragem" e "força", elas não sabem de nada. Nada. Elas não entendem que segue-se em frente porque é o único lugar que temos para ir. Era o único lugar para onde eu podia ir, agora que você não está mais aqui.

*

Faz um ano hoje. É tanta, tanta dor, é tanta dor. Num dos meus livros preferidos, um irmão tenta atravessar a vida como se fosse um sólido, enquanto o outro irmão a atravessa como se fosse líquido. Eu a atravesso todos os dias e ela é dor. Dói lavar a cabeça, e andar com o Baco, e sorrir para a Marli, e guardar e tirar o maldito carro da garagem novecentas vezes por semana, e ir ao banco, e ouvir não do cliente, e ouvir sim do cliente, e responder aos e-mails, e todas as coisas que eu faço a cada 24 horas, religiosamente. Dói respirar e pensar em cada trilha seguida, em cada alternativa dispensada, nas escolhas, nas imposições, nos meneios de cabeça. Dói olhar meus olhos no espelho e gritar com a cara enfiada no travesseiro, todas as noites, até dormir.

*

Os dias são atravessados, as contas são pagas (mais ou menos), o cão faz seu xixizinho, a janela abre e fecha, e ovos são fritos, mas não de verdade. Não de verdade. Não cabe também nenhum clichê, nada do tipo "é um ciclo que se encerra"; céus, nós adoramos ciclos, especialmente quando eles se encerram, mas não, não é um ciclo e ah, não se encerra, é vida real, mais real impossível, mais real impossível, cheia de explosões impensadas e de racionalismos, cheia de cores, de notícias espantosas, de medo, de corpos desmembrados, de sonhos que nunca existiram, de gatinhos envenenados, de amigos que vão para o Uruguai, de pores do sol, de conversas idiotas, de cãezinhos que andam de carro com a carinha para fora da janela, de rituais estraçalhados.

*

Um ano. Eu me enrolo no seu cobertor de menino, quadrados azuis e vermelhos, e sinto sua falta. E sei que não aprendi nada. Um ano. E mesmo odiando essa babaquice de ciclo, algo acontece quando um ano se passa, as quatro estações, o giro em volta do Sol – girar em volta do Sol é tão irreal, adoro coisas irreais. Estou até as tampas de realidade. Algo acontece quando um ano se passa, ainda que 12 meses juntinhos não tenham poderes mágicos, ainda que a vida não tenha mais mágica nenhuma, ainda. Não fiquei mais sábia, mais inteligente, não sou capaz de profundas tiradas filosóficas sobre a vida, a gratuidade da cousa, o tempo que passa e é sempre o mesmo, o rio que passa e é sempre o mesmo. Ainda passo dias na cama, chorando sem parar, eu ainda, eu ainda.

*

Faz um ano que ninguém me ama como você me amou e isso nunca mais vai acontecer. Nunca, nunca mais. Você foi a melhor coisa que me aconteceu e por isso você me foi tirado. E nada do que me restou existe de verdade, porque você não está aqui. Choro convulsivamente quase todos os dias, olhando ou não para o espelho, e tento entender para onde diabos foi este ano. Perdi você, o rumo, o desejo, o talento e, ahá, um ano inteiro nos últimos 12 meses. O mundo perdeu você. E você, genial, engraçado, doce, doce, perdeu a si mesmo e tudo de maravilhoso que você ainda faria. E você faria. E essa é a verdadeira tragédia, e nos raros momentos em que não estou coberta até o nariz por meu egoísmo, sei que essa é a verdadeira tragédia – não o meu nhe-nhe-nhem. Para onde foi sua vida, nossas vidas, nossos planos, nossos objetos, nosso cheiro, as coisas que queríamos? Para onde foi tudo, nossa casa, nosso lustre lindo, a lua que víamos da nossa cama, nosso medo do futuro, nossas contas, nossas listas? Perdi você e perdi tanto neste ano, tanto, tanto, perdi tudo neste ano, perdi, perdi.

*

Eu me lembro da sua voz, sabe? Lembro da sua voz, das suas sobrancelhas grossas, lembro das nossas verdades, do vapor do seu banho invadindo o quarto, lembro e inventario milhares de vezes por dia todas as coisas que perdi, você, você, você. Você se foi e me tirou de tudo o que eu conhecia e era. Você me construiu e, em um segundo, você me desfez, eu sumi no mesmo segundo que você, sumi, desapareci, deixei de ser quem eu era e virei ninguém. Eu, este enorme ninguém, errando pelas esquinas do mundo, sonhando com suas mãos e acordando dilacerada e só no meio da noite.

Uma carta de depois
Querida Mabele:
Estou de volta à casa da mamãe. O Rio de Janeiro, que continua lindo, acabou, pelo menos para mim, pelo menos por enquanto. Foi bom, muito bom, ter ouvido sua voz antes de viajar. Foi bom ter contado o que estava para acontecer e como eu me sentia. O Rio de janeiro, fevereiro e março foi maravilhoso, mas parte dessa maravilha me alcançou porque falei com você antes de ir. Ouvir você dizendo que tudo sairia bem fez mesmo com que tudo saísse bem. Você tem essa qualidade curativa, calmante. Como se eu pudesse sentir sua mão fresca em minha testa. Se ele estivesse conosco teria segurado a minha mão todo o tempo. Você sabe, era isso o que ele fazia. Seu filho olhava dentro dos meus olhos e dizia: "Minha linda, eu lhe garanto que tudo vai ficar bem." Depois, segurava minha mão dentro da dele e sorria. E eu acreditava, Mabele, nunca deixei de acreditar, todos esses anos. Era a coragem dele, Mabele, a coragem que ele me dava. Era o amor dele, a coragem dele, a certeza dele, a força dele. Sempre, sempre foi. A única que conheço, a única que tenho. Que jamais terei.

Com a coragem dele presa à minha pele, lancei o livro no Rio. E foi tão diferente do lançamento em São Paulo. Durante todo o tempo, no lançamento em São Paulo, pensei nele. No quanto eu gostaria que ele estivesse lá. No quanto ele gostaria de estar lá. No absurdo de sua morte, na dor de sua ausência. Viver sem ele é horroroso, e assustador, não gosto de pensar nos anos que virão (e secretamente, para não alarmar a minha mãe, desejo que não sejam tantos anos assim). Todos os dias são ruins, todos os dias "doem" em mim. A cada manhã, o mesmo ritual. Abro os olhos e tento lembrar onde estou. Daí eu me lembro e choro. Daí eu me levanto e começo meu dia. E depois, de muitas e muitas horas, depois de todo um dia, eu me deito e choro até finalmente conseguir dormir e não sonhar. Com alguma sorte. Querendo me consolar, alguém me disse que depois de um ano as coisas começariam a melhorar. Mas não é assim, não. Depois de um ano a paciência do universo acaba, tudo piora. Fica mais e mais real, mais e mais cruel. Sinto falta dele, Mabele, como se todos os dias fossem 27 de agosto, como se a vida parasse. E eu penso em você. Na sua dor, na sua perda. E o ar me falta e eu mal consigo me mover. E, covarde, não penso. E procuro pouco por vocês. É doloroso quando eu penso em falar com você, Mabele, com Cardoso. E, quando finalmente tomo coragem e falo, é delicioso. Mas então desligo o telefone e me apavoro e me acovardo de novo. Ele está em você, a cada risada, cada expressão. Ele está em você, em sua voz e nos silêncios de Cardoso. Quando eu falo com você, é a voz dele que ouço, e tudo o que há em mim dói. Ele está em vocês e isso me faz chorar e me encolher. Estupidez, Mabele, é pura estupidez, eu sei. Faço a mesma coisa com a Zel. Estar com ela é estar com ele, e isso acaba comigo. Não sei se um dia ela vai poder me perdoar, mas ela me dói demais, sou incapaz de dissociá-la dele, incapaz. Por isso tudo, não consegui falar do lançamento do livro em São Paulo. Não contei a você como foi, não escrevi sobre ele no blog. Eu pensei em você e na sua dor, eu pensei demais nele – a cada beijo, a cada abraço, a cada sorriso – e no absurdo da perda, e no egoísmo da minha dor, e na tragédia maior de seu desaparecimento, e fui incapaz de transformar o que quer que fosse em palavras que fizessem sentido. No Rio, pensei em todos nós. Mas pensei também, no Rio e no livro. Nós estávamos lá, nossa dor, nossos nãos, mas foi mais leve. Foi mais fácil. No Rio, Mabele, eu doí menos e de forma diferente. Era como se não fosse vida real, não foi mesmo vida real. A vida segue, Mabele, todas as vezes me explicando que, se não há a menor possibilidade do impossível, ao mesmo tempo há sim a brecha para o ilógico, para a neve que ferve e que derrete, só para ferver de novo, só para me fazer testar o inexorável com a pontinha do pé e desistir de pular outra vez, só para me assombrar. Sigo com a vida, mas ao contrário do que pensam os que adoram chamar isso de "coragem" e "força" (ah,

Mabele, algumas das palavras mais mal usadas do planeta), sigo em frente única e simplesmente porque é a única direção que existe. Ainda não vejo sentido. Carrego você no coração, aprendo com você todos os dias, guardo aquele nosso choro na cozinha antes de vir-me embora para São Paulo, em dezembro do ano passado, como um dos melhores momentos de minha vida e mantenho – do meu jeito ateu e completamente desconexo – seu menino bonito e sardento dentro de mim, à frente dos meus olhos, a cada passo que dou, em cada gesto que faço, em cada olhar que esquadrinha. Sigo, um dia de cada vez, não pisando na risca, tentando não pensar, doendo o mínimo possível, fazendo algum sentido (o que, vamos combinar, no meu caso já é demais), pagando as contas e respirando, sempre que me lembro como.

Receba meu beijo, meu amor que dura para sempre.

Outubro de 2008.

Agradecimentos

Agradeço a todas as pessoas que me permitiram fazer uso da correspondência trocada durante o período retratado no livro. Seus nomes estão por todas as páginas.

Meus mais profundos agradecimentos, por motivos variados, aos amigos Álvaro, Ana Laura, Ana Paula, Branco, Cláudio Luiz, Eduardo, Eliana, Emma, Esther, Fernando, Gigio, Helena, Iara, Ivan, Luci, Luiz Felipe, Márcia, Marlene, Nanne, Otávio, Sônia, Suzi, Tela, Ticcia, Tito, Vera.

Meu amor para mamãe, Carina, Pedrão, Elísio, Jão, Fabinho, Mabele e Plínio, por todas as palavras, as grandes e as pequenas.

Para Camila, Natália, Silvia, Silvana, Isa, Max, Verô, obrigada pelas impressões digitais, pelo carinho com o texto e comigo.

Para Anna. Que crê mais uma vez, e mais uma, e mais uma.

Este livro foi impresso na Editora JPA Ltda.,
Av. Brasil, 10.600 – Rio de Janeiro – RJ,
para a Editora Rocco Ltda.